# Beginn eines Tagebuches

am 16. Juli

Liebes Kind, nimm dir irgendeine Arbeit vor, das Ferienleben bringt sowieso viele Stunden des Nichtstuns mit sich", sagte meine Mutter gestern, die nie sehen kann, wenn ihre Tochter unbeschäftigt dasitzt.

„Was soll ich nur tun, Mutter", gab ich zur Antwort. „Zum Essen gehen wir in den ‚Goldenen Stern'; die Zimmer werden vom Personal besorgt, immer Handarbeit ist langweilig."

Da sah mein Vater von der Zeitung auf und warf dazwischen: „Schreibe doch ein Tagebuch, Annchen. Erzähle deine kleinen Erlebnisse, und im Winter, wenn's draußen schneit und stürmt, und wir behaglich in unserem großen Wohnzimmer sitzen, da liest du Eltern und Geschwistern vor, was du geschrieben hast." Die Mutter nickte mir lächelnd zu, ich aber war so erstaunt, diesen Vorschlag von meinem Vater zu hören, daß ich erst gar nichts sagen konnte, obwohl ich die Idee herrlich fand.

Es war ein lieblicher Ort, in einem weiten, von Bergen begrenzten Tal gelegen, wo mein Vater, der an nervösem Kopfschmerz litt, Ruhe und Erholung suchte und durch Stahlbäder seine Nerven kräftigte. Meine Mutter war zur Pflege mitgegangen, und ich? Ja, ich sollte den Eltern wohl zur Erheiterung dienen, denn ich bin gern lustig und oft leider zu allerhand übermütigen Streichen aufgelegt. Ich glaube, ich schwatze den Eltern oft zu viel, darum wünschen sie, daß ich mich eine Zeitlang still beschäftige. Wenn ich nun nicht reden kann, soll's die Feder für mich tun.

Also, kaum hatte ich Vaters Vorschlag gehört, eilte ich schon aus der Tür und lief talabwärts, immer die Straße entlang. Dort wußte ich einen Buchbinderladen, in dem ich ja finden mußte, was ich suchte. Schon viele Ansichtskarten hatte ich mir hier geholt, meine Freundinnen und Bekannten mußten ja Grüße aus dem Bade haben. Heute wählte ich nun ein dickes schwarz gebundenes Heft.

„Ist recht viel Papier drin?“ hatte ich schon zweimal gefragt und die Finger prüfend hindurchgleiten lassen.

„Mindestens zehn Bogen“, versicherte Herr Munde, und seine kleine redselige Frau fügte hinzu: „Haben Sie denn noch Schulaufgaben zu machen?“

Ich wurde dunkelrot über diese Zumutung und sagte ein wenig beleidigt: „Wo denken Sie hin, Frau Munde; ich bin doch längst konfirmiert, war im Juni schon sechzehn Jahre, da geht man doch nicht mehr zur Schule!“

„Entschuldigen Sie nur, Fräulein!“

„Sie können es ja gerne wissen“, fuhr ich besänftigt fort, „ich will ein Tagebuch schreiben, dazu brauche ich das viele Papier!“

„O, ein Tagebuch!“ flüsterte eine Stimme hinter mir. Als ich mich umschaue, steht ein junges, unbekanntes Mädchen da, das das Buch in meiner Hand mit großem Interesse ansieht. Vielleicht kauft es sich auch eins, dachte ich und verließ, nachdem ich bezahlt hatte, den Laden, sah aber noch, daß es mir mit großen, verwunderten Augen nachblickte. Nun erst merkte ich, daß ich ohne Hut und Handschuhe gelaufen war, und erst gestern hat Mutti mich ermahnt, immer daran zu denken, daß ich jetzt ein erwachsenes Mädchen sei. Die Idee mit dem Tagebuch hatte mich so eingenommen, daß ich so davongelaufen war. Es kamen mir gerade eine Menge Herren und Damen entgegen; es war mir peinlich, an ihnen vorüber zu müssen.

„Wenn nur Mutti nichts merkt", dachte ich, aber natürlich — sie sah aus dem Fenster, als ich wiederkam, und schüttelte den Kopf. Wenn sie mich traurig ansieht oder mit dem Kopf schüttelt, das geht oft tiefer als lange Strafpredigten. Heute lächelte sie dabei, dann ist es in der Regel nicht so bös gemeint. Meine Mutter ist sehr gut, ich liebe sie über alles, es ist wohl recht und billig, daß ich zuerst von den Eltern erzähle, daß ich sage, wer sie sind und wo sie wohnen.

Mein Vater ist Besitzer eines schönen Gutes im Flachlande, das zwischen Hügeln, Buchenwäldern und Seen gelegen ist. Es ist ganz anders dort als hier zwischen den Bergen, aber ich freue mich sehr, eine Gebirgsgegend kennenzulernen. Es ist gewiß gut, wenn man einmal aus seiner Heimat herauskommt, man bleibt nicht so einseitig, sagt Mutter. Vater ist ein tüchtiger Landwirt, jedoch beschäftigt er sich auch wissenschaftlich viel. Er hat zuerst Jura studiert; wie es gekommen, daß er Gutsbesitzer geworden ist, weiß ich auch nicht. Ich glaube, es hängt mit seiner Gesundheit zusammen. Er leidet häufig an nervösem Kopfschmerz; wenn es morgens heißt: „Vater hat seine Kopfschmerzen", da ist immer ein großer Schreck im Hause, denn dann ist er gewöhnlich sehr verstimmt und kann oft recht heftig werden. Man muß sich furchtbar in acht nehmen, daß man nichts Dummes macht, muß womöglich den ganzen Tag auf den Fußspitzen gehen, muß die Türen ganz leise auf- und zumachen, darf nicht singen, nicht niesen, man darf eigentlich gar nichts. Aber zum Glück kommt es jetzt schon viel seltener vor; die Bäder, die er schon im vorigen Jahr genommen, haben ihm sehr wohl getan. Im übrigen ist er ein guter Vater, den wir alle sehr liebhaben; man sagt, ich sei sein Liebling. Ich selbst kann es nicht finden, denn streng genug ist er; wir haben große Ehrfurcht vor ihm, wie auch alle seine Leute.

Meine Mutter ist in meinen Augen die vollkommenste

Frau, die es auf der Welt gibt. Sie ist immer noch sehr hübsch, obwohl sie schon neununddreißig Jahre alt ist. Sie hat ein feines Gesicht, ihre schönen blauen Augen leuchten immer freundlich, ihr blonder Scheitel sieht so goldig aus, dabei hat sie eine stattliche Figur. Meine Eltern sind beide schlank und groß. Mutter wird von allen Leuten sehr geliebt, ich wüßte niemand, der meine Mutter nicht gern hätte. Die Leute in unserem Dorf sagen: „Sie ist so gut wie ein Engel." Doch so etwas mag Mutter nicht hören. Gewiß ist aber, daß sie immer sanftmütig und freundlich ist. Ich habe sie noch nie zornig gesehen, und das ist gewiß gut, denn wenn Vater seine Kopfschmerzen hat, könnte es sonst mitunter schlecht ablaufen.

Heute morgen, als ich aus meinem Zimmer kam, um mit den Eltern Kaffee zu trinken, hielt Vater einen Brief in die Höhe und rief: „Kleine!", so nennt er mich vorzugsweise gern, obwohl ich meiner Mutter schon bis an die Nasenspitze reiche, „Kleine", sagte er, „freue dich, morgen kommen deine Brüder." Ich jubelte laut bei dieser Nachricht, denn es war bis jetzt noch nicht entschieden, ob sie die Ferien auf unserem Gut verleben sollten oder hier. Schließlich hat Vater bestimmt, sie sollten hieherkommen. Die Eltern wollen doch auch etwas von ihren Kindern haben, wenn sie sie schon so früh in die Stadt in Pension geben müssen. Sie wohnen bei ein paar alten, ehrwürdigen Damen und besuchen das Gymnasium; sie freuen sich immer sehr, wenn es in den Ferien nach Hause geht. Diesmal mußten die Eltern nun gerade im Juli ins Bad reisen, was Vater auch der Ernte wegen nicht paßte, aber sein Befinden war so, daß der Arzt wünschte, er möchte sobald als möglich gehen. Wir haben einen tüchtigen Inspektor, der schon lange auf dem Gut ist; Vater kann ihm alles anvertrauen, wenn er auch am liebsten selbst die Oberaufsicht führt. Doch ich komme wieder von den Brüdern ab. Meine

Brüder sind im ganzen gute Jungen. Matthias kugelrund mit einem frischen Gesicht und blauen Augen. Christian ist schlanker, hat ein längliches Gesicht und sieht mehr dem Vater ähnlich, der ganz dunkel ist. Matthias, der ältere, ist vierzehn Jahre alt, Christian zwölf. Sie bringen gewöhnlich gute Zeugnisse mit nach Hause. Wir drei sind sehr gute Freunde; wenn sie nicht da sind, bin ich nur ein halber Mensch, also wird jeder begreifen, wie groß meine Freude ist, daß die Jungen morgen erwartet werden. Nun kann ich mit ihnen durch die Wälder streifen oder auf den Bergen herumklettern, kann mit ihnen Entdeckungsreisen machen. Jetzt heißt es immer: „Allein gehen darfst du nicht“, oder: „Warte, bis wir auch spazieren gehen.“ Zuweilen möchte man unzufrieden sein, daß man ein Mädchen ist; die Jungen haben viel mehr Freiheit.

Als ich dann ruhiger wurde — wenn ich mich freue, mache ich gewöhnlich viel Lärm dabei —, sah meine Mutter mich freundlich an und sagte: „Wenn die Jungen da sind, habe ich eine Überraschung für euch, freue dich nur immer, es ist etwas sehr Schönes. Gesagt wird aber noch nichts.“

Nun riet ich von einem zum andern, bis Vater sagte: „Nun ist's genug, jetzt zeige einmal, daß du Geduld hast und warten kannst.“ Da mußte ich stille sein, aber innerlich wirbelte es durcheinander. Alles Mögliche und Unmögliche stellte ich mir vor, bis die Wirtin kam, um das Kaffeegeschirr zu holen, und Mutter sagte mir, ich solle helfen. Dann nahm Vater sein Bad und mußte sich eine Stunde legen. Mutter las ihm vor, und ich ging in mein Stübchen, um mein Tagebuch zu beginnen. Es macht doch sehr viel Spaß, alle Erlebnisse aufzuschreiben. Ich denke mir, wenn ich alt bin, wird es mir eine besondere Freude sein, meine Jugenderinnerungen zu lesen.

## Die Brüder

am 17. Juli

Die Jungen sind da! Eigentlich ist es Zeit zum Schlafengehen, aber die heutigen Erlebnisse muß ich doch eintragen. Ich werde es überhaupt jetzt nur abends vor dem Zubettgehen tun können, denn Matthias und Christian dürfen nichts von dem Tagebuch ahnen. Erstens würden sie mich sehr necken und sich lustig machen, und zweitens würden sie sehen wollen, was ich schreibe, was ich auf keinen Fall zulassen könnte, und so würde es Kampf und Streit geben.

Mit dem Nachmittagszug sind die Brüder gekommen. Die Eltern und ich warteten am Bahnhof, der am Ende des Ortes liegt, nahe bei der Landstraße. Ich zappelte vor Ungeduld. Da lief endlich der Zug in die Halle ein, die beiden standen am offenen Fenster, ich schwenkte mit den Armen, sie mit den Mützen und plautz! da flog eine Mütze zum Wagen hinaus. „Heb sie auf, Kleine!" „Anna, heb die Mütze auf!" schrien sie beide. Schon waren die Jungen ausgestiegen; der eine hing am Arm des Vaters, dem andern glättete die Mutter das blonde, zerzauste Haar und sagte: „Da kommt Anna mit der Mütze." Nun wurde ich bald erdrückt von der stürmischen Begrüßung der Brüder, und dann ging es im Triumph in die „Post". So heißt das Haus, in dem wir wohnen, alle Häuser im Badeort haben Namen.

Nun wurden die Brüder von oben bis unten gemustert. „Wie seid ihr gewachsen, ihr Jungen!" rief die Mutter.

„Stramme Burschen sind's geworden", schmunzelte der Vater wohlgefällig.

„Ja, aus den Röcken sind wir herausgewachsen", sagte Matthias und streckte seinen Arm aus.

„Was habt ihr denn da unten an den Rockärmeln?" bemerkte meine Wenigkeit und hob Christians Arm in die Höhe.

„Das sind Sammetaufschläge", war die Antwort. „Fräulein Grumme hat unten etwas angestückt, weil die Arme so weit herausguckten."

„Aber es paßt so wenig", seufzte die Mutter bestürzt, „damit könnt ihr hier nicht gehen."

„Das Fräulein meinte, es könne ja zu Hause geändert werden. Sie hat den ganzen Nachmittag nach passenden Stücken zum Verlängern gesucht, bis sie sich für Schwarz entschied. Das passe zu jeder Farbe, meinte sie."

„Das gute Fräulein", rief die Mutter, „es hätte die Sachen lieber dem Schneider übergeben. So könnt ihr euch hier im Badeort nicht sehen lassen."

„Die Sonntagssachen sind auch noch da", wandte Christian ein, „sie sind auf Zuwachs berechnet und passen jetzt vortrefflich."

„Das ist gut", meinte die Mutter, „denn ich habe etwas mit euch dreien vor, wozu die Sonntagsanzüge gebraucht werden."

„Jetzt kommt's", dachte ich und horchte hoch auf. „Euer Vater", fuhr die beste aller Mütter fort, „hat die Erlaubnis gegeben, daß ich am nächsten Montag einen Ausflug mit euch machen darf nach —"

„— deiner Geburtsstadt", schrie ich vor Entzücken und drückte die Mutter so fest an mich, daß sie sagte: „Wenn du so ungestüm bist, wirst du wohl beim Vater daheim bleiben müssen." Nun ließ ich natürlich gleich los, denn es war immer schon mein Wunsch gewesen, Mutters Heimat kennenzulernen, die Stadt, in der sie so viel erlebt hat, bis Onkel Matthias sie mit sich nahm. Als wir nach hier gingen, sprach Mutter schon den Wunsch aus, dann ihre Geburtsstadt zu besuchen. Ich hatte es ganz vergessen, da ich hier so viel neue Eindrücke erhielt.

„Der arme Vater muß allein zu Hause bleiben, wenn Frau und Kinder ihn treulos verlassen", seufzte Vater. Wir wußten alle, daß es nur Scherz war; Mutter streichelte ihm die Wangen und sah ihn mit solcher Liebe an, daß er sie an sich zog und küßte.

„Du weißt recht gut“, sagte sie, „daß ich dich am liebsten mitnähme, denn wem zeigte ich wohl lieber alle Stätten meiner Jugenderinnerungen als dir, aber du hast nun einmal strenges Gebot vom Arzt, dich während der Kurzeit ruhig zu halten, und ich wähle zu meinem Ausflug einen Tag, an dem du kein Bad nimmst und nicht liegen mußt, da entbehrst du meine Gesellschaft weniger.“

„Entbehren werde ich dich immer, wenn du auch nur einen Tag fort bist“, war Vaters Antwort. Man sieht es Mutter an, wie glücklich es sie macht, wenn der Vater so etwas sagt.

„Nun, Kinder, rüstet euch zum Montag“, hieß es. „Der Wagen wird um sechs Uhr morgens hier halten, wer nicht fertig ist, muß dableiben.“

Wir drei waren sehr glücklich, aber die Freude hatte keinen Einfluß auf den Appetit meiner Brüder. Ein hoher Teller mit Butterbroten war schon bei der ersten Tasse Kaffee leer gegessen. Sehnsüchtig sahen sie sich nach mehr um und schoben mir den Teller zu mit den Worten: „Anna, bitte!“ Zu Hause eilte ich in die Speisekammer und holte mehr, aber hier? Ratlos sah ich die Eltern an.

„Die Jungen werden uns aber hier Kosten verursachen, Mutter“, sagte der Vater scherzhaft.

„Sie müssen doch satt werden!“ rief Mutter. „Annchen, geh zur Frau Wirtin und bitte um mehr, später machen wir einen gemeinsamen Spaziergang.“

Nachdem die Brüder ausgepackt und ihren Anzug gewechselt hatten, gingen wir in die Promenaden. Dort wimmelte es von Menschen, wie immer um diese Zeit. Wir wären lieber auf die Berge gewandert, aber da Vater noch seinen Becher trinken mußte, so begleiteten wir ihn gern hierher. Matthias und Christian schauten mit neugierigen Augen um sich. Wenn sie etwas besonders Auffälliges sahen, bekam ich einen Stoß, oft von beiden Seiten, denn ich ging zwischen ihnen. Es wurde ihnen aber von den Eltern, die hinter uns gingen, untersagt, worauf sie mir zuflüsterten: es ginge wohl sehr steif und förmlich auf den Promenaden zu, ob wir nicht lieber anderswohin wollten. Meine Brüder sind leider noch etwas unerzogen, obgleich sie bei sehr gebildeten alten Damen wohnen und auch zu Hause zu allem Guten angehalten worden sind. Aber es heißt ja, jeder Junge hat seine Flegeljahre, und in diesen mögen Matthias und Christian nun sein. Ich werde in den Ferien

versuchen, sie ein wenig zu erziehen. Ich bin ja doch die ältere. Allerdings muß ich mich bemühen, mit gutem Beispiel voranzugehen. Ich machte auf der Promenade einen sehr gesitteten Eindruck mit meinem runden weißen Hütchen, um das ein einfaches Band geschlungen war. Die Handschuhe saßen regelrecht an den Händen, in der Linken trug ich ein Sonnenschirmchen von weißer Seide. Mein Wunsch, das junge Mädchen möchte mir begegnen, das mich vor einigen Tagen in solcher Eile im Buchbinderladen sah, ging in Erfüllung. Da stand es mit einer alten Dame in der Trinkhalle vor einem Bilderladen, und als wir vorübergingen, drehte es sich gerade um und flüsterte ihr etwas zu. Das junge Mädchen hat ein anziehendes Gesicht. Es hat schöne dunkle Augen und schwarzes Haar, es ist klein und zierlich und hat eine zarte Hautfarbe. Seine Augen haben etwas Schwermütiges.

Ich dachte gerade, ich möchte wohl näher mit ihm bekannt werden, da ging auch dieser Wunsch in Erfüllung.

Meine Mutter und ich hatten uns auf eine Bank gesetzt, während meine Brüder den Vater an den Brunnen begleiteten. Da kam die alte Dame mit ihrem Schützling auf uns zu. „Verzeihen Sie“, sagte sie zu meiner Mutter, „dies junge Mädchen sucht Anschluß an eine Altersgenossin, würden Sie Ihrem Fräulein Tochter erlauben, zuweilen mit dem mir anvertrauten jungen Mädchen zu verkehren?“

„Gewiß, gern“, war die freundliche Antwort meiner Mutter. „Mit wem habe ich die Ehre?“

Die alte Dame nannte einen Namen, den ich wieder ganz vergessen habe; das junge Mädchen wird gewöhnlich Gundchen genannt. Adelgund Wernigge, so war, wenn ich recht gehört habe, der volle Name. Sie sah sehr erfreut aus, als meine Mutter ihr die Hand reichte und sie freundlich einlud, uns zu besuchen. Während die alte Dame sich mit meiner Mutter unterhielt, fragte Adelgund mich schüchtern nach meinem Namen. Ich sagte ihr, daß ich Anna Mersburg heiße und sechzehn Jahre alt sei.

„Gerade so alt wie ich“, rief sie erfreut, „das heißt“, fügte sie hinzu, „ich werde im Herbst schon siebenzehn.“

„Haben Sie noch Geschwister?“ fragte ich.

„Nur einen Bruder, er ist ein Jahr älter als ich.“

„Ist er auch hier?“

„Nein, ich bin allein mit Tante Mina hergekommen wegen meiner Gesundheit, die Gebirgsluft und die Bäder sollen mich kräftigen.“

Jetzt kamen Vater und die Brüder wieder. Man machte sich bekannt, wobei ich feststellte, daß Matthias und Christian sich steif wie die Böcke verneigten, oder richtiger wie ein paar Holzpuppen, und sehr dumme Gesichter dazu machten. Es genierte mich so, daß ich rot wurde. Adelgund schien es nicht aufzufallen, sie sah wenigstens nicht so erstaunt aus wie damals, als sie mich im Laden traf. —

Als wir uns dann voneinander verabschiedet hatten, sagte Vater: „Nur nicht viele Damenbekanntschaften.“

„Du sollst nicht belästigt werden“, tröstete die Mutter, „die alte Dame sucht nur für das junge Mädchen etwas Anschluß.

„Wir wollen Annchen aber auch haben“, riefen die Brüder, „wir möchten nicht immer mit fremden Damen spazierengehen.“

„Ist vorderhand nicht nötig“, entgegnete ich, „morgen gehen wir drei auf die Berge, nicht wahr, ihr Jungen?“

„Natürlich“, riefen sie, „aber erst müssen wir ausschlafen, wir sind heute morgen um drei Uhr aufgestanden.“

Jetzt fiel es der Mutter ein, daß sie die Wirtin noch gar nicht gefragt hatte, ob das Zimmer für die Brüder frei sei. Versprochen war es ihr schon, so glaubte sie, es würde keine Schwierigkeiten geben. Als wir aber Frau Hase um den Schlüssel baten, schlug sie die Hände über dem Kopf zusammen und rief: „Verehrteste Frau Mersburg, das habe ich ja ganz vergessen. Nun sind heute so viele Fremde angekommen, daß ich auch kein Kämmerchen frei habe. Wo tun wir nun die jungen Herren hin?“

„Das ist allerdings sehr unangenehm“, sagte Mutter, „Sie hatten mir doch das Zimmer versprochen, welches neben dem unsrigen liegt.“ Die Wirtin gab es jammernd zu, versicherte aber immer wieder, gar nicht daran gedacht zu haben, so daß Matthias ganz traurig fragte: „Dann müssen wir wohl wieder abreisen?“ Christian aber meinte, ob denn kein Heuboden da sei.

„Der ist da, wollten Sie dort vorliebnehmen?“

„Ist ja viel schöner als im Bett“, rief er, und Matthias stimmte ihm bei. „Mutter, gibt uns warme Decken, die Weste legen wir unter den Kopf, das geht wunderschön.“ Die Wirtin war so erfreut, daß sie den Jungen die Backen streichelte und sagte: „Solch angenehme Gäste habe ich noch gar nicht kennengelernt“, was den Brüdern sehr zu gefallen schien.

Verwöhnt sind wir alle nicht von den Eltern. Sie haben uns von früh an so erzogen, daß wir mit wenigem zufrieden sind, und daß wir uns nach der Decke strecken. Das taten nun die Brüder, wenn auch nur für eine Nacht. Ein Gast, der das Zimmer bewohnte, wollte morgen schon weiter.

Eben steckt Mutter den Kopf zur Türe herein. „Aber Annchen“, sagt sie nur und droht mit dem Finger. Das ist schon genug. Ich muß die Feder weglegen, obgleich ich gern noch mehr schriebe. Vater ist bereits zur Ruhe, die Brüder liegen schon lange im duftenden Heu, fast beneide ich sie. Nun will ich schnell auf den Zehen zu meinem Mutterchen eilen und mir noch einen Kuß holen. Sie sitzt gern abends, wenn alles schläft, noch ein wenig allein bei ihrer Bibel, ich glaube, sie betet für uns alle, daß Gott uns in seinen gnädigen Schutz nehme.

## Die alte Heimat

Da die kleine Tagebuchschreiberin mehr erlebt, als sie zu Papier bringen kann, und da es gut ist, die Erlebnisse mitunter von einem andern Standpunkt als dem ihrigen zu betrachten, so werden wir hie und da Kapitel einschalten, die nicht von ihr geschrieben sind, die aber doch im Zusammenhang mit ihrem Tagebuch stehen werden.

Es war ein lieblicher Sommermorgen, wie er schöner nicht gedacht werden konnte, als vor der „Post" ein ganz neuer Zweispänner hielt. Drei junge uns wohlbekannte Leute gingen ungeduldig vor der Haustür auf und ab, Annchen im hellen Sommerkleid, die beiden Gymnasiasten in grauen Sommeranzügen. Jetzt kam die Mutter, begleitet vom Vater, der ihr sorgsam ein Tuch um die Schultern legte: „Wenn es auch Sommer ist, kühl sind die Morgen doch, du darfst dich nicht erkälten." Sie sah ihn dankbar an und meinte, er solle nur auch auf sich achten, er hätte nicht so früh aufstehen sollen ihretwegen.

„Ich kann ja nun den ganzen Tag schlafen", lachte er, ermahnte dann die Jungen, aufmerksam gegen Mutter und Schwester zu sein und sich gesittet zu benehmen, was sie als selbstverständlich versprachen. Nun saßen sie alle im Wagen, noch einmal ein Nicken und Winken, und fort ging's in den schönen Sommermorgen hinein.

Frau Maria Mersburg sah so froh und glücklich aus, wie ein Kind am Weihnachtsabend, das lauter Schönes ahnt und sich noch keine bestimmten Vorstellungen machen kann, wie es ausfallen wird. Annchen schmiegte sich von Zeit zu Zeit an die Mutter und flüsterte: „Mutter, ich freue mich so!" Die Jungen aber warfen, als sie die letzten Häuser des Ortes hinter sich hatten, ihre Mützen in die Luft und riefen: „Hurra!"

„Keinen Unsinn!“ warnte die Mutter, „vergnügt dürft ihr sein, aber Dummheiten werden nicht gestattet.“

„Es war nur ein Ausdruck unserer Freude“, rief Christian, während der dicke Matthias seine Hand ausstreckte und sagte: „Es sind doch Butterbrote eingepackt, ich bitte darum.“

„Jetzt schon“, rief Anna entrüstet, „sie sollten erst auf der Hälfte des Weges gegessen werden.“

„Ist ja ganz einerlei, gebt sie nur her, dann sind wir der Arbeit überhoben.“

Die Pferde trabten munter auf der Straße dahin. Rechts und links gab es bewaldete Höhen, saftige Wiesen, goldschimmernde Kornfelder.

„Mutter, bist du hier schon gewesen?“ — „Oder hier?“ — „Wie heißt dies Dorf?“ — „Kennst du jenes Schloß dort?“ so sprudelte es durcheinander.

„Es ist mir alles fremd, liebe Kinder. Ich bin in meiner Jugend nie weit aus der Stadt herausgekommen, ich wußte wohl, daß ein vielbesuchter Badeort in der Nähe sei, wir sind aber nie dort gewesen. Ihr wißt, meine Mutter lebte nicht mehr; mein Vater war Lehrer und hatte viel Unterricht zu geben; außer einem Spaziergang täglich ging er fast nie aus. So habe ich von der Umgegend meiner Vaterstadt wenig kennengelernt. Viele liebe Menschen, die ich gekannt habe, sind gestorben, die noch leben, wollen wir aufsuchen, ich will sehen, ob sie mich wiedererkennen. Paßt auf, Kinder! Wer die Türme meiner Vaterstadt zuerst entdeckt, der sage es.“

„Das wird Anna natürlich, wir sitzen ja rückwärts“, rief Matthias, während der schlanke Christian behende wie ein Eichkätzchen auf den Kutscherbock hinüberkletterte. „So, nun sitze ich hoch und werde das Auftauchen der Türme zuerst wahrnehmen.“

„Wenn ich nicht irre, müssen wir vorher durch ein großes Gehölz, aber dann!“ setzte die Mutter hinzu.

Im Wald war es still und schön. Die Bäume und

Büsche sahen alle so taufrisch aus und glänzten, wenn die Morgensonne hindurchschien. „Wenn wir hier doch öfter herumjagen könnten", wünschte sich Christian.

„Oder Käfer und Schmetterlinge fangen", fügte Matthias hinzu.

„Auf dem Rückweg vielleicht", lenkte Annchen ein, während die Mutter versicherte, auf dem Rückweg würde man sich gar nicht aufhalten, Vater wünsche, daß wir um zehn Uhr abends zurück seien; und man wußte, daß Vaters Gebote gewissenhaft zu halten waren. Nun lichtete sich der Wald, der Wagen fuhr langsam eine Anhöhe hinauf. Jetzt waren sie oben, da wirbelte auf einmal wieder Christians Mütze in der Luft. Er rief: „Da sind die Türme, ich sehe die ganze Stadt! Mutter, Mutter, deine Stadt."

Frau Maria sah ihre Vaterstadt wieder nach zwanzig Jahren! Neunzehn war sie gewesen, als sie mit Onkel und Tante davonfuhr. Nun war sie neununddreißig. Sie faltete unwillkürlich die Hände. Die Kinder wurden auch still, es war, als ob sie ahnten, was durch die Seele der geliebten Mutter ging. Da lag die Stadt mit ihrem Häusermeer, und links vom Wege war die Anhöhe, auf der sie zuletzt mit ihrem Vater gesessen hatte, einen Tag vor seinem Heimgang. Die Worte, die er damals zu ihr gesprochen, waren ihr fest ins Herz geschrieben. Ja, die Erinnerungen kamen wie eine Flut über sie.

„Nicht so traurig, Mütterchen", flüsterte Anna und legte den Kopf an ihre Schulter, „du hast dich immer so gefreut auf diesen Tag."

„Ich freue mich auch", war der Mutter Antwort. Sie trocknete ihre Tränen und sagte in heiterem Ton: „So, ihr Kinder, nun merkt auf. Wenn wir in die Vorstadt kommen, lassen wir halten. Ich suche das Häuschen auf, in dem ich mit eurem Großvater gelebt habe, und zeige euch alles." Christian war wieder, da seine Mission erfüllt war, auf seinen Platz zurückgeklettert, und während die Mutter ermahnte, jetzt ruhig und anständig zu sitzen und ihr Ehre zu machen, näherte sich der Wagen der Stadt.

Als sie die ersten Häuser erreicht hatten, bat Frau Maria den Kutscher haltzumachen. „Fahren Sie hier ein wenig auf und ab, bis wir wiederkommen. Dann bringen Sie uns in die Altstadt. Dort in der Forststraße ist die Großhandlung von E. Walter, wo wir bleiben werden. Sie können in einem nahegelegenen Gasthof ausspannen und sich und den Pferden bis zum Abend Ruhe gönnen."

„Mutter, wo ist nun dein Häuschen? Ich sehe nur schöne Villen mit großen Gärten; hier hat wohl Lisa, deine Freundin, gewohnt, von der du uns erzählt hast."

„Ich fühle mich selbst fremd hier", meinte Maria. „Ihr müßt denken, daß zwanzig Jahre vergangen sind, da kann sich vieles verändern. Diese Häuser standen noch nicht, aber es ist die richtige Straße. Merkt nur alle auf, ob ganz verborgen zwischen den großen Häusern, von Bäumen verdeckt, nicht ein kleines einstöckiges Haus zu finden ist." Sie gingen weiter und weiter, aber nichts davon war zu sehen. „Es ist gewiß niedergerissen", sagte Maria eben traurig zu Annchen, da kamen die Jungen, die etwas vorausgegangen waren, zurück und riefen: „Wir haben es! Wir haben es! Ganz unter Bäumen versteckt liegt ein winziges Häuschen, wie — wie — ein Schilderhaus."

„Nein, Christian", widersprach Matthias, „du hast wohl noch kein Schilderhaus gesehen; es sieht eher wie ein Gartenhaus aus, aber die Läden sind zu."

„Dann ist es unbewohnt, aber versuchen möchte ich doch, ob nicht hineinzukommen ist." Sie gingen miteinander und kamen an Häuser, deren Maria sich noch gut erinnerte. Sie wußte sogar die Namen der Besitzer. „Hier wohnten Bürgers und dort ist die Villa Schwarz, zwischen diesen Häusern muß es liegen."

„Ja, dort, Mutter", sagte Matthias. „Siehst du, da guckt ein kleines Schieferdach heraus; aber es führt kein Eingang dahin, eine grüne Hecke ohne Tür ist davor."

„Dann gehen wir in den Garten der Villa und fragen. Das Häuschen gehört bestimmt jetzt zu dem großen." Sie klinkte beherzt die eiserne Gittertür auf, durch die sie als Kind sooft geschlüpft war, und fand den Garten im ganzen wenig verändert. Aber am Hause waren die Rolläden heruntergelassen, alles war tot und still. Da kam ein alter Mann den Kiesweg herauf, vielleicht der Gärtner oder der Hausmeister. Frau Maria grüßte freundlich und fragte, ob es wohl erlaubt sei, das kleine Haus seitwärts zu besichtigen. Der alte Mann kratzte sich bedenklich hinter dem Ohr und sagte: In dem Hause sei nichts los, es gehöre zur Villa, und der Besitzer sei mit seiner Familie verreist. Er habe die Aufsicht und die Schlüssel, aber die Herrschaft liebe durchaus nicht, daß ihr Besitztum während ihrer Abwesenheit durchstöbert würde, es hätte ja auch gar keinen Zweck.

„Es hätte nur den Zweck gehabt, daß Sie jemanden, der in dem Häuschen seine Kindheit verlebt hat, eine Freude gemacht, wenn Sie erlaubt hätten, noch einmal hineinzuschauen. Aber, wenn es nicht sein kann, entschuldigen Sie. Kommt Kinder!"

Sehr ungern folgten die Kinder ihrer Mutter. Es war die erste Enttäuschung. Sie hatten das Tor erreicht und wollten eben den Garten verlassen, da stieß Matthias die Mutter mit dem Ellenbogen und flüsterte: „Der alte Mann läuft hinter uns her." Maria sah sich um. Da kam der Alte und winkte immer mit der Hand. Erwartungsvoll blieben sie stehen. Jetzt hatte er sie erreicht. Er sah Maria scharf an, drehte verlegen seine Mütze hin und her und sagte: „Entschuldigen Sie, liebe Frau. Sollten Sie wohl — nein, das kann nicht sein — aber wenn ich Sie ansehe, dann denke ich: sie ist es doch. Nein — die Maria Ruben sind Sie doch nicht?"

„Freilich bin ich Maria Ruben, allerdings jetzt verheiratet mit dem Gutsbesitzer Mersburg, aber ich wohnte mit meinem Vater, dem Doktor Ruben, in dem kleinen Häuschen."

„Und hatten ein altes, braves Mädchen, die Mine?"

„Das stimmt", antwortete Maria lächelnd und die Kinder nickten ihr „Ja" dazu.

„Dann sollen Sie auch das Häuschen von oben bis unten sehen. Sie haben meiner Familie so viel Gutes getan, daß ich's mein Lebtag nicht vergessen hab'. Meine Frau ist längst tot, aber meine Kinder leben alle noch.

„Sind sie der Schreiner Roß aus der Grubenstraße? Sie waren krank, da haben wir Mädchen Ihnen einmal zu Weihnachten eine kleine Freude gemacht."

„Das nicht allein, die Rubens haben uns viele Wohltaten erwiesen, und jetzt zeige ich Ihnen Ihr Häuschen mit allem, was drum und dran ist. Sind das Ihre Kinder?"

„Gewiß, drei sind noch daheim, das heißt zwei eigene und ein angenommenes. Ich bin mit meinem Mann im benachbarten Kurort."

Sie gingen eifrig redend miteinander, die Kinder folgten, aufs höchste gespannt. Maria konnte nicht genug fragen nach der Familie Schwarz, erhielt aber ungenügende Antworten. „Das weiß ich alles nicht so genau, die Familie Schwarz ist längst weggezogen; ich bin seit etwa zehn Jahren hier Hausmeister und habe die Schwarzens wenig gekannt."

Nachdem der alte Mann einen großen Schlüssel geholt hatte, gingen sie durch die Gemüseanlagen nach dem Teil des Gartens, in dem das Häuschen lag. Die trennende Hecke war weggerissen, der alte Kastanienbaum stand noch da und überschattete mit seinen mächtigen Zweigen das kleine Dach. Sogar die nette Laube, mit wildem Wein überwuchert, war noch vorhanden.

„Hier hat die Mutter mit der Freundin Lisa ihre

Schularbeiten gemacht", riefen die Kinder, „aber eine Bank gibt es nicht mehr."

„Es ist eben alles zerfallen und verwildert, es war so nett und sauber als wir hier wohnten."

„Das kommt", sagte der alte Roß, „weil an diesem Teil des Gartens nichts gemacht wird; das Häuschen dient jetzt zum Aufbewahren der Gartengerätschaften, im Herbst wird das Obst in den verschiedenen Räumen untergebracht."

Der Alte schloß auf und Maria sah mit Wehmut die alten Zimmer wieder, in denen sie ihre Kindheit verlebt hatte. Sie wollte ihren Kindern alles erklären, aber die wußten ebensogut wie die Mutter, welches Großvaters Zimmer gewesen, welches das Blaue und wo Mina gewohnt hatte, ja, sie stiegen mit der Mutter die steile Treppe hinauf und besichtigten das Giebelzimmer, der Mutter eigenstes. Es war freilich alles zerfallen, der Kalk bröckelte von den Wänden, die Zeit hatte allem den Stempel der Vergänglichkeit aufgeprägt, aber es war doch anziehend. Sie ergingen sich mit der Mutter in ihren Jugenderinnerungen, und der alte Mann stand dabei und freute sich wie ein Kind.

Da sauste ein mächtiger Peitschenknall durch die Luft.

„Behrens will nicht mehr warten, Kinder, wir haben uns zu lange aufgehalten, eine ganze Stunde ist wie nichts zerronnen. Wir müssen weiter, der Tag ist sonst zu kurz für das, was wir vorhaben." Sie drückte dem alten Roß ein gutes Trinkgeld in die Hand, dankte ihm und wünschte ihm ferneres Wohlergehen. Dann bestiegen sie ihren Wagen und fuhren in die Stadt hinein.

## Alte Freunde

Frau Maria konnte sich noch gut zurechtfinden. Sie gab dem Kutscher die Richtung an und bald hielten sie vor dem großen Kaufmannshause der Walters. Behrens wurde angewiesen, sie abends hier wieder abzuholen, dann stieg Maria mit den Kindern ab. Auf diese Überraschung hatte sie sich lange gefreut.

Auf ihr Klingeln an dem wohlbekannten alten Haustor wurde geöffnet. Eine saubere Frau in mittleren Jahren sah die Gesellschaft erstaunt an. Maria würde Johanna vielleicht nicht gleich wiedererkannt haben, wenn der alte Roß ihr nicht erzählt hätte, daß seine Tochter Johanna noch im Walterschen Hause sei. Die hielt die Eintretenden für Fremde, die nicht mit ihrer Herrschaft bekannt seien, und fragte höflich nach ihrem Begehr. Maria streckte ihr die Hand hin und sagte: „Liebe Johanna, melden Sie doch: eine alte Freundin möchte Fräulein Martha Walter sprechen."

Bei Nennung ihres Namens stutzte Johanna. Sie sah die Dame prüfend an und ging kopfschüttelnd nach oben. Eine fremde Dame stehe draußen mit einem jungen Mädchen und zwei Jungen, sie möchte Fräulein Martha sprechen. Sie wisse nicht, wer es sei, von hier seien sie nicht, soviel könne sie sagen. Martha ging hinunter, sich wundernd, wer das wohl sei. Dann stand sie vor Maria und sagte: „Ich erinnere mich nicht Ihrer Bekanntschaft, mit wem habe ich die Ehre?" da konnte Maria sich nicht länger halten.

„Martha, kennst du mich nicht mehr? Es sind allerdings zwanzig Jahre vergangen, seit wir uns zuletzt sahen, Martha, wir wurden zusammen eingesegnet."

Da durchzuckte es Martha blitzartig. „Maria!" rief sie. „Ist es möglich? Du bist Maria Ruben, unsere alte Freundin! Tausendmal willkommen, die alte, liebe Maria. Wie werden sich die Eltern freuen, und Emmy!

Johanna, gehe doch gleich ins Diakonissenhaus und bitte Schwester Emmy, wenn sie sich freimachen könne, auf ein Stündchen zu kommen, unsere alte Freundin Maria Ruben sei da; sie wird es gewiß möglich machen. Maria, komm zu den Eltern, das ist ja eine großartige Überraschung."

Maria mußte erst einige Worte mit Johanna wechseln. Die hatte ihre beiden Hände gefaßt und schüttelte sie so kräftig, daß Maria fast Schmerzen empfand. Und doch tat ihr die alte Liebe und Treue so wohl, ach so wohl.

„Sind das deine Kinder, Maria? Eine erwachsene Tochter schon und so kräftige Söhne! Kommt, liebe Kinder, wir wollen uns duzen, ihr müßt Tante Martha sagen, wo eure Mutter, meine alte Freundin, ist."

Unter diesen Worten zeigte Martha Walter dem Besuch den Weg nach oben, wo sie ablegen mußten und dann zu den Eltern geführt wurden. Dasselbe Staunen, dieselbe Überraschung wiederholte sich. Das alte Ehepaar freute sich herzlich, sie wußten gar nicht, was sie Frau Maria und ihren Kindern zuliebe tun sollten. Natürlich wurde Maria aufgefordert, zum Mittagessen zu bleiben; was sie gerne annahm.

„Ich habe mich so lange auf diesen Tag gefreut und nehme ihn als Geschenk aus Gottes Hand."

„Meine liebe Maria", sagte Marthas Mutter, „Sie müssen uns viel erzählen von Ihren Erlebnissen. Ihre Kinder sehen sich unterdessen die Stadt und dann unsern Garten an. Wir wollen doch Eduards Kinder rufen lassen, Martha."

Tante Martha war bald gut Freund mit Anna und den Jungen. Sie machte sie bekannt mit den Kindern ihres Bruders, des jetzigen Geschäftsinhabers, und bald hörte man sie im Garten lachen und plaudern. Maria aber saß oben und mußte erzählen. Die Briefe seien doch unvollkommen, meinte Martha, als sie zurückkamen, sie möchten noch so vieles wissen.

„Maria, nun laß dich einmal ordentlich anschauen, Menschenskind“, rief sie aus, „daß ich dich nicht gleich erkannte! Du siehst — so anders aus — so würdig. Früher warst du schlanker, dünner, jetzt machst du einen so gesetzten Eindruck, ganz wie man sich eine Gutsbesitzersfrau zu denken hat.“

Maria lachte hell auf. „Als Mutter von fünf Kindern muß ich doch etwas Würde annehmen. In zwanzig Jahren verändert sich wohl der Mensch ein wenig.“

„Du bist auch im Wesen anders. Viel munterer und frischer bist du geworden. Du hast dich nicht zum Nachteil verändert.“

Maria lachte wieder. „Was du noch alles finden wirst, Martha. Doch“, fuhr sie ernst werdend fort, „ich glaube wohl, daß du recht hast. Ich hatte eine ziemlich strenge Erziehung beim Vater und im ganzen ein etwas einseitiges Leben. Dazu kamen traurige Eindrücke in der Jugendzeit, so daß der Frohsinn nicht so bei mir zum Durchbruch kam, obwohl ich sagen und bekennen muß, daß ich innerlich eine sehr glückliche Jugend gehabt habe. Ich habe wenigstens nie gefühlt, daß mir etwas fehle, und dann kann ich es meinem Vater nie genug danken, daß er mich von früh an den hat kennen lehren, der uns bis in den Tod geliebt hat, unsern Herrn und Heiland.“

„Da haben Sie recht, meine liebe Maria“, stimmte ihr Frau Walter bei, „wer ihn nicht kennt, für den ist kein wahrer, innerer Friede vorhanden; wer in ihm Vergebung seiner Sünden gefunden, der hat Leben und volles Genüge.“ —

„Maria, unsern Garten mußt du sehen“, unterbrach Martha das Gespräch. „Komm, wir gehen miteinander hinunter und bringen die Kinder dann zum Essen mit herauf.“ Sie nahm die Freundin, wie in alten Zeiten, unter den Arm, ging mit ihr über den Hof, wo reges Leben herrschte, durch das dunkle Hintergebäude, an dessen

Ende die zum Garten führende Tür aufgestoßen wurde. Da stand noch das alte Gartenhaus, in dem sie so vergnügt miteinander gewesen waren, dort plätscherte der Springbrunnen, von hübschen Blumenbeeten umgeben, es war alles noch wie einst. Jugendlust und Frohsinn tönte ihnen entgegen, man hörte Lachen und Plaudern, sah aber nichts.

„Wo sind die Kinder?" fragte Maria.

„Die sitzen dort im Nußbaum in der Ecke", lachte Martha, „das ist der Lieblingssitz unserer Jugend." Sie traten heran an einen alten, mächtigen Nußbaum. Maria schaute hinauf.

„Nein, ist es zu glauben", rief sie, „Annchen sitzt ganz hoch da oben, höher als die Brüder. Aber, Mädchen, komm herunter."

„Die ist aus der Art geschlagen", lachte Martha; „Maria, das hättest du nie fertiggebracht."

„Ja, sie ist ganz anders als ich, ich habe immer zu dämpfen, daß sie nicht über die Stränge schlägt."

„Kinder, kommt herunter, es geht zu Tisch", rief Martha und klopfte in die Hände. Da krabbelte es vom Baum herunter. Zuerst kamen zwei kleine Mädchen zum Vorschein, die auf den untern Zweigen gesessen, dann sprangen ein, zwei, drei jüngere Knaben herunter, dann unsere zwei, und schließlich schwebte, zierlich und behende, wie eine kleine Elfe, das Annchen vom Baum.

„Wo kommen alle diese Kinder her?" fragte Maria erstaunt.

„Sie gehören alle meinem Bruder. Die Schwägerin ist verreist, da muß einstweilen Tante Martha Mutterstelle vertreten. Aber nun hinauf zum Essen, eins, zwei, drei!"

Es gab ein fröhliches Mahl im alten Patrizierhause, und als sich nach Tisch ein leises Klopfen an der Tür vernehmen ließ und eine kleine zierliche Gestalt in Diakonissentracht hereintrat und auf Maria zuflog, da wollte die Freude kein Ende nehmen.

„Maria, bist du's denn wirklich? Wie siehst du aus? Ja, aber verändert hast du dich. Und deine Kinder, wie gut sehen sie alle aus! Eigentlich wollte ich böse auf dich sein, weil du unserem Mutterhaus untreu geworden bist. Du wolltest doch auch Schwester werden?"

„Emmy, ich wollte, aber Gott, der Herr, hatte es anders beschlossen. Schwesterdienste habe ich deshalb auch leisten müssen."

„Ich weiß es, du hast eine kranke Tante gepflegt und dann hast du dich sehr bald verlobt."

„Zwei Jahre war ich bei Onkel und Tante, als ich Braut wurde. Dann starb mein Onkel, und wir nahmen nach unserer Vermählung die Tante ganz zu uns."

„Das war nicht leicht für dich."

„Ich habe sie gerne gepflegt. Ihre Liebe, Geduld und Freundlichkeit belohnte mich reichlich für die Mühe, die mir ihr Kranksein verursachte. Sie hat noch sechs Jahre gelebt und war Zeuge meines Glückes."

„Und dann hast du das Vermögen der Verwandten geerbt?"

„Den größten Teil. Es war ein Segen für uns, denn es stellte sich immer mehr heraus, daß mein Mann bei seiner Nervosität seinen Beruf als Jurist nicht lange würde ausüben können. Die Ärzte rieten ihm, sich viel in freier Luft zu bewegen, und da er sich von jeher sehr für Landwirtschaft interessiert hatte, so kauften wir das Gut Grüneichen. Wir gewannen einen tüchtigen Inspektor, mit dessen Hilfe er nun sein Gut bewirtschaftet."

„Und du?"

„Ich arbeite mit einer alten, bewährten Wirtschafterin und mir bekommt, wie ihr seht, das Landleben ausgezeichnet."

„Wer hätte je gedacht, daß du, Maria, einmal Gutsbesitzerin werden könntest, ich hätte eher eine Diakonisse, Lehrerin, oder, wenn geheiratet sein sollte, eine Pfarrfrau in dir gesehen."

„Es kommt oft ganz anders, als wir denken und wünschen. Jedenfalls bin ich eine glückliche Frau und Mutter und danke Gott täglich für seine Führung. Doch nun möchte ich von euch wissen, was aus Lisa Schwarz geworden ist. Ein- oder zweimal hat sie mir von Italien aus geschrieben, dann haben wir nie mehr voneinander gehört. Ich hätte sie so gern einmal wiedergesehen. Lebt die Mutter noch hier?"

„Sie ist vor vielen Jahren weggezogen und, soviel wir wissen, gestorben. Was aus ihren Kindern geworden ist, können wir dir nicht sagen. Ich glaube, Lisa ist verheiratet, es ist aber ebensogut möglich, daß es eine Schwester von ihr gewesen ist. Du weißt, wir hatten nie größeren Verkehr mit der Familie."

„Wie schade, daß ich nichts über sie erfahren kann", sagte Maria traurig.

Die Freundinnen plauderten noch lange miteinander; man kam von einem aufs andere, es war des Erzählens und Fragens kein Ende. Aber die Zeit ging weiter, und da Maria noch an die Gräber der Eltern wollte und auch einen Besuch im Pfarrhaus vorhatte, so mußte ein Ende gemacht werden. Schwester Emmy, die sich heute einige Stunden hatte freimachen können, bot sich zur Begleitung an, während Martha daheim blieb, um für die Abendbewirtung der Gäste zu sorgen.

Emmy erzählte Maria viel aus dem Diakonissenhause, sagte, wie ihr Beruf sie ganz erfülle und glücklich mache, wie sie sich nicht allein im Mutterhause unter der Leitung der allverehrten Oberin wohl fühlte, sondern wie ihr Beruf, auch wenn sie auf auswärtigen Stationen arbeitete, sie stets voll befriedigte. Maria sah sie mit leuchtenden Augen an.

„Wie mich das freut, Emmy, so muß es sein. Gott, der Herr, führt den einen diesen Weg, den andern jenen. Wenn uns die Liebe, die der Herr Jesus zu uns hat, das Herz erweicht hat, dann macht uns das Dienen in unserem Beruf Freude. Wir denken nicht darüber nach, ob eine Arbeit für uns paßt oder nicht, ob sie leicht oder schwer ist — ob gering oder ehrenvoll — wir dienen dem Herrn mit Freuden und danken ihm, daß er uns würdigt, geringe Arbeiterinnen in seinem Weinberg zu sein."

Sie waren bis an die Paulskirche gekommen, Maria stand still in tiefer Bewegung. In diesem Gotteshause war sie eingesegnet worden, und dort lag das alte graue Pfarrhaus, wo Pfarrer Berg noch lebte und wirkte. Welche Freude, auch ihn noch einmal wiedersehen zu dürfen. Sie sah sich nach den Kindern um, die in einiger Entfernung folgten, und winkte ihnen näherzukommen, und so betraten sie das Haus.

Schwester Emmy, die oft hier aus und ein ging, klopfte rechts an eine Tür und betrat das Zimmer. Maria und die Kinder folgten. Da saß der greise Pfarrer in der Sofaecke, ihm zur Rechten seine treue Lebensgefährtin. Maria hatte sie verlassen, als sie auf der Höhe des Lebens standen; nun hatte das Alter sie gebeugt, und der ehrwürdige Herr stand im Begriff, in den Ruhestand zu treten. Bis jetzt war es ihm vergönnt gewesen, sein Amt noch allein zu verwalten. Beide erhoben sich, als die Damen eintraten. „Es ist Schwester Emmy", sagte die Pfarrfrau zum Gatten. „Sie bringt eine fremde Dame mit und drei Kinder."

„Sie sollen raten, Herr Pfarrer, wer die Dame ist. Es ist eine alte Bekannte von früher", bemerkte Emmy.

Jetzt trat Maria vor, ergriff die Hand des alten Herrn und sagte mit bewegter Stimme: „Sie haben mich eingesegnet, Herr Pfarrer, kennen Sie mich nicht mehr?" Pastor Berg legte die Hand an die Stirn. „Ich habe viele Kinder eingesegnet, ich kann mich im Augenblick nicht an Sie erinnern."

„Ich war eine Altersgenossin von Eva."

„O, lieber Mann, jetzt weiß ich's, es ist — es ist die kleine Maria."

„Maria Ruben, jetzt kenne ich dich! Ich sage noch du, meine Tochter; ich betrachte meine Konfirmandinnen als meine Kinder, und du warst ein besonders liebes Kind von mir."

Und nun schüttelten die alten Leute Maria kräftig die Hände, freuten sich an den Kindern, ließen sich erzählen und erzählten wieder von ihren längst erwachsenen und verheirateten Kindern. Eva war unvermählt geblieben und hatte ein großes Töchterpensionat in einer waldreichen Gegend Thüringens.

Es war köstlich, dies Wiedersehen mit dem geistlichen Freund und Berater. Sie hätte den Besuch viel länger ausdehnen mögen, als die Zeit es gestattete. Und doch konnten sie in der kurzen Zeit ernste Worte, Ewigkeitsgedanken miteinander austauschen. Als beim Abschied der alte Pfarrer segnend die Hand auf Marias Haupt legte und sagte: „Gott behüte dich, mein liebes Kind, dich und dein ganzes Haus; ich habe keine größere Freude als die, daß ich meine Kinder sehe in der Wahrheit wandeln", da stahlen sich Tränen in Marias Augen. Sie wußte, die teure Hand ruhte zum letztenmal in diesem Leben auf ihrem Haupt.

Der Gang nach dem Friedhof in Emmys und der Kinder Begleitung bildete den Schluß. Es war Maria eine wehmütige Freude, mit ihren Kindern am Grabe ihrer Eltern stehen und ihnen allerlei Liebes vom Großvater erzählen zu können. Dann drängte es sie zurück zu Walters, wo sie nach einer schönen Stunde des Beisammenseins den Wagen bestiegen, um die Rückfahrt anzutreten.

## Gestörte Rückfahrt

am 21. Juli

Das waren viele Erlebnisse an einem Tage. Heute regnet es in Strömen; die Brüder müssen arbeiten, es darf sich nichts rühren. Vater hat seine nervösen Kopfschmerzen. Da kann ich nichts Besseres tun, als in meinem Stübchen am Tagebuch schreiben.

Der gestrige Tag war — himmlisch! Doch halt, diesen Ausdruck soll ich nicht gebrauchen. Mutter sieht es nicht gern, wenn wir ihn für irdische Dinge anwenden, so will ich sagen: herrlich. Mutter war freilich die Hauptperson und wir drei Nebenpersonen, aber wir waren dennoch sehr vergnügt, wenn nur das Ende nicht gewesen wäre!

Bei schönem Wetter fuhren wir aus, in Gewitter und strömendem Regen sind wir wiedergekommen. Unsere sämtlichen Sachen hängen auf dem Boden zum Trocknen; wir waren wie aus dem Wasser gezogen. Doch ich darf nicht beim Ende anfangen. Eins nach dem andern.

Wir haben der lieben Mutter Vaterstadt gesehen. Ich werde nie den Eindruck vergessen, den die Stadt auf mich machte, als sie zuerst vor unsern Blicken auftauchte; aber noch unvergeßlicher wird mir der lieben Mutter Gesicht bleiben, als sie nach zwanzig Jahren ihre alte Heimat wiedersah. Ich habe Mutter überhaupt oft beobachtet, was sie jedoch gar nicht gemerkt hat. Sonst bekümmert sie sich sehr um ihre Kinder, gestern vergaß sie uns oft ganz, wenn sie mit den alten Freunden redete. Wir haben es aber trotzdem sehr gut gehabt. Überall begegnete man uns mit der größten Freundlichkeit und fütterte uns mit schönen Leckerbissen, was mir und den Brüdern außerordentlich gefiel.

Die Stadt mit ihren Häusern und Kirchen interessierte uns sehr. Wir sind überall gewesen, während Mutter sich mit Fräulein Walter unterhielt. Johanna begleitete uns. Sie zeigte uns auch das Haus, wo Mutter mit Tante Lottchen gewohnt hatte, weil wir sie darum baten. Was uns aber am besten gefiel, war, daß sie uns aus der Mutter Jugendzeit viel erzählte, was wir noch nicht wußten. Sie sagte, ich solle nur meiner Mutter ähnlich werden. Ich möchte es, aber es wird mir wohl nicht gelingen. Ich will den lieben Heiland bitten, daß er mir hilft. Mutter sagt, mit seiner Hilfe gelingt alles. Eins habe ich gestern erfahren, daß alle Menschen in der Stadt, die Mutter kennen, vom alten Roß an bis zum Herrn Pfarrer, sie sehr liebhaben. Und das freut mich, denn Vater und wir Kinder haben sie auch so sehr lieb.

Dann sind wir wieder in Walters Garten gewesen. Dort trafen wir Walters Kinder, die schon auf uns warteten. Wir sagten erst alle nichts und sahen uns nur an, bis eins von den Kindern rief: „Wir wollen doch in den Nußbaum steigen."

Ich darf eigentlich nicht mehr klettern, aber hier lagen die Zweige so bequem übereinander, daß es nur wie ein Treppensteigen war; es war so kühl und schön in dem Laubwerk nach dem langen Umhergehen in der Stadt, das uns etwas ermüdet hatte.

Tante Martha und Tante Emmy sind sehr gut. Tante Martha sorgt so liebreich für ihre alten Eltern, und Tante Emmy pflegt Kranke. Ich werde auch einmal so für meine Eltern sorgen, wenn sie alt sind. Im Pfarrhause war es auch schön. Frau Pfarrer zeigte uns den Garten, während der Herr Pfarrer sich mit Mutter unterhielt. Sie gab uns zur Erinnerung einen schönen Rosenstrauß mit, von dem Mutter sich einige Rosen pressen wollte. Aber wo sind die Rosen hin! Doch ich will nicht vorgreifen.

Vater hatte Mutter gebeten, nicht später als um acht Uhr den Rückweg anzutreten, weil er sich sonst sorgen würde. Der Wagen war auch pünktlich da, und wir stiegen ein, nachdem wir uns von Walters herzlich verabschiedet hatten. Sie standen alle vor der Tür, sogar die alten Eltern, und Johanna gab uns alles in den Wagen, was wir mitzunehmen hatten. Viel war es nicht, es war ja Sommer. Als wir die Stadt im Rücken hatten, warf Mutter sorgenvolle Blicke nach dem Himmel. „Kinder, wir bekommen Regen, wohl gar ein Gewitter", rief sie.

„Ja, Gewitter gibt's", sagte Matthias mit großer Ruhe, „es hat schon ein paarmal gedonnert."

„O weh!" rief Mutter, „wir haben ja keine Schirme mitgenommen!"

„Wer denkt bei blauem Himmel auch an Schirme", meinte Christian. „Nun, Mutterchen, wenn wir auch ein bissel naß werden, das schadet ja nichts."

„Behrens, fahren Sie recht schnell", bat Mutter, „vielleicht kommen wir noch trocken heim!"

„Wir haben zwei gute Stunden zu fahren und jetzt geht's bergan, das geht halt nicht so schnell."

Langsam ging die Fahrt den Berg hinan. Als wir oben waren, erschraken wir. Dunkle, blauschwarze Wolken überall; eine unheimliche Stille in der Natur, wie sie dem Unwetter voranzugehen pflegt.

Plötzlich erhob sich der Wind und jagte den Sand vor uns her, ja wirbelte ihn so auf, daß wir ganz in Staubwolken eingehüllt waren. Der Donner grollte mächtiger und einige Blitze zuckten am Himmel. Dann brach der Regen los, ein gewaltiger Platzregen. Jedesmal beim Leuchten der Blitze bäumten sich die Pferde hoch auf, so daß ich glaubte, der ganze Wagen würde in den Graben geschleudert. Ich griff nach Mutters Hand, sie drückte die meine und sagte nur: „Gott ist bei uns." Das tröstete mich.

Nun waren wir im Wald, es war fast dunkle Nacht, obwohl es ja eigentlich im Sommer um diese Zeit noch hell ist. Wir fuhren immer weiter im strömenden Regen, es schien, als wollte der Wald gar kein Ende nehmen.

„Behrens", rief die Mutter dem Kutscher zu, „sind

wir noch nicht bald aus dem Holz heraus, es kam mir auf dem Hinwege gar nicht so lange vor?" Er hörte wohl nicht, weil der Regen so rauschte und der Wind heulte.

Da gab Christian ihm einen Puff in den Rücken und schrie: „Sind wir nicht bald aus dem Holz heraus?"

Da hielt der Wagen. „Ich weeß ooch nicht", sagte Behrens und kratzte sich hinter dem Ohr, „ich muß wohl vom rechten Weg abgekommen sein, es is mich gar nich, als ob dies der Weg nach unserem Badeort sein könnte. Da gehen so viele Wege kreuz und quer und bei die Finsternis!"

„Das wäre ja schrecklich", rief die Mutter angstvoll. „Mein Mann wartet auf uns, wir müssen spätestens um zehn Uhr zu Hause sein."

„Das werden wir wohl nicht", sagte Behrens in größter Gemütsruhe. „Ich weeß nur nicht, soll ich umkehren oder nicht, weeß in dem Holze hier ooch nich Bescheid."

„Fahren Sie nur weiter, wir müssen doch zu einem Ende herauskommen, wenigstens zu einem Kreuzweg, wo uns ein Wegweiser sagt, wo wir sind", entschied die Mutter. Er fuhr wieder los, und uns war recht beklommen zumute in dem Gedanken, daß wir möglicherweise die Nacht hier würden zubringen müssen. Da rief Matthias plötzlich: „Ein Licht, Mutter, ich sehe ein Licht."

Das Licht kam immer näher, der Regen ließ etwas nach, und wir erkannten im Dämmerlicht, daß wir bei einem Forsthaus angelangt waren. Wir hielten; Christian mußte absteigen und sich erkundigen. Hundegebell ertönte, die Haustür wurde aufgerissen, und die breitschulterige Gestalt eines Försters ließ sich blicken. „Sie sind statt rechts nach links abgebogen, müssen den ganzen Weg wieder zurück bis an die Hauptstraße und dann auf der Landstraße rechts weiter fahren. Aber wollen Sie nicht absteigen und sich bei uns die Sachen trocknen?"

„Ich danke Ihnen für Ihre Freundlichkeit, wir müssen aber nach Hause", sagte Mutter ablehnend. Wir mochten einen schönen Anblick gewähren in unseren durchweichten Sachen. Der Kutscher fuhr wieder los, und wir gebrauchten eine gute halbe Stunde, bis wir wieder auf den Hauptweg gelangten. Der Regen, der etwas nachgelassen hatte, setzte mit erneuter Heftigkeit ein, das Gewitter war schwächer geworden, der Donner grollte nur noch in der Ferne. Gesprochen wurde gar nicht mehr, sogar die Brüder, die unsern Mut noch immer aufrecht erhalten hatten, verstummten, nachdem sie erklärt hatten, der Regen würde nachgerade ungemütlich. Mutter sorgte am meisten um Vater: „Wie wird er sich ängstigen", sagte sie ein paarmal. „Der arme Vater!"

Endlich, endlich, es mochte gegen zwölf Uhr sein, sahen wir Lichter auftauchen. Neue Hoffnung belebte uns. Noch ein wenig Geduld, und wir hatten den Ort erreicht. Eine dunkle Gestalt im Überzieher mit großem Regenschirm stand auf dem Straßendamm.

„Maria, seid ihr da, Gott sei gelobt, ich habe große Angst um euch gehabt."

„Vater, du draußen bei diesem Regen", rief Mutter, „o das ist unrecht!" Ihre Worte verhallten, denn der Wagen rasselte nun schnell auf dem Steindamm vorwärts. Hier war schon der „Goldene Stern", dort die „Weiße Rose", und nun landeten wir endlich an der „Post".

Die Wirtin war noch auf. „Gott sei Dank", sagte auch sie, „daß Sie da sind. Ich habe heißen Tee für Sie bereit, kommen Sie nur." Die Brüder sprangen schnell herab, halfen Mutter und mir vom Wagen — aber — wie sahen wir aus! Bis auf die Haut durchnäßt, im wahrsten Sinne des Wortes. Wir mußten schnell die Kleider wechseln. Dann fanden wir uns im Wohnzimmer wieder, wo schon Mutter im warmen Morgenrock um den Vater bemüht war, der erschöpft in der Sofaecke saß. Er war sehr ungehalten, behauptete, wir seien viel zu spät fortgegangen, sonst hätten wir um zehn Uhr zu Hause sein müssen. Er war sehr böse und verdrießlich, so daß die Mutter uns den Wink gab, uns bald zurückzuziehen. Wir gingen denn auch still zu Bett und bedauerten das böse Ende des glücklichen Tages.

Ich schlief gut und fest, war aber, als ich aufwachte, besorgt, wie es den Eltern gehen möchte. Als ich ins Wohnzimmer kam, stand Mutter am Kaffeetisch. Sie sah blaß und angegriffen aus.

„Annchen, ihr müßt heute ganz still sein, wir haben eine schlechte Nacht gehabt. Vater hat kein Auge zugetan."

„Und du natürlich auch nicht, Mutter", unterbrach ich sie.

„Ich kann es eher vertragen, aber Vater hat seine nervösen Kopfschmerzen, jedes Geräusch tut ihm weh. Warte auf die Brüder und verhaltet euch beim Kaffee sehr still. Ich gehe zum Vater."

Das waren traurige Aussichten für den heutigen Tag. Dazu plätscherte der Regen still und gemütlich vom Himmel, man sah es ihm an, daß er heute nicht aufhören würde. Die Brüder, die nun auch ein hübsches Zimmer und gute Betten hatten, erschienen sehr spät. Da — auf einmal nahten sie mit Gepolter. Ich wollte schnell aufstehen und zur Ruhe mahnen, blieb mit einem Haken am Kaffeetuch hängen und riß ein paar Tassen herunter, die klirrend zu Boden fielen. Die Mutter stand in der Tür und winkte mit der Hand, ich winkte den Brüdern, die jetzt eben mit ihren groben Stiefeln in die Stube traten.

„Vater ist krank", flüsterte ich; da zogen meine Brüder schnell ihre Schuhe aus, kamen auf Socken herbei, sammelten leise die Scherben zusammen, trugen sie hinaus und brachten zwei ganze Tassen wieder mit herein. Dies rührte mich so, daß ich jedem einen Kuß gab und flüsterte: „Ihr guten Jungen", worauf sie ebenso leise erwiderten:

„Wir kennen die Lage schon an solchen Tagen, nun gib nur schnell den Kaffee her."

Nach dem Kaffee verschwanden sie; was sie unternommen haben, weiß ich nicht, ich weiß nur, daß sie mich allein ließen. Endlich erschien Mutter und gab mir allerlei Aufträge. Ich mußte oben nach den Sachen sehen, unsere dünnen Sommerblusen aufplätten, den Staub im Zimmer wischen und dann in den „Goldenen Stern" gehen und bitten, daß uns das Essen herübergeschickt würde. Als ich wiederkam, war Vater aufgestanden. Er aß auch mit uns zu Mittag, aber bei jedem zu laut gesprochenen Wort machte er ‚bscht' und drückte sich die Stirn mit Zeigefinger und Daumen. Nach Tisch zog er sich wieder in sein Schlafzimmer zurück. Die Brüder und ich blieben beieinander im Wohnzimmer. Sie erzählten mir, daß sie den ganzen Morgen bei ihrem Reisegefährten gewesen seien, und daß sie sich sehr gut mit ihm unterhalten hätten. Dann, als sie merkten, daß ich ziemlich bedrückte Mienen aufgesetzt hatte, fingen sie an, mir lustige Schulgeschichten aufzutischen, wurden aber leider so lebhaft dabei — ich quiekte auch ein paarmal laut auf —, daß Mutter hereinkam und kopfschüttelnd sagte: „Aber, Kinder, ihr wißt doch!"

„Mutti, Annchen ist so traurig", flüsterte Matthias, „wir wollten sie nur ein wenig aufkrabbeln."

Die Mutter wollte jetzt nichts vom Aufkrabbeln wissen, sie sagte entschieden, heute müßten Rücksichten genommen werden, morgen werde es mit Gottes Hilfe besser sein, Matthias und Christian sollten in ihr Zimmer gehen und lateinische Arbeiten machen.

„A—ach!" sagten beide gedehnt, „wir wollten gerade baden gehen."

„Bei dem Wetter?" fragte Mutter und mußte lachen. „Und wo, wenn ich fragen darf?"

„Es wird hier ja irgendein Wässerchen sein, in dem man baden kann", meinte Christian. „Wannenbäder gibt es hier, sonst ist mir nichts bekannt von andern Badegelegenheiten. Wir wollen uns morgen danach erkundigen. Jetzt wird der Nachmittag mit nützlichen Übungen zugebracht, und du, Annchen, gehst in dein Zimmer und nimmst auch eine Arbeit vor; wir müssen hier jetzt vollständige Ruhe haben." Das wurde in entschiedenstem Tone gesagt, den wir alle kennen und dem nicht widersprochen werden darf.

Also ich sitze nun hier am Fenster meines Stübchens mit dem Blick auf die in graue Wolken verhüllten Berge. Alles sieht so naß und grau aus, und so wird auch die Beschreibung dieses trüben Tages recht grau und trocken ausgefallen sein. Aber: „Auf Sonnenschein folgt Regen." Wenn nun nur morgen auf Regen wieder Sonnenschein folgt, dann soll dieser Tag vergessen sein, und ich will mich wieder meines Lebens freuen.

## Adelgund

am 22. Juli

Dem Vater geht's besser", sagte Mutter, als sie mir den Morgenkuß gegeben hatte.

„Und wie geht's dir, liebe Mutter?" fragte ich.

„Du hast die vorige Nacht gar nicht geschlafen, hat das Unwetter vom zwanzigsten dir nicht geschadet?"

„Ein wenig erkältet bin ich", antwortete Mutter, ich hörte es ihrer Stimme an, daß es mit dem Hals nicht ganz in Ordnung war. „Es tut aber nichts", fügte sie hinzu; „es ist nicht der Rede wert, wir wollen froh sein, daß wir den Vater wieder so weit haben."

Er kam gerade jetzt herein; ich sah es ihm an, daß er wieder bei guter Gesundheit war, und dann ist er ein so lieber, guter Vater, daß man ihm ungestraft in die Arme fliegen kann. Er nannte mich seine liebe Kleine, strich mir die widerspenstigen Locken aus dem Gesicht und fragte mich, ob ich mich denn vorgestern auch so vergnügt habe wie Mutter.

„Es war himml—wunderschön“, sagte ich, worauf er lächelnd meinte: „Bis auf die Rückfahrt, da ist das Vergnügen wohl mäßig gewesen.“

„Schadet nichts, lieber Vater“, lachte die Mutter; „der Tag wird mir dennoch unvergeßlich bleiben. Das einzige, was mir leid tut, ist, daß ich nichts von meiner Jugendfreundin Lisa erfahren konnte, was ich so sicher hoffte. Ihre Mutter ist sehr bald weggezogen, man konnte mir nur sagen, daß Lisa verheiratet sei, wußte aber ihren jetzigen Namen nicht. Wäre sie noch Lisa Schwarz, könnte man sie vielleicht eher ausfindig machen.“

„Nun, die Erde ist nicht so groß, ihr werdet einander schon einmal begegnen“, tröstete der Vater, zog die Mutter zu sich aufs Sofa und schlang den Arm um sie. Nun kamen auch die Brüder, es gab eine sehr gemütliche Kaffeestunde, deren Freude noch erhöht wurde durch Briefe von Sophie und den kleinen Schwestern.

Ich habe bisher nicht gesagt, wer Sophie ist, auch meine Schwestern habe ich noch nicht erwähnt. Das wird aber alles kommen, wenn wir erst zu Hause sind, jetzt gibt es von hier noch allerlei zu berichten. Ich will nur so viel sagen, daß Sophie unsere Pflegeschwester ist und daß die Kleinen Mathilde und Olga heißen. Die haben schon große Sehnsucht nach den Eltern, was ich ihnen nicht verdenken kann; ich fühle mich nie wohl, wenn ich nicht bei den Eltern bin.

„Nun, ihr Jungen, was wird heute vorgenommen?“ fragte Vater die Brüder. Matthias sagte, sie dächten erst ein Moorbad zu nehmen und dann mit mir spazierenzugehen, um die Gegend zu erforschen. Das erstere redeten die Eltern ihnen aus, das letztere fanden sie annehmbar, da die Eltern Vaters wegen heute nicht weit gehen wollten. Vater muß Moorbäder nehmen, die sind sehr teuer und werden nur aus Gesundheitsrücksichten benutzt. Sie greifen an, und wer eins nimmt, muß eine Stunde lang danach liegen, das wäre nichts für die Brüder.

Entdeckungsreisen habe ich immer gern gemacht, bin zu Hause mit Matthias und Christian durch Feld und Wald gestreift; wir rüsteten uns also nach dem Frühstück, während die Eltern ins Badehaus gingen.

„Wir wollen zunächst einmal auf die Höhen klettern und uns den Ort von oben ansehen“, entschieden die Brüder. Ich war's zufrieden. Wir gingen durch die Anlagen und begegneten Adelgund mit ihrer Tante. Sobald sie mich von weitem erblickte, kam sie auf mich zu. „Wie habe ich Sie vermißt“, sagte sie, „ich habe Sie schon zwei Tage lang nicht gesehen.“

Ich sah die erschrockenen und unzufriedenen Gesichter der Brüder, die gewiß glaubten, ich würde ihnen entführt oder sie würden verurteilt, mit den fremden Damen im Schritt spazierenzugehen. Ich sagte deshalb gleich: „Jetzt beabsichtige ich mit meinen Brüdern auf die Berge zu steigen —“

„Da kann ich nicht mit“, fiel sie mir traurig in die Rede, „ich kann das Bergsteigen nicht vertragen.“

„Aber heute nachmittag wollen wir beide miteinander gehen; ich hole Sie ab, und wenn Sie dürfen, können wir ein paar Stunden zusammenbleiben.“

„O das ist schön“, rief sie sichtlich erfreut; „aber nicht wahr, wir können jetzt auch noch ein Stückchen zusammen gehen bis zum Ende der Anlagen?“

„Gundchen, geh du mit Fräulein Annchen und komm dann zu mir zurück; ich erwarte dich hier auf der Bank.“

Mit diesen Worten setzte sich die alte Dame; Adelgund, die ganz rot vor Freude geworden war, faßte mich unter mit einem lieblichen: „Darf ich?“ und die Brüder trabten vor uns her. Plötzlich fragte mich Adelgund ganz laut: „Haben Sie schon in Ihr Tagebuch geschrieben?“ Bei diesen Worten drehten sich Matthias und Christian beide um und sahen mich gespannt an. Ich gab Adelgund einen Wink zu schweigen, aber Christian sagte treuherzig:

„Wir haben es nun doch schon gehört.“ Adelgund aber drückte meine Hände und bat mich, nicht böse zu sein, sie habe nicht gewußt, daß es ein Geheimnis sei. Ich beruhigte sie, aber unangenehm war es mir doch.

Am Ende der Anlagen verabschiedete sie sich, um zu ihrer Tante zurückzukehren. Nun begannen unsere Wanderungen. Die Brüder liebten die ungewöhnlichen Wege mehr als die ebenen, sie suchten sich die steilsten Aufstiege, so daß ich oft Mühe hatte zu folgen. Wir wurden aber durch eine herrliche Aussicht belohnt. Nachdem wir uns ein Weilchen ausgeruht hatten, gingen wir auf ein Gehölz zu.

„Nun wollen wir den Urwald durchforschen“, sagte Matthias, als wir uns unter den schattigen Bäumen des Waldes befanden. Er war eine Art Naturforscher und schleppte Käfer, Raupen und anderes Gewürm zusammen, während Christian sich aufs Steinesammeln legte und sich die Taschen vollpfropfte, daß sie beinahe platzten. Es wäre mir fast langweilig geworden, wenn ich nicht plötzlich Heidelbeerkraut entdeckt und mich nun aufs Heidelbeeressen gelegt hätte; denn unter den grünen Blättern versteckt, luden die niedlichen blauen Beeren zum Schmausen ein. Ich verlor mich so immer weiter und merkte es kaum. Wie schattig und kühl war es unter den hohen Bäumen, so geheimnisvoll still, nur wenn ich auftrat, knisterte es leise unter meinen Füßen. Hin und wieder zwitscherte ein Vöglein in den Zweigen. wie schön war es in der Waldeinsamkeit; ich wollte nur, Adelgund wäre bei mir gewesen, hier war der Ort zum Freundschaftschließen, hier hätte ich ihr gleich das Du angeboten. Doch ritsch — was war das? O weh, mein Kleid! Warum sind die Sommerkleider auch so dünn und warum gibt es so spitze Haken an den Büschen! Vollkommen ist doch nichts in der Welt; Freude und Leid wechseln so schnell. Denn leid ist es mir um das schöne Kleid! Mutter sagte noch beim Weggehen, ich solle mich recht in acht nehmen. Wenn ich nur Stecknadeln bei mir gehabt hätte, denn es war ein langer Riß. Jetzt fiel mir ein, daß Matthias immer sehr viel Stecknadeln auf seinen Ausflügen mitnahm, da war mir ja vorderhand geholfen.

„Matthias“, rief ich, aber keine Antwort. Nun erst merkte ich, daß die Brüder gar nicht in der Nähe waren. Ich ging, so schnell ich konnte, den Weg zurück, den ich gekommen; endlich hörte ich ihre Stimmen. Aber es schien eine fremde, männliche Stimme dabei zu sein. Wie peinlich! Ich konnte mich unmöglich so sehen lassen. Ein großer Busch trennte mich noch von ihnen, ich konnte hindurchlugen, wurde aber nicht gesehen. Ein großer, schon etwas älterer Herr mit einem riesigen Bart stand bei ihnen.

„Suchen Sie das kleine Mädchen, das Ihnen, als wir zusammen ankamen, entgegenlief?“ fragte er.

„Kleines Mädchen“, wiederholte ich für mich empört, am liebsten wäre ich aus dem Busch gesprungen und hätte mich in meiner ganzen Länge vorgestellt. Aber ich konnte ja nicht. „Matthias“, rief ich schüchtern. Sie drehten sich alle drei nach dem Busch um.

„Da ist sie, es war wenigstens ihre Stimme“, rief Christian. „Annchen, komm doch.“ Da ich es aber aus guten Gründen vorzog, nicht zu kommen, bequemte sich endlich Matthias, nach mir zu sehen. Ich hielt ihm den Riß vor die Augen und sagte flehentlich: „Matthias, du hast Stecknadeln, hilf mir doch endlich.“ Er öffnete seinen Rock und holte aus der Kehrseite den gewünschten Artikel herbei; ja, er kniete sogar vor mir und half den abscheulichen Riß zustecken.

„Wer ist der Herr?“ fragte ich ihn leise.

„Unser Reisegefährte“, antwortete er mit dröhnender Stimme.

„Sei doch ruhig, Matthias, schreie nicht so, nun wird's gehen. Der Herr scheint zu denken, daß ich noch ein kleines Kind bin“, sagte ich wieder ganz leise.

„Nein, dafür hält er dich nicht.“

„Bitte, nicht so laut“, flehte ich. Er hatte natürlich alles gehört, was Matthias sagte, denn als ich hinter dem Busch vorkam, wurde er etwas verlegen, nahm den Hut tief ab und verbeugte sich. Christian war so gewandt, mich als Schwester und den Herrn als „den Reisegefährten“ vorzustellen. Der murmelte zwar einen Namen, den ich aber nicht verstand. Er hatte große kluge Augen, die mich sehr verwundert ansahen, ich glaube, er hat sich über den zugesteckten Riß gewundert, denn gesehen hat er ihn natürlich.

Er interessierte sich sehr für die seltsamen Steine, die Christian gefunden hatte, Matthias' Schachteln mit Raupen und Würmern ließen ihn kalt, wie es schien. Er unterhielt sich ein wenig mit mir, nannte mich „Fräulein“ und war außerordentlich höflich, das kann ich nicht anders sagen. Wir gingen eine ganze Strecke miteinander; als wir an einen Kreuzweg gelangten, verabschiedete er sich, und nun merkte ich erst, daß er eine schwarzlederne Tasche umgehängt hatte.

„Er verläßt den Ort wieder“, sagten die Brüder. „Er will bis zur nächsten Eisenbahnstation gehen.“

„Wer ist er und wie heißt er?“ fragte ich, „ich habe den Namen nicht verstanden.“

„Den wissen wir auch nicht, aber er ist ein ganz famoser Herr, wir haben ihn unterwegs kennengelernt und glauben, daß er ein Arzt oder dergleichen ist. Seitdem nennen wir ihn ‚den Arzt‘, wenn wir von ihm sprechen.“ —

Mutter freute sich nicht über den Riß in meinem Kleide. „Annchen, du mußt vorsichtiger werden“, sagte

S, 139

sie. „Du wirst den Riß morgen in den Vormittagsstunden ganz fein zustopfen." Das ist eine schöne Aussicht für morgen, aber gemacht muß es werden, Mutter hat's gesagt.

Bei Tisch fingen die Jungen vom Tagebuch an. Ich hoffte schon, sie hätten es vergessen, aber nein, sie verlangten, ich solle es zum besten geben. Ich wandte mich

an Vater und bat ihn, das nicht zuzulassen. Ich kann doch nicht alles preisgeben, was ich geschrieben habe.

Darauf sagte er: „Matthias und Christian, ihr laßt eure Schwester in Ruhe. Sie soll ihr Tagebuch für sich allein haben, weder Mutter noch ich wollen es lesen, wenn sie es nicht freiwillig zeigt." Wie glücklich bin ich, daß Vater so gesprochen hat. Nun ist es mein innerstes Eigentum, ich darf ganz so schreiben, wie es mir ums Herz ist. Die Brüder brummten zwar, es stehe gewiß von ihnen etwas darin, ich tat, als ob ich es nicht hörte.

Am Nachmittag gingen wir mit den Eltern ins Freie. In der Nähe liegt ein liebliches Dorf, dorthin wollten wir. Vorher durfte ich mir Gundchen holen.

Nun gingen wir beide miteinander. Ich schlug ihr vor, ob wir uns nicht du nennen wollten, da drückte sie meinen Arm fest an sich und sagte: das habe sie sich so sehr gewünscht. Ich fragte sie allerlei, und sie erzählte, daß sie immer in großen Städten gelebt haben, zuerst in Düsseldorf, dann eine Zeitlang in München, nun in Berlin. Aber sie glaube, die Eltern wollten in kurzer Zeit auch von dort wegziehen, sie wisse nicht wohin. Ich beneidete sie fast, daß sie schon so viel von der Welt gesehen habe, aber sie meinte, sie dächte es sich viel schöner auf dem Lande zu leben, wo die Menschen nicht so eingeengt nebeneinander wohnten und immer die schöne, reine Luft genießen könnten. Ich fragte nach ihren Eltern; sie sagte, sie liebe ihre Mutter sehr, vom Vater sehe sie wenig. Er sei Maler und viel im Atelier beschäftigt. Er mache oft Reisen und die Mutter begleite ihn meistens, auch jetzt seien die Eltern unterwegs. Sie aber habe auf Anraten des Arztes in ein Nervenbad gemußt, da sie so schwach sei. —

Sie sieht allerdings sehr zart aus, man mag ihr nichts zumuten. Der Weg ermüdete sie so, daß sie sich eine ganze Stunde ausruhen mußte. Sie kommt mir recht zerbrechlich vor. Als Mutter mich später fragte, wie mir die kleine Freundin gefiele, und ich äußerte, sie sei etwas zimperlich, viel lasse sich nicht mit ihr anfangen, ermahnte sie mich, recht rücksichtsvoll und gut mit ihr zu sein. „Denke immer daran, daß sie kränklich ist, und kümmere dich oft um sie; suche ihr Freude zu machen, dann wirst du selbst im Umgang mit ihr Freude finden."

Das will ich tun. Was meine Mutter mir rät, ist immer das beste, ich fühle mich am wohlsten, wenn ich genau das tue, was sie mir sagt.

## In der Heimat

Grüneichen, am 15. August

Nun sind wir wieder daheim! Heute ist noch ein Ferientag für mich, den will ich gleich nutzen, um Versäumtes nachzutragen. Es war in den Ferien so schönes Wetter. Vater fühlte sich immer wohler und kräftiger, da haben wir vielerlei unternommen, weite Spaziergänge, Wagenfahrten und dergleichen. Ich war abends gewöhnlich so müde, daß ich keine Lust hatte, ins Tagebuch zu schreiben. Auch fürchtete ich immer, die Brüder möchten mich einmal dabei überraschen, da sie unberechenbar sind; so hielt ich mein Geheimnis im Schrank verschlossen. Nun sind Christian und Matthias wieder in der Schule und lernen fleißig. Ich entbehre sie sehr, wenn sie mich auch immer ein wenig necken.

Wir verlebten, wie ich schon sagte, schöne Tage. Adelgund und ich haben uns recht miteinander angefreundet, obgleich sie im ganzen etwas Stilles, Verschlossenes hat. Das bezieht sich auch auf ihre Berichte über das Elternhaus; sie kann sonst ihre Freude und ihren Dank in sehr lebhafter Weise äußern. Ich hätte gern mehr gewußt von ihrer Heimat, vom Leben mit den Eltern, aber sie wurde immer einsilbig, wenn die Rede darauf kam; Mutter meinte es auch. Mit der alten Dame kamen wir wenig zusammen. Wir mochten sie nicht auffordern, uns zu besuchen, da Vater es nicht liebt; wenn wir uns draußen trafen, war sie immer sehr dankbar, daß wir uns Gundchens annahmen, wich aber entschieden aus, wenn wir auf Gundchens Elternhaus zu sprechen kamen. Nur einmal sagte sie: „Es ist schlimm für das arme Kind, daß sie nur einen älteren Bruder hat, der allerdings sehr gut zu ihr ist."

„Aber sie hat doch Freundinnen", sagte meine Mutter. „Eigentlich keine", war die Antwort, „die Eltern haben so oft den Wohnort gewechselt; war sie an einem Ort warm geworden, mußte sie wieder mit ihnen weiterziehen."

Nach all diesen Äußerungen denke ich mir, daß Gundchen nicht ganz glücklich ist, daß sie vielleicht von ihren Eltern nicht so viel hat, als ich von den meinen. Ich will nur immer recht dankbar sein. Als meine Eltern eines Tages sagten, am zehnten August solle gepackt werden, und am elften ginge es heim, freute ich mich ebenso wie damals, als es hieß: „In acht Tagen geht's ins Bad." Ich freue mich immer, wenn es etwas anderes gibt. Mutter meint, das liegt in der Jugend, die liebt den Wechsel. Beim Einpacken wurde der Mutter angst. Die Brüder brachten unendlich viel, was sie nicht mitnehmen wollte; Raupen, Puppen, Käfer, Schmetterlinge und Steine in Unmassen, ich hatte doch nur getrocknete Gräser und Blumen. Endlich einigte man sich dahin, daß ein eigener Kasten zu allen diesen Dingen genommen werde, und daß Matthias und Christian sich verpflichteten, für die Beförderung dieses Kastens selbst zu sorgen. Wir machten die Hälfte der Fahrt mit ihnen zusammen, brachten sie selbst in ihre Pension zurück und übernachteten im gleichen Ort, um am andern Tag weiterzufahren.

Matthias und Christian besuchen das Gymnasium einer mittelgroßen Stadt und sind, wie ich schon früher erwähnte, bei zwei älteren Damen untergebracht. Die sorgen treu für ihr leibliches Wohl, auch sind sie sonst gut bei ihnen aufgehoben. Als wir die Brüder bei ihnen ablieferten, hatte ich den Eindruck, daß Christian und Matthias große Achtung vor ihnen haben. Sie nahmen beim Eintritt in das Haus eine straffere Haltung an, waren sehr höflich und aufmerksam, sogar gegen mich. Ich bemerkte, daß Fräulein Klara den Kasten, den Matthias trug, mit mißtrauischen Blicken betrachtete. Sie kam immer näher, tippte mit dem Finger darauf und fragte halblaut: „Was ist das?"

„Es sind einige naturgeschichtliche Studien, Fräulein Klara; ich bringe alles so unter, daß es Sie nicht belästigt."

„Die ganze Stube ist ja schon angefüllt mit diesem Gewürm. Wenn es nur nicht vom Lernen abhält", sagte die alte Dame, worauf beide versicherten, sie hätten den besten Willen, in diesem Halbjahr sehr fleißig zu sein. Ich ging mit den Brüdern hinauf und half ihnen die Sachen einräumen. Mutter kam dann auch, sah, ob alles ordentlich sei, und ermahnte die Brüder treu und fleißig zu sein, Gott immer vor Augen und im Herzen zu haben. Mutter kann gar schön mit uns sprechen, sie kann so gute Vergleiche machen, es geht alles zu Herzen, was sie sagt. Es fällt den Eltern immer schwer, sich von den beiden zu trennen. Bis zum vorigen Jahr hatten wir einen Hauslehrer, von dem auch ich unterrichtet wurde, dann mußten Matthias und Christian aufs Gymnasium. Auf die Ferien freuen sie sich immer sehr, bringen auch mitunter Freunde mit, was diesmal natürlich nicht ging.

Am andern Morgen fuhren wir weiter, der Heimat zu. Wir kamen erst in der Dunkelheit an. Heinrich, unser alter Kutscher, war an der Bahn. Er strahlte über das ganze Gesicht, als er uns erblickte.

„Alles wohl zu Hause, Heinrich?" fragte der Vater und schüttelte ihm die Hand.

„Jawohl, Herr Mersburg", war die Antwort. Die Koffer waren bald aufgeladen und fort ging's auf dem wohlbekannten Weg, der vom Bahnhof in einer Viertelstunde nach Grüneichen führt. Bald sahen wir die Lichter des Dorfes und des Herrenhauses auftauchen, mir schlug das Herz. Jetzt ging's durch das große Hoftor, nun um den Rasenplatz herum, da hielt der Wagen.

Die Haustür war schon längst geöffnet; wir konnten auf den erleuchteten Hausflur sehen, wo alle Leute standen, meine kleinen Schwestern in weißen Schürzen voran. „Mutti", riefen sie beide wie aus einem Munde, und da lagen sie auch schon in ihren Armen.

Auch unsere erwachsene Pflegeschwester begrüßte die

Eltern, ebenso Fräulein Schwabe, die Erzieherin, Fräulein Friedchen, die Wirtschafterin, und die Mädchen. Für alle hatten Vater und Mutter freundliche Worte, und aller Augen leuchteten, als Mutter ihnen die Hände schüttelte. Dann ging es in das schöne große Eßzimmer, wo der Abendtisch gedeckt war. Wie weit und luftig kam mir alles vor gegen die Zimmer in der „Post", wie gut gefiel es mir wieder zu Hause!

Sophie trat an den Tisch, um den Tee zu bereiten. Meine Pflegeschwester ist ein sehr hübsches Mädchen mit großen dunklen Augen und von schlankem Wuchs. Sie ist der Mutter eine große Hilfe im Hause, alles was sie angreift, gerät wohl; sie ist praktisch und im Haushalt erfahren, so daß Mutter ihr das Haus ruhig anvertrauen konnte. Fräulein Friedchen hat die Außenwirtschaft, sie kann sich nicht viel um unsern Haushalt bekümmern.

Von Sophie weiß ich nur, daß sie als ganz kleines Waisenkind von den Eltern angenommen worden ist. Sie ist viel krank gewesen, Mutter hat sie aber so treu gepflegt und sie täglich gebadet, bis sie kräftiger und zuletzt ganz gesund geworden ist. Wie schwer muß die Mutter es in den ersten Jahren nach ihrer Verheiratung gehabt haben mit diesem kranken Kind und ihrer kranken Pflegemutter, die bei uns gestorben ist. Aber Mutti sagt nie, daß ihr etwas schwer wird, sie tut alles so gern für andere. Sophie ist auch gut, aber sie besitzt einen großen Stolz. Ich weiß auch, woher es kommt, sie hat mir einmal etwas anvertraut, was ich nicht wieder sagen darf. Sie nahm mir das Versprechen ab, darüber zu schweigen, sonst hätte ich es Mutter doch gesagt, weil ich vor ihr kein Geheimnis haben mag. Diesem Buch kann ich es ja anvertrauen, da ich entschlossen bin, es niemandem zu zeigen.

Sophie wurde als zweijähriges Kind von den Eltern nach einer größeren Reise mitgebracht. Sie hat es später erfahren, daß sie ein angenommenes Kind ist, Mutter hat ihr gesagt, ihre Eltern seien tot, und als sie gefragt, wer sie gewesen, hat sie nur gesagt: „Deine Mutter war brav, daran laß dir genügen." Da hat ihr vor längerer Zeit eine alte Frau aus unserem Dorfe anvertraut, sie habe ganz vornehme Eltern gehabt, ihr Vater sei ein Graf gewesen. Das ist ihr zu Kopf gestiegen. Sie hat einen Stolz und meint immer, es müsse etwas Besonderes mit ihr geschehen. Ich weiß ja nicht, ob es sich so verhält, fragen mag ich nicht, da ich Sophie versprochen habe, es nicht zu tun. Ich werde sie aber nächstens bitten, mich meines Versprechens zu entbinden, dann werde ich mir von meiner Mutter Klarheit über die Sache verschaffen. Ich mag es gar nicht, wenn sie den Kopf so wirft, eine hochmütige Miene annimmt und sich über uns alle erhaben fühlt. Es ist eigentlich nicht recht, daß sie es tut; sie hat den Eltern so viel zu verdanken.

Von meinen Schwestern läßt sich nicht viel sagen. Sie sind artige kleine Mädchen mit blonden Zöpfen und blauen Augen. Wir drei vertragen uns sehr gut; sie teilen mir alles mit, was sie Freudiges erleben, klagen mir aber auch ihre Nöte, wenn zum Beispiel Fräulein Schwabe sie auf die Finger schlägt oder sie längere Zeit stehen läßt, wenn sie ihre Aufgaben nicht gewußt haben. Am Abend unserer Ankunft sahen sie so niedlich aus in ihren blauen Kleidern und den weißgestickten Schürzchen. Sie durften auf dem Sofa sitzen, es war ein hübscher Anblick, Mutter in der Mitte, die kleinen Schwestern an jeder Seite, alle drei so glücklich.

Als ich später mit den Schwestern allein war, erzählte ich ihnen viel von meinen Erlebnissen, auch von meiner Freundschaft. Sie hörten alles mit großer Lebhaftigkeit an und freuten sich sehr über die kleinen mitgebrachten Geschenke. Als ich nun wissen wollte, was alles zu Hause während unserer Abwesenheit vorgegangen sei, sah Mathildchen Olga an und Olga Mathilde. Endlich flüsterte Thildchen: „Fräulein Schwabe hat sich mit Sophie erzürnt; sie reden nicht mehr zusammen."

„An einem Abend haben sie sich sehr gezankt, Fräulein Schwabe will gar nicht mehr bei uns bleiben", fügte Olga hinzu.

„Was sind das für Geschichten", sagte ich, „ihr seid hoffentlich recht artig gewesen."

„Ja, ich glaube", meinte Thildchen, „aber wir freuen uns, daß Mutter wieder hier ist, nun dürfen sie doch nicht mehr garstig miteinander sein?"

Das war nach aller Freude über die Heimkehr nichts Schönes. Und doch empfand ich eine heimliche Lust, die beiden still zu beobachten und begab mich, nachdem die Kleinen gute Nacht gesagt hatten, ins Wohnzimmer. Vater, der in seinem Zimmer länger mit dem Inspektor zu reden gehabt hatte, sah verdrießlich aus, als er herüberkam und sich zur Mutter aufs Sofa setzte.

„Nun, ist alles gut gegangen während deiner Abwesenheit?" fragte Mutter freundlich.

„Das kann ich nicht behaupten", war Vaters Antwort, „es hat manchen Verdruß mit den Leuten gegeben, es tut nicht gut, wenn man so lange auf Reisen ist." Fräulein Schwabe und Sophie, die mit einer Handarbeit am Sofatisch saßen, wurden beide rot und bückten sich tiefer über ihre Arbeit.

„Ich bin mit meiner Haushälterin sehr zufrieden", äußerte Mutter und reichte Sophie, die neben ihr saß, die Hand. „Sie hat mir schon die Rechnungsbücher vorgelegt, und das ganze Haus blitzt von oben bis unten." Es schien, als ob ein Strahl der Freude über Sophiens Gesicht ging, aber es war nur wie ein Schein, sie zog gleich wieder die Stirne finster zusammen und setzte ihre hochmütige Miene auf.

„Ich weiß nicht, was es ist", hörte ich Mutter zu Vater sagen, als beide gute Nacht gesagt und hinausgegangen waren, „ich habe mir den ersten Abend daheim schöner vorgestellt. Es herrschte heute eine gewittrige Stimmung, die sonst nicht in unserem Hause zu finden ist. Fräulein Schwabe hatte ein so mürrisches Gesicht, Sophie sah beleidigt aus, obgleich ich sie wegen ihrer Hausführung gelobt hatte."

„Das Alleinsein ist ihnen nicht bekommen, wenn die weise Hausfrau fehlt, Frauchen."

Ich hatte mich an Mutter geschmiegt und flüsterte ihr zu: „Ich weiß es, Mutter, die Schwestern haben es mir verraten. Sophie und Fräulein Schwabe haben sich arg gezankt."

„Was! Bist du auch noch da, kleine Krabbe. Schnell ins Bett", sagte mein Vater, der mich wohl gar nicht bemerkt hatte. Ich mußte nun natürlich gehen, hörte aber, wie Vater zu Mutter sagte: „Da sitzt also der Haken."

Lange währte es, ehe ich einschlafen konnte. Das Heimkommen war nicht so, wie ich es mir gedacht hatte. Am andern Morgen, als die Sonne hell in mein Zimmer schien, war der Druck vom Abend verschwunden, es sah sich alles freundlicher an. Was bedeutete es schon, wenn zwei Menschen sich einmal gezankt hatten! Ich bin auch oft nicht einig mit meinen Schwestern; wenn wir uns nach einer Stunde wiedersehen, haben wir's vergessen und haben uns ebenso lieb wie vorher. Es wird mit Sophie und Fräulein Schwabe auch so gehen.

Ich hörte schon Vaters Stimme auf dem Hof; er ist immer zeitig auf und sieht nach dem Rechten. Auch der Mutter Schritte vernahm ich, denn obgleich Sophie ihr in der Wirtschaft hilft, ist sie doch überall und greift zu, wo es sein muß. Wir haben ein hübsches, großes Haus, das an drei Seiten von einem schönen Garten oder vielmehr Park umgeben ist. An einer Seite liegt der Wirtschaftshof mit seinen Gebäuden. Über den Garten hinweg sieht man von meinem Fenster aus einen klaren blauen See, der von einem Buchenwald begrenzt ist. Die Berge da unten im Badeort waren hübsch und etwas ganz

Neues für mich, aber als ich am ersten Morgen nach der Reise aus dem Fenster sah und meinen Blick schweifen ließ über mein freundliches Heimatland, da meinte ich, es sei nirgends schöner als in Grüneichen.

Als ich hinunterkam, waren die Schwestern schon in der Schule, mich hatte man heute noch ausschlafen lassen, nächste Woche soll ich in die Wirtschaft eingeführt werden, bis jetzt gab es immer noch Stunden. Nach dem Kaffee ging ich durch Hof und Garten. Ich hatte auf dem Hof meine Freunde; der alte Melker freute sich, als er mich kommen sah, ich brachte ihm ein rotes Halstuch mit von der Reise, und er zeigte mir meine vierbeinigen Lieblinge, die sein Stolz waren. Auch Fräulein Friedchen stattete ich einen Besuch ab, sie war gerade beim Buttern; ich kündigte ihr an, daß ich es nächstens auch lernen würde. Dann bin ich ins Dorf gegangen, um meine Bekannten dort zu besuchen. Meine Spielgefährtinnen von früher sind alle fort, nur eine, die das Schneidern lernt, ist bei ihren Eltern. Ihre Großmutter, die alte Krusen, saß vor der Tür und schälte Kartoffeln.

„Guten Tag, Mutter Krusen“, sagte ich, „nun sind wir wieder da.“

„Guten Tag, Fräulein Annchen, nun, es ist schön, daß Sie wieder da sind. Fräulein Sophiechen hat aber alles gut besorgt, ist immer munter auf den Beinen gewesen.“

„Mutter hat sie auch sehr gelobt, weil sie so gut hausgehalten hat.“

„Ja, ja, sie kann schon etwas, hat's aber auch alles von der Frau Mutter gelernt. Na, es wird ihr auch schon einmal gut gehen in der Welt.“

„Es geht ihr doch jetzt schon gut“, konnte ich nicht umhin zu sagen, es ärgerte mich ein wenig, daß Mutter Krusen sie so hochmütig gemacht hatte. Aber es wird sich wohl alles zurechtziehen. Wenn die Eltern das Haus regieren, geht alles seinen guten Gang, außer wenn der

Vater seine nervösen Kopfschmerzen hat. Aber das sind ja nur Ausnahmetage.

Von meiner lieben Heimat hätte ich noch manches zu erzählen, doch muß ich es mir für ein andermal aufheben, jetzt rufen die Schwestern, ich soll mit ihnen aufs Feld fahren, es wird Weizen eingeholt.

## Die Pflegetochter

Frau Maria ging bedrückt einher. Auf ihrem sonst so klaren Angesicht lag eine Wolke, sie hatte keine Freudigkeit beim Schaffen und Wirken im häuslichen Kreise. Und sie hatte sich doch nach den Wochen des Nichtstuns auf die täglichen Pflichten, die ihrer harrten, so gefreut. Ihre Pflegetochter Sophie machte ihr Kummer. Maria hatte schon bei ihrer Erziehung mit großen Schwierigkeiten zu kämpfen gehabt, keines ihrer eigenen Kinder hatte es ihr so schwer gemacht; es war ihr mitunter der Gedanke gekommen, ob es nicht besser gewesen sei, wenn sie das Kind damals seinem Schicksal überlassen hätte, aber nein, so wie die Dinge lagen, mußte sie sich des armen Würmleins erbarmen. Wie konnte sie nur so denken! Sophie hatte manche vortreffliche Eigenschaften, sie war geschickt und praktisch veranlagt, hatte Ordnungssinn und war sparsam — aber sie konnte mißtrauisch und neidisch sein und zeigte kein dankbares Herz, was man doch eigentlich hätte erwarten dürfen.

So hatte ihr Frau Maria ein wertvolles Geschenk von der Reise mitgebracht, Sophie hatte sich aber nichts anmerken lassen, ob es ihr Freude gemacht oder nicht.

Es war Abend. Sophie war mit den drei Schwestern ins Dorf gegangen. Herr Mersburg war auf dem Hof und gab seine Anordnungen für den folgenden Tag.

Frau Maria stand allein am Fenster der großen Eckstube, auch Musikzimmer genannt, und schaute sinnend hinaus, da klopfte es. Die Erzieherin, eine kleine Blondine von zartem Wuchs, aber kräftigem Auftreten, kam herein, um mit der Frau des Hauses zu sprechen; sie hatte den Zeitpunkt günstig gewählt, da die anderen Familienglieder abwesend waren. In wohlgesetzten Worten bat sie um ihre Entlassung zu Michaelis, und als Frau Mersburg befremdet fragte, was sie zu der Kündigung veranlasse, und hinzusetzte, sie habe gehofft, Fräulein Schwabe fühle sich in ihrem Familienkreis heimisch, da brach es los. Sie wolle sich nicht von der ältesten Tochter beherrschen lassen. Sie habe sie von oben herab behandelt und ihr Vorschriften gemacht, so etwas sei sie nicht gewöhnt, das könne und wolle sie sich nicht mehr gefallen lassen.

Frau Maria hörte sie ruhig an, bedauerte dann, daß die beiden jungen Mädchen so wenig daran gedacht hätten, es ihr zu erleichtern. Was bedeute es schon, wenn ihre Kinder tüchtig gelernt hätten in ihrer Abwesenheit, und wenn Sophie das ganze Haus hätte reinigen lassen, wenn sie beide den Kindern und den Leuten ein so schlechtes Beispiel von Zwist und Uneinigkeit gegeben hätten. Sie habe geglaubt, Haus und Kinder in ihrer und Sophiens Obhut wohl verwahrt zu wissen.

Darauf antwortete Fräulein Schwabe, Frau Mersburg kenne Sophie nicht von der schlimmen Seite, sie habe keine Lust, noch einen Winter mit ihr im Hause zu verbringen. Maria hemmte den Wortschwall, indem sie ruhig sagte, sie nehme die Kündigung an und werde sich nach einer anderen Lehrerin umsehen. Daß Fräulein Schwabe ihre Kinder nicht gut beeinflussen könne, habe sie jetzt aus ihrer ganzen Denkungsweise gemerkt, so wäre es ja das beste, man trennte sich. —

Aber Sophie! Es tat Maria weher, als sie sagen konnte, daß sie ihr so wenig Liebe und Vertrauen entgegenbrachte. Sie mußte jetzt nach der Aussprache mit Fräulein Schwabe mit Sophie reden, fürchtete sich aber davor und verschob es auf den andern Morgen.

Nachdem der Kaffee vorüber und die Erzieherin mit den Kleinen nach oben gegangen war, verweilte Frau Maria noch ein wenig im Eßzimmer. Annchen räumte den Kaffeetisch ab, wie es immer ihr Amt war. Sie hatte die Mutter, die sich ans Fenster gesetzt hatte, schon ein paarmal verstohlen angesehen. Es war etwas nicht in Ordnung, das merkte sie, denn sonst pflegte die Mutter gleich nach dem Kaffee hinauszugehen, um über wirtschaftliche Dinge zu verhandeln oder häuslichen Pflichten nachzugehen.

Plötzlich eilte sie auf die Mutter zu, umschlang sie und rief: „Liebste Mutter, du siehst traurig aus, das kann ich nicht sehen, bitte, bitte, laß die Sonne wieder scheinen auf deinem lieben Angesicht, bitte, liebste Mutter."

„Wenn aber Wolken die Sonne verhüllen, dann vermag sie nicht durchzudringen."

„Ich küsse die Wolken alle weg, sei wieder fröhlich, willst du?"

„Ja, wenn Sophie wollte. Ich muß einmal ernstlich mit ihr sprechen, so kann es nicht fortgehen."

Da, wie von einem plötzlichen Entschluß übermannt, legte Annchen ihren Mund an Mutters Ohr und flüsterte ihr zu: „Ich weiß, Mutter, warum Sophie so hochmütig ist. Sie denkt, ihr Vater sei ein Graf gewesen, deshalb sieht sie auf uns alle herab."

„Wa — was denkt sie? Ein Graf sei ihr Vater gewesen?!" Maria wußte nicht, sollte sie lachen oder weinen. „Wer in aller Welt hat ihr das eingeredet?"

„Mutter Krusen hat es ihr anvertraut."

„Und woher weißt du das schöne Märchen?"

„Sophie hat es mir einmal gesagt, aber ich sollte es dir nicht wiedersagen, habe auch geschwiegen bis heute. Nun mag sie mich darum schelten, es ist doch besser, du weißt es, ich mag keine Geheimnisse vor dir haben."

„Allerdings ist es besser, daß ich den Unsinn weiß. Es ist die höchste Zeit, hier klare Linien zu schaffen. Schicke Sophie zu mir herein; sie ist im Garten beim Himbeerpflücken. Übernimm du einstweilen ihre Arbeit.“ —

Es währte geraume Zeit, bis das junge Mädchen erschien. Frau Maria, die in allen Anliegen zu Gott betete, bat auch diesmal um die rechte Weisheit und die rechten Worte, um dies störrische Herz zurechtzubringen.

Sophie hatte eine hochmütige Miene angenommen, als sie hereinkam. „Setze dich, mein Kind, ich habe mit dir zu reden. Du hast dich während unserer Abwesenheit mit Fräulein Schwabe entzweit; es tut mir doppelt weh, als ich so großes Vertrauen in dich setzte und dir nicht allein mein Haus mit allem drum und dran, sondern auch meine Kinder, deine Schwestern, übergeben habe, daß du sie, mit Fräulein Schwabe zusammen, überwachen solltest. Ihr habt kein gutes Beispiel gegeben.“

„Daran ist Fräulein Schwabe ganz allein schuld. Sie widersetzte sich mir in allem vom ersten Tage an.“

„Du bist ihr vielleicht herrisch entgegengetreten; Fräulein Schwabe ist schon ein ganzes Jahr hier, ich bin immer gut mit ihr ausgekommen.“

„Ja, du, Mutter. Ich habe eben nicht deine sanftmütige Natur. Bei mir heißt es: biegen oder brechen. Sie wollte sich mir nicht fügen, da habe ich ihr tüchtig die Wahrheit gesagt. Höre nur, ich werde dir alles erzählen.“

„Ich mag die häßlichen Geschichten gar nicht wissen; es ist schlimm genug, daß die Kinder alles gesehen und gehört haben. Sophie, du solltest mir meine Aufgabe erleichtern, könntest ein klein wenig dankbarer sein für das, was deine Pflegeeltern an dir getan haben.“

„Nun, vielleicht kann ich euch einmal glänzend vergelten, was ihr mir geopfert habt“, sagte Sophie mit einem hochmütigen Zurückwerfen des Kopfes.

„Wohl schwerlich“, war Marias Antwort. · „Hingebende Liebe und kindliches Vertrauen wären der Dank, der mich vollkommen befriedigte."

„Warum läßt du mich nicht wissen, wer meine Eltern sind? Ich bin alt genug, um darüber aufgeklärt zu werden, ich wüßte gern, ob noch Verwandte von mir leben."

„Die gewünschte Aufklärung kann ich dir geben", sagte Maria ruhig und begann:

„Wir waren erst kurze Zeit verheiratet, da hatte meine Tante, bei welcher ich die letzten Jahre zugebracht, sich entschlossen, ganz zu uns zu ziehen. Sie hatte ein unheilbares Leiden, und da sie an meine Hilfe gewöhnt war und sich am liebsten von mir pflegen ließ, so nahm sie unser Anerbieten, in unser Haus zu kommen, mit Dank an. Wir mußten ihrer Besitzung wegen, die verkauft wurde, eine Reise unternehmen und kamen auf der Hinfahrt durch ein Dorf, wo, wie ich wußte, ein Mädchen verheiratet war, die lange meiner Tante treu gedient hatte. Ich fand sie schwer krank; ihre alte, fast erblindete Mutter war um ein kleines, elendes Kind von etwa zwei Jahren bemüht, das jämmerlich weinte. Die Mutter erhielt von uns eine Summe Geldes, um dafür Stärkungsmittel und was sonst nötig sei für die Kranke zu besorgen, und ich bedauerte, mich nicht weiter um sie kümmern zu können, da wir nur eine halbe Stunde Aufenthalt hatten. Als wir nach etwa acht Tagen zurückkamen, bat ich meinen Mann, einen Tag in dem schöngelegenen Ort Rast zu machen. Ich konnte das traurige Bild der sterbenden Frau nicht loswerden; ich konnte das arme Würmlein nicht vergessen. Schon im Gasthof, wo wir abgestiegen, hörte ich, daß die Frau gestorben sei. ‚Ja', hieß es, ‚die arme Frau hat keine goldenen Tage gehabt, es ist gut, daß sie erlöst ist. Der Mann war ein Trunkenbold, er hat sie oft mißhandelt. Und einmal hat er in der Trunksucht das Messer gezogen und einen Menschen tödlich verletzt. Da haben sie ihn eingesteckt und das arme Weib hat sich zu Tode gegrämt.' Ich fragte nach dem Kindlein und seiner Großmutter. ,Noch ist es bei der Alten', hieß es, ,aber es wäre das beste, das Würmchen stürbe auch, bei der alten Frau kann es nicht bleiben, sie ist ja selbst gebrechlich.' Es zog mich zu dem hilflosen kleinen Wesen; ich sah, daß es nicht bei seiner Großmutter bleiben konnte, Verwandte waren nicht da, so nahm ich, mit meines Mannes Einwilligung natürlich, die Kleine mit mir, gelobend, ihr eine treue Mutter zu sein. Ich weiß nicht, ob ich mein Wort gehalten habe, Sophie."

„Du willst doch nicht sagen, daß ich das Kind der armen Frau gewesen bin", rief Sophie, die unter der Erzählung bleich geworden war. „Und der Mann, der schreckliche Mann —"

„Seiner brauchst du dich nicht mehr zu schämen, er lebt nicht mehr."

Sophie hatte beide Hände vors Gesicht gelegt und stöhnte.

„Jetzt begreifst du, liebes Kind, warum ich nie mit dir über deine Herkunft gesprochen habe. Ich hätte es auch heute nicht getan, wenn du es nicht gefordert hättest. Wir haben dich in unser Haus und an unser Herz genommen und haben es dich nie fühlen lassen, daß du nicht unser eigenes Kind warst."

„Und doch habe ich es oft gefühlt. Seit Anna erwachsen ist, wird sie mir vorgezogen, natürlich, nun verstehe ich es; ein armes Bettelkind kann keine Reisen mitmachen, es muß daheim bleiben und den Haushalt führen." Um Marias Mund zuckte es schmerzlich: „Also, da will's hinaus! Sophie, konnte ich das junge unerfahrene Kind allein hier lassen und dich mitnehmen? War es nicht ein Zeichen des Vertrauens, daß ich dir alles übergab, mein Eigentum, meine Kinder; hätte ich das mit meiner eigenen ältesten Tochter nicht auch so gemacht? Ich hoffe, wenn du nachdenkst, wirst du selbst zu der

Erkenntnis kommen, daß du mir großes Unrecht tust, wenn du solche Behauptungen aufstellst."

„Ich werde fortgehen; hierbleiben kann ich nun nicht mehr, seit ich alles weiß. Ich werde mir selbst meinen Unterhalt verdienen und euch nicht länger zur Last fallen."

„Bitte Gott um Demut, mein Kind. Erkenne deine Schuld und diene deinen Eltern wie bisher, aber mit einem andern Sinn."

„Es wird sich alles finden", versetzte Sophie und verließ das Zimmer, als eben Herr Mersburg hereintrat.

„Was hat's denn gegeben, Maria? Wieder Aufregungen? Du zitterst —"

„Undank ist der Welt Lohn", kam es von Frau Marias Lippen. „Du weißt, welche unsägliche Mühe mir dies Kind gemacht, wie viele Sorge ich mit ihm gehabt, und nun wirft sie mir vor, ich hätte sie vernachlässigt, zurückgesetzt."

„Da soll doch — das ist ja eine Unverschämtheit sondergleichen. Ich werde ihr einmal den Standpunkt klarmachen."

„Laß sie, ich hoffe, sie besinnt sich. Ihr Stolz hat einen argen Stoß bekommen, daher war sie so aufgeregt." Maria erzählte nun in kurzen Worten die Unterredung mit Sophie, worauf er erwiderte: „Laß sie ruhig gehen, laß sie sich die Hörner ablaufen. Wir werden ja sehen, wie weit sie kommt."

Maria dachte nicht so. Sie hoffte bestimmt, Sophie würde ihr Unrecht einsehen und alles würde beim alten bleiben.

## Sophie geht fort

Es blieb nicht beim alten. Sophie war durch und durch erschüttert. Sie hatte sich zu lange in dem Gedanken gefallen, sie sei etwas ganz Besonderes, sie sei mehr als alle Insassen des Hauses und werde noch einmal eine große Rolle spielen. Und woher kam das? An allem war Mutter Krusen da unten im Dorf schuldig. Seit Sophie wußte, sie sei ein angenommenes Kind, beschäftigte sie oft der Gedanke, wer wohl die Eltern gewesen sein könnten. Sie war ein verschlossenes Kind und ließ wenig merken von dem, was in ihr vorging. Und doch kam einmal, als sie mit der Mutter allein war, die Frage nach den Eltern heraus. Frau Maria streichelte ihr freundlich die Wangen und antwortete: „Deine Mutter war eine brave Frau, daran laß dir genügen."

Dies bestärkte sie in dem Gedanken, daß es eine eigene Bewandtnis mit ihrem Herkommen haben müsse. So kam sie einmal zu Mutter Krusen, der sie Wolle zum Stricken brachte. Die Alte strich ihr über den glatten Scheitel, faßte ihre dicken Zöpfe und sagte: „So ein schönes Herrenkind! Sie sind alle schön, aber dies ist die schönste."

„Ich gehöre gar nicht zu den Kindern, ich bin ein angenommenes Kind", sagte die damals vierzehnjährige Sophie und sah die Alte gespannt an. Die war lange im Dorf und wußte gewiß etwas.

„Weiß ich, mein Lämmchen, weiß ich alles", sagte die Alte mit wichtiger Miene, „bist aber doch ein Herrenkind und was für eins!"

„Mutter Krusen, wißt Ihr etwas von meinen Eltern?"

„Psch, stille, das darf nicht gesagt werden. Wenn die Frau Mutter nichts sagt, dann sage ich auch nichts, aber ein richtiges Herrenkind bist du."

Das merkte sich Sophie. Von da an erging sie sich in allerlei Einbildungen, von da an trachtete sie immer zu

Mutter Krusen und erreichte es auch eines Tages durch Schmeicheln und Bitten, daß sie ihr anvertraute, sie sei ein Grafenkind. Das hätten die Leute damals alle erzählt, sie wisse es ganz gewiß. Wie es zuging, daß Frau Mersburg sie mitgebracht, das könne sie nicht sagen. Ihre Mutter sei gestorben, aber der Vater habe noch gelebt, er würde sich schon einmal zeigen und sich seine Tochter wieder holen. Sie schärfte Sophie ein, sich ja nichts merken zu lassen von dem, was sie ihr gesagt; so hatte sie den Gedanken, sie sei ein Grafenkind, jahrelang mit sich herumgetragen, immer hoffend, der Vater werde einmal erscheinen und sie auf sein Schloß mitnehmen.

Es war, als ob jemand einen Strahl kalten Wassers über sie ausgegossen hätte, als die Mutter ihr die reine, nackte Wahrheit aufdeckte. Alle ihre Gebäude von Glanz und Reichtum fielen in sich zusammen, sie lag gekrümmt am Boden und war tief gedemütigt. Anstatt zur Mutter zu gehen, die ihr nur Liebe gezeigt, die ihre andern Kinder nie bevorzugt hatte, die sie auch jetzt wieder mit herzlicher Liebe umfangen hätte, verhärtete sich ihr Gemüt. Ihr Stolz ließ es nicht zu, sich zu demütigen, Fräulein Schwabe vielleicht über sie lächeln zu sehen. Sie wollte hinaus in die Welt, wo niemand ahnte, daß sie ein armes Bettelkind war; hierbleiben konnte und wollte sie nicht.

Die Eltern hatten noch eine ernste Unterredung mit ihr, Maria versuchte in Liebe auf sie einzuwirken, erkannte aber deutlich, daß der Wunsch: „Fort von hier!“ feste Wurzel gefaßt hatte.

„Maria“, meinte ihr Mann nach einer letzten Unterredung, „wir können vorderhand nichts tun, als dem eigenwilligen Mädchen nachzugeben. Sie wird draußen in der Welt erfahren, daß nicht jedermann so viel Nachsicht mit ihr hat, als sie hier gefunden, und so kann das Verlassen unseres Hauses vielleicht dazu dienen, sie zur Erkenntnis ihres Unrechts, zur Umkehr zu bringen.“

„Gott gebe es, aber ich sehe auch meinen Fehler, den ich begangen habe. Während ich glaubte, dem Kinde eine Liebe zu beweisen, wenn ich über ihr Herkommen schwieg, habe ich ihr Leid zugefügt. Ich hätte ihr von der traurigen Lage ihrer Eltern erzählen müssen, als sie noch ein Kind war, dann hätte sie vielleicht gelernt, dankbar zu sein dafür, daß wir sie aufgenommen haben, daß sie bei uns Kindesrechte genoß."

„Wir denken oft etwas gut zu machen und handeln töricht. Ich trage ebensoviel Schuld wie du, wir haben es zusammen überlegt. Laß uns Gott bitten, daß er zurechtbringe, was wir versehen haben, wir haben es ja nicht aus böser Absicht getan. Nun gräme dich nicht, Liebe, laß uns Gott danken, daß er uns an den andern Kindern bisher Freude erleben ließ."

„Für dies älteste Kind habe ich so viel gebetet, es scheint, als seien alle meine Gebete unerhört geblieben."

„Keins unserer Gebete ist verloren, wenn wir in Jesu Namen gläubig bitten, wir sollen nur in Geduld warten, Gott wird seine Verheißungen auch an uns wahr machen."

So tröstete der tiefgläubige Mann seine geliebte Frau, die in solchen Zeiten besonders spüren durfte, was sie an ihrem Manne hatte.

Das überwog bei weitem die schweren Tage, die seine zeitweilige Nervosität ihr bereitete. Maria hatte Glück und volle Befriedigung in ihrer Ehe gefunden, aber die Tage der Trübsal blieben nicht aus. Sie mußten dazu dienen, ihr Herz immer mehr zu läutern, sie ihres Glaubens gewisser zu machen und sie ihrem Heiland, der sie liebte, immer näherzubringen.

Sie glaubte, Sophie würde mit ihr überlegen, wohin sie ihre Schritte lenken solle. Aber das verschlossene Mädchen sagte nichts, und eines Morgens war sie verschwunden.

„Fräulein Sophie ist mit dem Milchwagen in die Stadt

gefahren, sie wollte Besorgungen machen", sagte das Mädchen, das nicht verwundert war, da Sophie öfter diese Gelegenheit benutzte, wenn es notwendige Einkäufe in der Stadt zu machen gab. Aber Frau Maria war sehr erschrocken, als sie es hörte. Sie wußte, sie würde nicht wiederkommen. Sie ging in Sophiens Zimmer und fand dort folgenden Brief:

„Liebe Pflegeeltern!

Habt Dank für alles, was Ihr an mir getan habt. Ich habe eine passende Stelle gefunden und werde später von mir hören lassen. Es ist besser, daß ich gehe; das Kind armer Leute darf nicht länger im reichen Hause Wohltaten annehmen. Die Furcht, Ihr möchtet mich doch zu überreden suchen, bei Euch zu bleiben, ließ mich diesen Schritt tun. Lebt wohl und verzeiht Eurer unwürdigen Pflegetochter Sophie"

Das war das Ende der Geschichte. Ein bitteres, demütigendes Ende für Maria, die sich wohl dann und wann eingebildet hatte, sie habe etwas Besonderes getan. Aber denen, die Gott lieben, müssen alle Dinge zum Besten dienen. So sollte auch Maria durch diese neue Lebenserfahrung innerlich wachsen und erstarken.

## Reisepläne

Grüneichen, am 12. September

Was haben wir alles erlebt, seit ich zuletzt in mein Tagebuch schrieb. Der gestrige Tag war besonders aufregend, denn — Sophie ist fort. Erst glaubten wir Kinder, sie sei heimlich entwichen, denn sie war schon früh um vier Uhr mit dem Milchwagen fortgefahren, und Friederike sagte, sie habe den Koffer mitgenommen. Mutter sieht sehr traurig aus, aber sie ist ganz ruhig. Sie sagte mir, Sophiens Abreise käme ihr nicht unerwartet, sie wollte einmal versuchen, wie es anderswo sei. Als ich sie fragte, ob Sophie wieder zu uns käme, meinte sie, das hoffe sie, hier wäre doch einmal ihr Elternhaus. Ich kann Sophie nicht begreifen, wie kann es nur jemand geben, der nicht in Grüneichen leben mag, besonders in unserem Hause, wo bis jetzt Liebe und Eintracht geherrscht haben, in dem Gottesfurcht und Frömmigkeit wohnen. Wie schön ist es, wenn mein Vater jeden Morgen alle Leute des Hauses in der großen Eckstube, in der das Harmonium steht, um sich versammelt und Andacht hält. Mir ist immer, als ob das gemeinsame Singen und Vaters herzliches Gebet für alle Glieder seines Hauses ein Band um uns alle schlingt. Als Sophie gestern in der Andacht fehlte und Vater betete, daß Gott sie behüten wolle auf der Reise und sie einst glücklich wieder zu uns führen, da wurde es Mutter und mir so wehmütig, daß wir beide leise weinten. Auch Fräulein Schwabe war gerührt: sie kam später zu Mutter und schien sie um Verzeihung zu bitten, denn ich hörte Mutter sagen: „Ich würde mich gefreut haben, Fräulein Schwabe, wenn Sie sich mit Sophie ausgesöhnt hätten, es ist nicht schön, wenn zwei in Feindschaft voneinander scheiden, denn es heißt: ‚Vergebet, so wird euch vergeben'."

Fräulein Schwabe meinte, sie wolle ihr schreiben, worauf die Mutter ihr sagte, daß wir bis jetzt noch keine Adresse hätten. Als aber das Fräulein mit dem Anerbieten kam, zu bleiben, wenn die Eltern noch keine neue Erzieherin angestellt hätten, lehnte meine Mutter es entschieden ab, indem sie sagte, sie würde es anders einrichten. Ich bekam einen gewaltigen Schrecken. Gewiß soll ich Mathildchen und Olga unterrichten, dachte ich, und dies beunruhigte mich sehr, denn einmal fürchtete ich, nicht genug zu wissen, und dann auch, daß die kleinen Schwestern keine Achtung vor mir haben würden. Dieser Gedanke gab jedoch bald einem andern

Raum. Ich muß ja Mutter in der Wirtschaft helfen, da Sophie fort ist, fuhr es mir durch den Sinn. Es gibt im Herbst sehr viel zu tun mit dem Erntesegen des Obstes. Dann kommt die Zeit des Schlachtens, das denke ich mir alles vergnüglicher, als den kleinen Schwestern Weisheit einzutrichtern. Aber ich werde ja tun, was meine Mutter für gut befindet, ich möchte ihr nicht auch Anlaß zur Unzufriedenheit geben, jetzt, wo sie durch Sophie betrübt worden ist.

Vater war dieser Tage recht verstimmt; ich merkte ihm gestern gleich an, daß er Kopfschmerzen hatte. Nach der Andacht mußte er sich legen; Aufregungen schaden ihm immer. Ich ging in den Garten, alles sah mich traurig und wehmütig an. Ich begab mich in den Kuhstall, da lag meine Lieblingskuh, „das Braunchen", krank, und der alte Melker stand betrübt neben ihr. Das war auch nicht angetan, mich fröhlich zu stimmen. Da sah ich Mutter aus dem Hause kommen. Sie hatte ihren großen, runden Hut auf und sah aus, als ob sie ins Dorf wollte.

„Willst du mitgehen, Annchen", rief sie mir zu. Natürlich wollte ich das, es war von jeher mein großes Vergnügen, mit Mutter ins Dorf zu gehen. Sie trägt oft den Alten und Kranken Erquickungen hin und kann so gut mit ihnen reden. Heute ging es zu Mutter Krusen. „Du kannst mit hineinkommen, Annchen", sagte Mutter, „du weißt ja, um was es sich handelt."

Ach ja, ich wußte es. Mutter Krusen war es, die Sophie allerhand in den Kopf gesetzt hatte; Mutter hatte es ja auch erfahren und wollte deshalb mit ihr sprechen. Die Alte sah meine Mutter etwas scheu von der Seite an; sie hatte gewiß schon von allem gehört, denn die Leute vom Hof stehen immer in Verbindung mit dem Dorf. Mutter setzte sich freundlich zu ihr und ging gleich auf die Sache los. Sie liebt keine Winkelzüge, alles muß wahr und klar sein. Sie sagte Mutter Krusen unverblümt, daß sie nicht recht getan habe, der armen Sophie in den Kopf zu setzen, daß sie ein Grafenkind sei. Dadurch sei sie stolz geworden, es habe ihr nun gar nicht mehr bei bürgerlichen Leuten, wie sie es seien, gefallen.

„Ja", — stotterte Mutter Krusen, „Frau Mersburg, Sie haben es doch selbst gesagt, als Sie mit dem Würmlein gekommen sind. Die Frau Tante lebte damals noch, zu ihr haben Sie von dem Vater des kleinen Mägdleins gesprochen und gesagt: ‚Der Graf lebt noch'." Aber wo er sei, habe sie nicht verstanden, das habe Frau Mersburg ganz leise gesagt.

„Ja, allerdings", sagte Mutter, der nun ein Licht aufging, „‚Herr Graf und Frau Graf' kann ich gesagt haben. Der Familienname der armen Leute war ‚Graf', sie aber waren Tagelöhner, die sich ihr Brot sauer verdienen mußten. Warum habt Ihr mich nicht gefragt, Mutter Krusen? Ich hätte Euch gern aufgeklärt, man muß nichts weitererzählen, was man nicht ganz genau weiß, man kann oft Schaden damit anrichten."

„Ja, da haben Sie ganz recht, Frau Mersburg, wenn man nur immer den alten Mund halten könnte. Wenn man nur überhaupt das viele Reden lassen könnte. Es kommt gar nichts dabei heraus. Ich will mir's aber auch merken, es soll mir wirklich eine Lehre sein. Ich tu, als ob ich nichts höre, wenn die vom Hof hereinkommen und erzählen. Der Herr hat wohl heute Kopfschmerzen?"

„Wissen Sie das auch schon?" fragte Mutter lächelnd, sie wunderte sich gewiß, daß die Post schon bei Mutter Krusen angelangt sei.

Mutter sagte dann noch allerlei, daß man immer, auch in bezug aufs Reden, sich nach dem Worte Gottes richten müsse. Gerade mit der Zunge würde so viel gesündigt, man könne den Schaden oft gar nicht berechnen, den ein unrechtes Wort anrichte. Mutter Krusen hörte ganz andächtig zu mit gefalteten Händen. Als Mutter fertig war, sagte sie: „Gerade wie unser Herr Pastor; Sie hätten können auch Pfarrer werden, Frau Mersburg."

Mutter gab ihr dann noch Wolle zum Stricken.

Matthias und Christian zerreißen sehr viele Strümpfe. Mutter hat so oft gesagt, sie sollen sie ausziehen, wenn sie kleine Löcher entdecken, aber sie behaupten, sie fänden die kleinen Löcher nie, erst wenn sie ganz groß wären, merkten sie es.

Arm in Arm gingen wir dann wieder nach dem Gut hinauf durch die schöne Kastanienallee, die gerade auf das Herrenhaus zuführt. Ich mag so gern mit meiner Mutter allein gehen, alles was sie sagt, möchte ich mir ins Herz schreiben.

„Wenn wir nur unsere Sophie erst wieder hier hätten", sagte Mutter und ein tiefer Seufzer entrang sich ihr. Ich drückte sie fest an mich; ich konnte ihren Schmerz so gut verstehen. „Nun, Annchen, mußt du mich im Haushalt unterstützen, willst du denn auch so tüchtig werden wie Sophie?"

Ich versprach es und machte, als wir zu Hause waren, gleich den Anfang, indem ich mir eine große Küchenschürze holte und der Köchin half, Obst zu schälen. Alles Fallobst wird geschält und abgebacken, da gibt es viel Arbeit. Am Nachmittag machte ich mit Mathildchen und Olga einen Spaziergang ins Holz. Dort haben wir einen reizenden Ruhesitz. Wir haben früher mit den Brüdern mitten im Wald einen kleinen freien Platz entdeckt, von schönen Bäumen begrenzt, den haben wir mit Stacheldraht umzogen, haben uns von Vater eine Bank und einen runden Tisch schenken lassen und den Platz „Sophienruh" genannt, weil wir ihn gerade an Sophiens Geburtstag eingeweiht haben. Wie vergnügt waren wir da alle miteinander, und nun saßen wir drei recht still und traurig da, weil zu Hause alles nicht war wie sonst. Endlich schlug ich den Schwestern vor, wir wollten einige hübsche Lieder singen. Das klingt so schön im Wald, und man wird fröhlich dabei. Thildchen und Olga haben sehr hübsche helle Stimmen, wir sangen ein Lied nach dem andern und merkten gar nicht, daß wir einen Zuhörer hatten.

„Das ist brav, ihr lieben Kinder", sagte eine Stimme hinter uns. Es war der alte Herr Pfarrer aus Holzenau. Wir sprangen schnell von unsern Sitzen auf und begrüßten ihn. Er meinte, wir wären so lange nicht im Pfarrhaus gewesen, und lud uns auf den folgenden Nachmittag ein, wenn die Eltern es erlaubten.

Als wir Mutter fragten, gab sie gern ihre Erlaubnis, und heute bei Tisch sagte Vater, Mutter und er würden auch mitfahren. Wir jubelten alle drei; mit den Eltern zusammen ausfahren, macht doppeltes Vergnügen. Das Pfarrdorf liegt eine halbe Stunde von Grüneichen entfernt. Der Weg dahin führt am See vorbei, in dessen Nähe eine kleine Villa liegt.

Es war ein schöner Septembertag. Der blaue Himmel spiegelte sich im See; der Wald lag schweigend am jenseitigen Ufer, kein Lüftchen regte sich. „Mutter", rief ich, „es ist doch nirgends schöner als in der Heimat, wir können so weit ins Land hineinschauen, keine Berge versperren uns die Aussicht."

„Aber droben auf den Bergen ist's auch schön", erwiderte Mutter, die ihre Berge immer noch liebt. „Von den Bergen hat man oft eine viel weitere Fernsicht als hier im Flachland. Doch die Heimat ist überall schön, wo Gott der Herr uns hinführt, da muß es uns gefallen."

Bald waren wir in Holzenau, dessen spitzen Kirchturm man weithin sieht, auch von unserem Garten aus. Als wir vor dem Pfarrhaus hielten, kam alles heraus, was Beine hatte, nur der Herr Pfarrer war nicht sichtbar, er war noch ins Dorf gegangen.

„Daß ihr endlich kommt, ihr Bösen", rief Emmy, meine Altersgenossin, während Franziska und Luise auf Mathilde und Olga zustürzten mit dem Ruf: „Wir glaubten, ihr lebtet nicht mehr, weil wir nichts von euch sahen."

Vier kleine Brüder und zwei schwarze Hunde quirlten um die Beine, und mit dem Ruf: „Die Frau Patin ist da, guten Tag, Frau Patin", streckten sich viele kleine Hände meiner Mutter entgegen, die, seit sie bei einem der Knaben Patin geworden, diesen Namen im Pfarrhause führt. Wir sind alle sehr befreundet mit Pastors; Vater ist ein Freund des Herrn Pfarrer; Mutter und Frau Pfarrer lieben sich sehr und verstehen sich so gut. Sie nennen sich du und sind in gleichem Alter. Wir drei Schwestern und die drei Pfarrtöchter passen auch gut zusammen, nur Pfarrers Otto steht allein; er ist viel älter als die Schwestern, da er der Sohn von Herrn Pfarrers erster Frau ist; er hat schon die erste theologische Prüfung bestanden. Emmy erzählte mir gleich, daß er sie mit Auszeichnung bestanden habe, und daß er jetzt hier sei. Ich war sehr gespannt auf sein Erscheinen, denn da er auf auswärtigen Universitäten studiert hat, ist er nicht oft zu Hause gewesen, so sind mehrere Jahre vergangen, ohne daß wir uns gesehen haben.

Ich dachte eben darüber nach, ob ich ihn wohl mit Sie anreden müsse, da kam er in den Garten, wo wir sechs Mädchen plauderten, und rief ganz erfreut: „Annchen, Mathilde und Olga, da seid ihr ja. Wie geht es euch?" Da war ich aus aller Verlegenheit, und da ich hörte, wie meine Schwestern frischweg Otto sagten, kehrte ich mich weder an seinen Bart noch an seine Größe und redete ihn als ehemaligen Freund mit du an. Plötzlich sagte er: „Du, Anna, was ist denn das für eine Geschichte mit Sophie, ich hörte eben, daß unsere Mütter über sie sprachen, komm, erzähle mir einmal, was du weißt." Emmy und ich gingen mit ihm den Gartenweg entlang, und ich sagte ihm, Sophie wolle es einmal bei fremden Leuten versuchen, aber die Eltern glaubten bestimmt, daß sie wieder ganz zu uns kommen würde.

„Das hoffe ich auch", sagte Otto. „Wir waren immer so gute Freunde; es ist zu dumm, daß ich sie nicht mehr gesehen habe, mit wem soll ich nun Klavierspielen?"

Wir vergnügten uns sehr in der Pfarre und ließen laute Rufe des Bedauerns hören, als Heinrich mit dem Wagen kam, um uns nach Hause zu bringen. Als Mutter Abschied nahm, hörte ich die Patin sagen: „Maria, wenn ihr zum Herbst in die Stadt geht, müßt ihr vorher noch oft kommen."

Mutter sagte, das wollten wir gerne, aber nun müßte das ganze Pfarrhaus erst einmal zu uns kommen, und zwar auf einen ganzen Tag. —

Mir gingen immer die Worte im Kopf herum: „Wenn ihr zum Winter in die Stadt geht." Als wir zu Hause waren, fragte ich Mutter, was sie zu bedeuten haben.

„Du kleine Neugierde", lachte sie, „es hat zu bedeuten, daß Vater beabsichtigt, den Winter mit uns allen in der Hauptstadt zu verleben, aber nicht nur zum Vergnügen. Thildchen und Olga sollen eine Mädchenschule besuchen und du sollst auch noch mancherlei lernen, und dann schadet es euch Mädchen vom Lande nicht, einmal Stadtleben kennenzulernen."

Ich quiekte laut vor Vergnügen und drückte meine Mutter so fest an mich, daß sie sagte: ich solle sie nicht erwürgen, solle mir überhaupt das Quieken abgewöhnen, das passe für die Stadt gar nicht.

Den Winter in der Stadt verleben! Ein ganz neuer Gedanke! So etwas Hübsches hätte ich mir selber gar nicht ausdenken können. So hat die Geschichte mit Sophie und der Erzieherin doch etwas Gutes zuwege gebracht. Denn wenn alles geblieben wäre, wie es war, hätte wohl kein Mensch daran gedacht, den Winter in der Stadt zu verleben!

O weh, jetzt höre ich Vaters Schritte. Ich habe heute zu lange geschrieben, es gibt Schelte.

Vater kam wirklich an meine Tür, öffnete und sagte:

„Du Krabbe, willst du endlich machen, daß du ins Bett kommst. Wenn du's so treibst, nehme ich das ganze Tagebuch und stecke es ins Feuer."

Ich war sehr erschrocken und bat ihn, das nicht zu tun. Es wäre doch schade um alles, was ich geschrieben habe und was ich noch schreiben werde. Denn ich fühle es, wenn wir den Winter in der Stadt wohnen werden, gibt es noch viel Bemerkenswertes einzutragen. Ich hoffe, es war nur eine Drohung, ich will auch nicht wieder so lange aufbleiben.

## Neue Eindrücke

am 16. Oktober

Nun sind wir in der Stadt! Mein Tagebuch hat lange geschlummert, aber es war nicht an Schreiben zu denken, so vielerlei gab es zu tun, zu besorgen und einzupacken. Es mußten auch Abschiedsbesuche gemacht werden bei den Familien in der Umgegend. Einige meinten, sie würden nach Weihnachten auch auf einige Zeit in die Stadt gehen; das freut mich, es sind zwei sehr nette junge Mädchen von meinem Alter dabei. Meine kleinen Schwestern waren ganz aufgeregt vor Freude; sie redeten tags fast nichts weiter als von der Übersiedlung, nachts träumten sie sogar davon. Sie stellten eine große Puppenwäsche an und meinten, es gäbe doch viel zu tun, wenn man mit seinen Kindern in die Stadt wolle. Auf Mutters Fragen, sie dächten doch wohl nicht daran, alle Puppen mitzunehmen, sagten sie sehr verwundert: natürlich kämen sie alle mit; Mutter ließe doch auch nicht eins von ihren Kindern zurück, wogegen sich nichts sagen ließ. Ich mußte Mutter sehr viel in der Wirtschaft helfen, es gab mancherlei zu tun mit dem Einmachen der Früchte;

auch Schlachterei gab es im Wirtschaftshaus, da wir manche Vorräte mitzunehmen gedachten. Zwei unserer Mädchen sollen uns begleiten; Mutter meint, an einem fremden Ort müsse sie zuverlässige Leute haben.

Ich kramte viel in meinen Sachen und konnte mich nicht entschließen, was ich mitnehmen, was ich dalassen sollte. „Nur nicht zu viel einpacken", war Mutters Bitte und Vaters Befehl. Mein liebes Tagebuch durfte natürlich nicht zurückbleiben; es wurde sehr sorgfältig eingepackt, versiegelt und mit einem Bindfaden zugebunden. So konnten doch keine unberufenen Hände daran kommen.

Endlich war der Reisetag da, ein grauer nebeliger Oktobertag. Heinrich war schon den Tag vorher mit einem großen Kastenwagen an die Bahn gefahren, da alle Koffer und Kisten als Frachtgut gesandt wurden. Wir folgten in der Kutsche. Alle Leute hatten sich versammelt, um uns Lebewohl zu sagen. Vater hatte alles seinem alten treuen Inspektor anvertraut, ihm aber gesagt, wenn etwas Besonderes vorkomme, solle er telegraphieren. Mutter wußte die Außenwirtschaft bei Fräulein Friedchen gut versorgt. Jede Woche solle sie ihr schreiben und berichten, alle vierzehn Tage soll eine Frau vom Dorf uns Butter und Eier und dergleichen bringen. Mutter meint, dann hätten wir alles aus guter Quelle, und die Reise komme dabei heraus.

Als die Pferde anzogen, sagte meine Mutter: „Walt's Gott", und der Vater fügte hinzu: „Ja, Gott der Herr gebe seinen Segen zu unserem Winteraufenthalt in der Stadt."

Meine kleinen Schwestern saßen so steif und gerade da, wie die Puppen, die sie im Arm hatten. Sie durften nur jede eine bei sich haben, die übrigen waren alle in den Koffern untergebracht. Thildchen und Olga waren eigentlich noch nie aus dem heimatlichen Dorf herausgekommen; wir leben für gewöhnlich sehr häuslich, dieses Ereignis mit dem Winteraufenthalt in der Stadt ist etwas noch nie Dagewesenes. Wir haben es, wie gesagt, Fräulein Schwabe zu danken. Von ihr habe ich noch nicht gesagt, daß sie uns Ende September verlassen hat. Sie weinte sehr beim Abschied, sagte: ein solches Haus fände sie gewiß nie wieder; sie habe Mutter so lieb gewonnen und habe ihr viel zu verdanken. Mutter gab ihr noch den guten Rat, immer recht demütig und dankbar zu sein, immer das Beste der ihr anvertrauten Kinder im Auge zu haben und auch in den geringsten Dingen treu zu sein. Nun ist sie fort; die kleinen Schwestern schienen darüber nicht sehr betrübt zu sein. Mutter sagte, sie hoffe, zu Ostern eine recht gute Wahl zu treffen, wenn wir wieder nach Grüneichen zurückkehren.

Mutter Krusen war sehr traurig über unsern Fortgang. Es wollte ihr gar nicht in den Sinn, daß das Herrenhaus im Winter leer stehen würde. Sie meinte, da erzähle ihr niemand etwas und das Stricken für die Herrschaftskinder würde wohl ganz ausbleiben. Doch Mutter hat ihr ein großes Paket Wolle gebracht, daraus sollen Socken gestrickt werden für Matthias und Christian. Die Brüder fingen ihren letzten Brief mit ‚Hurra' an. So freuten sie sich, zu Weihnachten in die Hauptstadt zu kommen. In ihrem kleinen Nest sei es nur ledern, schrieben sie, wenn auch die Schule keine Langeweile aufkommen lasse, denn zu tun gäbe es genug.

Als wir am Bahnhof angelangt waren und dann glücklich in einem Abteil untergebracht, sagte mein Vater: „Gott sei Dank, daß wir so weit sind, eine solche Packerei ist mir noch nie vorgekommen. Wenn wir nur erst das Auspacken überstanden hätten!"

„Du sollst nicht viel davon merken, Väterchen", sagte meine Mutter freundlich, „das besorge ich mit unsern Töchtern. Wenn wir nur schon eine passende, möblierte Wohnung gefunden hätten."

„Das wird sich alles machen", war Vaters Antwort.

„Zunächst gehen wir in ein Hotel und ruhen von den Strapazen aus."

„O in ein Hotel", flüsterten die Schwestern, „wir waren noch nie in einem Hotel." Als wir uns der Hauptstadt näherten, ermahnte Vater die Schwestern, sich am Bahnhof dicht an die Eltern zu halten. Aber kaum waren wir ausgestiegen, da sperrten die Kleinen verwundert Mund und Augen auf und starrten mit erstaunten Blikken auf die dahinflutende Menge, so daß sie, eh' sie es merkten, mit fortgerissen wurden. Die Mutter hatte mit dem Handgepäck zu tun und rief mir zu, auf die Schwestern achtzugeben; ich lief schon hinter ihnen her, erfaßte auch Thildchen, von Olga sah ich keine Spur. Der Vater war nach einer Droschke gegangen, dort kam die Mutter mit dem Handgepäck, ich eilte ihr mit Mathilde entgegen und gab ihr angstvoll zu verstehen, daß Olga verschwunden sei. Wir bahnten uns schnell einen Weg durch die Menge, immer nach rechts und links blickend, ob wir das Kind irgendwo erspähen könnten, aber keine Spur! Endlich kamen wir an den Ausgang und sahen dort zu unserer großen Freude Vater stehen, der die bitterlich weinende Olga zu trösten suchte. Der Vater zürnte mit uns, daß wir nicht besser achtgegeben hätten. Wir waren wohl alle ein wenig schuldig, da wir nicht an das großstädtische Leben gewöhnt sind und nicht genug aufgepaßt hatten. Olgas größten Kummer erfuhren wir erst, als wir in der Droschke saßen. Ihre Lieblingspuppe war verlorengegangen. Olgas Tränen flossen reichlich, Thildchen suchte sie zu trösten, indem sie der Schwester ihr Puppenkind in die Arme legte und ihr versicherte, sie solle fortan ihnen beiden gehören; aber der Schmerz wurde dadurch nicht gemildert.

„Das ist ein tränenreicher Einzug in die Stadt", meinte Vater, während Mutter Olga auf die schönen Läden in den Straßen aufmerksam machte und sie auf Weihnachten vertröstete, wo es vielleicht ein neues Puppenkind geben werde. Die Kleine trocknete allmählich ihre Tränen und war bald in Anspruch genommen von allem, was sie im Weiterfahren sah und hörte. —

Im Hotel sind wir zwei Tage gewesen, dann haben die Eltern eine freundliche Wohnung gefunden, wohin wir alsbald übersiedelten. Wir bewohnen nun in der Königstraße den ersten Stock eines sehr großen Hauses. Wir haben hübsche, fein ausgestattete Zimmer, aber alles ist enger und kleiner, als wir es gewohnt sind. Ein Haus auf dem Lande hat ja eben sehr weite, große Räume. Ich habe ein besonders kleines und sehr gemütliches Zimmer. Es liegt nach hinten hinaus. Ich sehe in einen freundlichen Garten, der nun natürlich Herbstfärbung zeigt. Es ist still und lauschig in meinem Stübchen; der Lärm der Großstadt dringt nur gedämpft zu mir. Da ich mich hier nur aufhalte, wenn ich für mich lesen oder schreiben will, so ist's mir ganz recht, daß die Fenster nicht nach der Straße gehen, man wird nicht so abgelenkt. Anders die Schwestern. Sie haben ein kleines einfenstriges Zimmer für sich nach vorn heraus und sitzen fast den ganzen Tag und schauen hinaus. Wenn ein elektrischer Straßenbahnwagen vorüberfährt, geraten sie allemal in Entzücken, und da das alle fünf Minuten passiert, kann man sich denken, wie sie in fortwährender Aufregung begriffen sind. Alles interessiert sie aufs höchste, jede Droschke, jeder Omnibus, jedes Auto, alles wird mit einem Ausruf des Erstaunens begleitet. Ich denke, sie werden sich mit der Zeit mehr daran gewöhnen und sich mit andern Dingen beschäftigen. Heute wurden sie in einer Schule, die den Eltern sehr gerühmt worden ist, angemeldet. Sie liegt nach großstädtischen Verhältnissen nicht weit von unserer Wohnung, aber immer noch weit genug, um sich zu verirren. Ich habe darum die Pflicht übernommen, sie jeden Morgen zur Schule zu bringen und sie mittags wieder abzuholen.

am 17. Oktober

Heute kam ein Brief von Sophie. Er war nach Grüneichen gerichtet und ist uns nachgeschickt worden. Sie ahnt ja nicht, daß wir in der Stadt sind. Der Brief an die Eltern war nur sehr kurz. Sie schrieb: es sei manches anders, als sie es sich gedacht habe, aber sie hätte eine vorteilhafte Stelle in der Familie eines Rechtsanwalts angenommen. Mutter schüttelte den Kopf, nachdem sie den Brief gelesen hatte, und sagte: „Sophie hätte auch in unserem Hause ihren Pflichtenkreis gefunden, aber ich will ihr nicht entgegen sein, wenn sie sich in andern Verhältnissen glücklicher fühlt."

Ich merkte es Mutter den ganzen Tag an, daß der Brief sie mehr bedrückt als erfreut hat, die gute Mutter glaubte so zuversichtlich, Sophie würde bald zu uns zurückkehren. Mathilde und Olga haben den ersten Schultag hinter sich. Glückstrahlend erzählen sie von allem, was sie erlebt haben, von den Lehrern und den Mitschülerinnen, von ihren Stunden und der Vorsteherin, die geäußert hat, sie schienen gute Schulkenntnisse zu haben. Ich hatte, als ich sie abholte, genug mit ihnen zu tun. Sie bleiben einfach stehen, wenn sie etwas Auffälliges sehen, und da man das oft nicht merkt, verliert man sie unversehens. So wäre mir diesmal Mathilde beinahe abhanden gekommen. Doch dabei mag ich selbst ein klein wenig Schuld gehabt haben. Sie stand vor einem Laden und sah die Bilder an, während ich plötzlich auf der gegenüberliegenden Seite eine schlanke, vornehme Dame erblickte, an deren Seite ein junges Mädchen ging, das ich sofort als — Adelgund Wernigge erkannte. Ich rief „Gundchen!" und eilte mit Olga an der Hand nach der andern Seite. Da schob sich plötzlich ein Straßenbahnwagen dazwischen, und ehe ich's mich versah, war Gundchen verschwunden und Mathilde auch nicht zu sehen.

Um die Mittagszeit ist das Gedränge auf den Straßen oft groß, wir konnten wegen der vielen fahrenden Wa-

gen nicht gleich wieder nach dem andern Fußsteig kommen, und als wir uns endlich hindurchgewunden hatten, war Mathilde weg. Ich hatte große Angst und rannte mit Olga die lange Straße hinunter. Endlich komme ich an einem offenen Keller vorbei, in dem eine Gemüsefrau ihre Waren ausgelegt hat, da stand Thildchen und schmaust einen Apfel, den ihr die gute Frau geschenkt hatte. Ein lauter Jubelruf begrüßte uns, aber eigentlich war ihr das Weinen näher als das Lachen. Die Gemüsefrau sagte: „Ich dachte wohl, daß sich das kleine Fräulein verirrt hatte, darum rief ich sie zu mir; es war ja viel gescheiter, sie wartete hier, als wenn sie auch hin- und hergelaufen wäre.“ Darin hatte die Frau recht, auch darin, daß sie mit einem Seitenblick auf mich sagte: auf kleine Mädchen vom Land müßte man doppelt achtgeben, die sähen sich zu viel um nach unbekannten Dingen.

Vater stand schon am Fenster und wartete auf uns. „Das fängt gut an mit den Mädchen“, sagte er, als er von dem abermaligen Verlaufen hörte, „Mutter, wir wollen nur alle beide wieder einpacken und nach Grüneichen zurückschicken, sie passen ja gar nicht in die Stadt.“ Die Schwestern versprachen beide dem Vater, sie wollten von nun an recht vorsichtig sein, und ich versprach, keine Nebengedanken zu haben. Meiner Mutter erzählte ich alles, daß ich Gundchen gesehen habe. „Hast du dich auch nicht getäuscht, mein Kind; es gibt vielleicht ein junges Mädchen, die ihr recht ähnlich sieht.“ Ich blieb dabei, sie müsse es sein.

„Warum habt ihr euch denn nie geschrieben, wenn ihr euch so liebhabt?“ fragte Vater. Ich mußte mit Beschämung gestehen, daß wir beide vergessen hatten, uns unsere gegenseitigen Adressen zu geben, worüber sich Vater sehr belustigte.

„Und nun meinst du, deine Freundin gesehen zu haben, und hast doch keine Ahnung, wo du sie aufsuchen sollst“, fügte Vater lachend hinzu.

Ich weiß allerdings nicht, ob Gundchens Eltern noch in Berlin wohnen und es nur zum Besuch hier weilt, aber ich habe das bestimmte Gefühl, daß wir uns nicht zum letztenmal gesehen haben, ja es ist mir, als ob wir noch recht oft zusammenkommen würden.

## Das Gegenüber

am 20. Oktober

Mein Gefühl hat mich nicht betrogen. Ich glaubte selbst kaum, daß ich Gundchen so bald wiederfinden würde. Doch es ist wahr, und wo habe ich sie gefunden? Ich werde alles der Reihe nach erzählen. Gestern nachmittag waren wir drei Mädchen mit den Eltern in der Stadt gewesen. Als wir nach Hause kamen, setzten sich die Kleinen wieder an ihr Fenster, um die Straße in Augenschein zu nehmen. Arbeiten konnten sie noch nicht, da es anfing zu dämmern, so saßen sie denn an ihrem Lieblingsplatz und sahen sich die vorüberwandernde Welt an. Ich stand hinter ihnen und sah über ihre Köpfe weg. Da — auf einmal gewahre ich wieder die schlanke Dame mit dem jungen Mädchen und wieder ward es mir zur Gewißheit: „Das ist Gundchen und niemand anders." Ich sah deutlich die beiden in das gegenüberliegende Haus gehen. Schnell holte ich meinen Hut, zog die Jacke an und eilte auf die Straße. Geduldig ging ich vor dem Hause, in dem die beiden Damen verschwunden waren, auf und ab in der Hoffnung, sie würden wieder herauskommen. Endlich währte mir die Sache doch zu lange. „Sie sind gewiß, während ich mir den Hut holte, wieder herausgekommen", dachte ich und ging betrübt nach oben. Meine Mutter öffnete mir die Vorsaaltür und fragte verwundert: „Wo kommst du denn her?"

Ich erzählte ihr, daß ich Gundchen wiedergesehen habe, daß ich sie hätte abfangen wollen, daß sie mir jedoch abermals entschlüpft sei. Sie schüttelte den Kopf und meinte, das sei ein nutzloses Beginnen; wir wollten uns lieber ein Adreßbuch kommen lassen und sehen, ob der Name „Wernigge“ darin zu finden sei.

„Du möchtest deine Freundin wohl gerne wiederfinden?“

„Ja, sehr gerne.“

Die Mutter streichelte mir die Wangen und sagte, sie gönne es mir. Sie habe in ihrer Jugend auch eine Freundin gehabt, Lisa Schwarz, und habe nie wieder etwas von ihr gehört. Das wußte ich, habe ja erst kürzlich das Haus gesehen, wo Lisa Schwarz mit ihren Eltern gewohnt hat. Daran dachte Mutter wohl gar nicht.

Wir gingen nun miteinander ins Wohnzimmer, wo Vater schon ganz behaglich bei der Lampe saß und Zeitungen las. Thildchen und Olga, die es sehr wichtig mit ihren Schularbeiten haben, schleppten große Mengen von Büchern heran und setzten sich an den Familientisch, um unter Mutters Aufsicht zu arbeiten. Ich sollte die Rolläden herunterlassen.

Als ich ans Fenster trete, ist der erste Stock des uns gegenüberliegenden Hauses hell erleuchtet. Ich sehe Gestalten, und als ich genauer hinschaue, entdecke ich wieder das junge Mädchen mit ihrer Mutter. Sie standen jetzt beide am Tisch und waren voll von der Lampe beleuchtet.

„Mutter!“ jubelte ich laut, „ich habe sie!“ Schnell sprang die Mutter auf, die kleinen Schwestern warfen ihre Bücher hin, alle kamen ans Fenster und wollten sehen, was ich Wunderbares entdeckt habe. Da kam das junge Mädchen von drüben plötzlich ans Fenster, zog die Zuggardinen zu, und nichts war mehr von ihnen zu sehen.

„Sie haben dein Hinüberlugen bemerkt“, sagte die

Mutter vorwurfsvoll, „man soll den Nachbarn nicht in die Fenster sehen; das ist nicht schicklich."

„Aber, Mutter", rief ich, „es ist ja nur Gundchens wegen, alles andere ist mir gleichgültig."

„Wir dürfen also annehmen, daß sie uns gegenüber wohnen, wenn das Ganze nicht noch auf einer Täuschung beruht", sagte Mutter, „man wird dies ja aber sehr bald in Erfahrung bringen können und dann — ist ja dein Glück gemacht", fügte sie lächelnd hinzu. Und ich jubelte immer wieder: „Ich habe sie, ich habe sie!"

„Was für Lärm macht denn die Älteste wieder?" rief der Vater.

„Ich weiß nicht, woher Annchen diese Lebendigkeit hat", antwortete Mutter, „von mir gewiß nicht."

„Dann muß sie's wohl von mir haben, Mutter, aber nun bitte ich mir Ruhe aus, ich möchte gern etwas lesen."

Es wurde nun auch Ruhe; ich sah ein, daß die Schwestern ihre Arbeiten machen mußten, daß Vater seine Zeitung in Ruhe lesen mußte, so holte ich denn meine Arbeit und setzte mich ganz still zur Mutter, nur von Zeit zu Zeit drückte ich ihre Hand ganz fest und sie nickte mir freundlich zu. — Ich war so glücklich, daß ich lange nicht einschlafen konnte. Heute war ich schon beizeiten auf, ich eilte wieder ans Fenster, um unser Gegenüber zu prüfen. Drüben standen alle Fenster auf; jemand fegte, stäubte und schüttelte die Vorhänge aus. Von Gundchen war nichts zu sehen. Es war töricht von mir, so früh auf dem Posten zu erscheinen, aber es war wohl die unbestimmte Angst, ich möchte meine Freundin wieder verlieren. Doch die Pflicht rief, ich mußte um halb neun die Schwestern zur Schule begleiten.

Kaum war ich zurück, stand ich wieder am Fenster, um aufzupassen. „Aber Annchen", sagte meine Mutter, und legte ihre Hand auf meine Schulter, „das Staubwischen ist dir übertragen, ich sehe, daß die Arbeit noch in keinem Zimmer getan ist." Ich wurde ganz rot und ging, um mein Versäumnis nachzuholen, sandte jedoch immer verstohlen die Blicke nach den gegenüberliegenden Fenstern, die nun lange wieder geschlossen waren. Die Herrschaften schienen recht lange zu schlafen. Endlich, endlich wurde ein Kopf am Fenster sichtbar, aber dieser Kopf gefiel mir gar nicht. Ein bleiches Männergesicht mit dunklen, fast unheimlich großen Augen, schwarzem gelocktem Haar mit Künstlerfrisur, ein seidenes Tuch locker um den Hals geschlungen, eine schwarze Sammetjacke, das war, was ich feststellte.

Ich zog mich vom Fenster zurück und hatte keinen Mut, wieder hinzusehen. Auch stellte Mutter mich in der Küche an, die nach dem Hof zu liegt, so daß ich meine Neugierde bezähmen mußte. Kurz vor Tisch konnte ich es aber nicht unterlassen, noch einmal hinüberzuschauen, und jetzt wurde meine Standhaftigkeit belohnt. Da stand Gundchen, ja, sie war es, allein am Fenster und schien unsere Fenster zu mustern. Ich nickte krampfhaft, trommelte ans Fenster und — auf einmal erhob sie beide Arme wie in Überraschung und Freude und nickte wieder, immer wieder, so daß ich nun meiner Sache ganz gewiß war. Nun wurden die Eltern bestürmt, ihre Erlaubnis zum Hinübergehen zu geben; sie beratschlagten miteinander.

„Ich sehe keinen Grund, es ihr zu verweigern“, hörte ich Mutter sagen.

„Man kennt nur die Familie gar nicht“, wandte Vater ein.

„Sie sind immerhin unsere Nachbarn, und — wir sind ja nur einige Monate hier, wir dürfen ihr diese Freude nicht nehmen. Schließlich mache ich meinen Besuch dort und werde selbst sehen und prüfen“, entschied Mutter.

„Aber ich darf doch heute?“ fragte ich erwartungsvoll.

„Nun, da laufe, Kleine“, rief der Vater, und ich hing an seinem Hals.

Kaum konnte ich die Nachmittagsstunde erwarten. Die Mutter trug mir auf, eine Empfehlung von ihr zu sagen, und sie würde sich erlauben, der Dame des Hauses in diesen Tagen einen Besuch zu machen.

Etwas beklommen war mir's doch, als ich das Haus betrat und die mit Teppichen belegte Treppe hinaufstieg. An der geschlossenen Vorsaaltür prangte der Name „Wernigge". Ich klingelte leise, jemand öffnete.

„Ich möchte Fräulein Adelgund Wernigge einen Besuch machen."

„Wen darf ich melden?"

Ich wollte gerade meinen Namen sagen, da wurde eine Tür geöffnet und Gundchen blickte neugierig heraus. Ich stürzte in ihre Arme. Sie rief: „Annchen, wo kommst du in aller Welt her?" Dann zog sie mich in die Stube mit den Worten: „Mutter, hier ist sie! Hier ist Anna Mersburg, meine Freundin vom Sommer her."

Eine freundliche Dame reichte mir ihre weiße schmale Hand und sagte lächelnd: „Das ist also die kleine Freundin, von der Gundchen mir so viel erzählt hat." Einen Augenblick ruhten ihre Augen forschend auf mir, als suche sie irgend etwas, dann sagte sie, als sie uns nebeneinander stehen sah: „Eine blonde und eine dunkle Freundin, es erinnert mich an die Zeit, da ich auch jung war."

Ich mußte immer wieder Gundchens Mutter ansehen, sie hatte so etwas Freundliches.

„Gundchen", sagte sie nach einer Weile, „geh doch mit deiner Freundin in dein Zimmer, es macht ihr gewiß Freude, dein Reich kennenzulernen."

Es war mir ganz lieb, denn als wir eben hinausgehen wollten, wurde die Tür aufgerissen und ein langer, blasser Herr mit schwarzem Bart und schwarzen Augen trat ins Zimmer. „Mein Vater", flüsterte Gundchen, indem sie mich aus dem Zimmer zog und die Tür zu einem andern öffnete, das das reizendste Mädchenstübchen war, das ich je gesehen habe. Wir setzten uns auf das kleine Sofa und freuten uns immer wieder, daß wir uns gefunden hatten. „Wie dumm", sagte Gundchen, daß wir vergessen hatten, unsere Namen auszutauschen, ich hätte dir so gern einmal geschrieben."

„Und ich dir", rief ich.

„Wohnt ihr denn ganz hier?"

„Ja, wenigstens für ein paar Jahre; Vater ist Landschaftsmaler und hat Skizzen nach der Natur aufgenommen, die er nun groß ausführt. Er malt sehr schöne Bilder und hat schon oft Auszeichnungen bekommen."

„Darf ich die Bilder sehen?" fragte ich.

„Ja, wenn der Vater einmal nicht da ist, führe ich dich in sein Atelier."

Die Stunde, die mir zu bleiben erlaubt war, war so schnell vorbei. Ich bat Gundchen, mich auch zu besuchen, und fragte, ob ich mich von ihrer Mutter verabschieden dürfe. Sie wurde rot und sagte, sie glaube, der Vater wolle jetzt nicht gestört sein, sie wolle die Mutter rufen. Es war nicht nötig, denn Frau Wernigge kam gerade herein und brachte uns Obst. Da ich sagte, ich dürfe nicht länger bleiben, meinte sie, dann müsse ich mir wenigstens eine Birne mitnehmen. Sie suchte die größte und schönste aus und gab sie mir. Ich dankte sehr und empfahl mich.

„Ihr scheint euch ja sehr liebzuhaben", sagte Frau Wernigge lächelnd. „Dann haltet nur Freundschaft miteinander, wie gut, daß wir Nachbarn sind. Empfiehl mich deiner Mutter unbekannterweise, liebes Kind."

Das war ein schönes Erlebnis heute. Nun freue ich mich doppelt auf das Stadtleben. Ich kann täglich mit Gundchen zusammenkommen, und wenn unsere Mütter sich kennenlernen und sich vielleicht auch anfreunden, dann wird es erst recht schön.

## Ein Wiederfinden

Frau Maria dachte ernstlich daran, bei Frau Wernigge einen Besuch zu machen. Gundchen war schon einigemal bei Annchen gewesen, und die hatte ihren Besuch auch öfters erwidert. Jedesmal kam sie wieder voll von Bewunderung für Frau Wernigge.

„Du kannst dir nicht denken, Mutter, wie schön sie ist." Oder: „Wie wundervoll sie spielt und singt, wie freundlich und liebenswürdig sie ist. Aber ich glaube", fügte sie nachdenklich hinzu, „ich glaube, Gundchen muß viel allein sein, sie sagt, die Eltern gingen oft aus."

„Und hier sind Vater und Mutter viel mit ihren Kindern zusammen, gehen wenig in Gesellschaft. Oder sollen wir auch immer ausgehen und euch allein lassen?" fragte Maria lächelnd.

„Nein, so ist es viel schöner", rief Annchen. „Der Vater könnte es auch nicht vertragen, und was dem Vater nicht gut ist, müssen wir vermeiden."

Frau Maria hielt es jedoch für ihre Pflicht, das Haus, in dem ihr Kind verkehrte, kennenzulernen. So machte sie sich eines Tages, als der Vater mit seinen Töchtern in die Stadt gegangen war, auf, um die Nachbarin zu besuchen. Es dunkelte schon, als sie an der Wohnung der Frau Wernigge klingelte. Sie ließ sich melden und wurde in das Besuchszimmer geführt. Eine Dame trat auf sie zu und sagte: „Ich habe die Ehre mit Frau Mersburg zu sprechen?"

„Ich komme, Ihnen für die Freundlichkeit zu danken, die Sie meiner Kleinen erwiesen haben." Frau Wernigge bat Platz zu nehmen und schaltete die Tischlampe ein. Schon als Frau Wernigge zu sprechen begann, durchfuhr es Maria: „Die Stimme hast du schon gehört." Es war ihr, als ob Erinnerungen aus längst vergessenen Tagen wach würden. Und erging es nicht Frau Wernigge ebenso, als sie Marias Stimme vernahm? Was war es nur, was die beiden plötzlich wie mit einem Schlage berührte?

Jetzt fiel das helle Licht auf beide Gestalten. Maria hatte sich nicht gesetzt, sie stand der Dame des Hauses gegenüber, die ihren Blick forschend auf Maria gerichtet hatte, und sah sie prüfend an. „Ist es denn möglich! Maria Ruben?“ Sie sprach den Namen zögernd aus, es war, als wollte sie ihr beide Hände entgegenstrecken, und doch wagte sie es noch nicht, der eben gemeldeten fremden Dame so zu begegnen.

Da rang sich der Name „Lisa“ von ihren Lippen und nun wußten sie es beide, sie waren Freundinnen von Kindheit her und hatten sich wieder nach zwanzigjähriger Trennung. Sie lachten und weinten und konnten sich gar nicht hineinfinden, daß Maria und Lisa sich nun wiederhatten, die gleichen, die auf einer Schulbank gesessen, die die Konfirmationszeit miteinander durchlebt hatten, die gleichen und doch nicht die gleichen. Als der erste Sturm der Begrüßung sich gelegt hatte, sahen sie sich prüfend an, als wolle jede der andern aus den Mienen lesen, was sie bisher alles erlebt hatte.

„Das haben wir unsern Töchtern zu verdanken“, rief Maria erfreut. „Hätte Annchen nicht so zäh festgehalten an der Freundschaft mit Adelgund, wir hätten uns wohl nie gefunden.“

„Wie ist es nur möglich, daß wir so ganz auseinandergekommen sind?“

„Du hast unsere Heimatstadt zuerst verlassen, Lisa.“

„Ja, richtig“, gab Lisa flüchtig errötend zu. „Du warst nicht ganz einverstanden, Maria, daß ich mit den Damen Marowski ging, aber es führte zu meinem —, zu meiner Verheiratung.“

„Du hast deinen Mann in Italien kennengelernt?“

„Auf der Insel Capri. Es waren entzückende Wochen, die wir dort verlebten. Wir lernten Wernigge dort kennen, und ich verlobte mich bald.“

„Und ich habe sehr bald unsere Vaterstadt verlassen und bin mit meinen Pflegeeltern nach Bregenz gegangen, wo sie ein Haus hatten."

„Ich habe immer geglaubt, du seiest Schwester und steckest irgendwo in der Welt in einem Krankenhause. Nie ist mir der Gedanke gekommen, daß du verheiratet sein könntest."

„Und doch bin ich es und habe reiches Glück gefunden." Maria sagte es mit strahlendem Ausdruck, während Lisa die Augen senkte. Doch sie besann sich schnell und fragte lebhaft: „Wo hast du denn deinen Gatten kennengelernt?"

„Bei meinen Verwandten. Sein Vater war ein Freund von Onkel Matthias, und er kam nach Bregenz, um von dort Ausflüge in die Alpen zu machen."

„Maria", sagte Lisa, „wer hätte gedacht, daß wir uns nach zwanzig Jahren unvermutet wiederfinden würden!"

„Wir haben uns doch schnell erkannt. Gundchen hat mich schon etwas an dich erinnert, doch ich ahnte ja nicht, daß sie sich als deine Tochter entpuppen würde."

„Du hast ja ein reizendes Töchterchen, Maria", fuhr Lisa fort. „Du warst immer hübsch, aber Annchen übertrifft dich noch."

„Das beste ist, sie hat bis jetzt keine Ahnung davon, daß sie gut aussieht. Ich möchte auch nicht, daß ihr einmal derartiges gesagt würde."

„Ihr seid also hier, um euch den Winter in der Stadt zu vergnügen?" fuhr Lisa fort.

„Das nicht. Wir sind unserer Kinder wegen hier, und außerdem befragt mein Mann einen Spezialarzt seines nervösen Kopfschmerzes wegen um Rat." Maria erzählte, wie sie keine passende Erzieherin für ihre kleinen Mädchen habe finden können, und sie sich deshalb entschlossen hätten, ein halbes Jahr in die Stadt zu gehen. Außerdem haben sie auch dem Annchen in geistiger Beziehung etwas bieten wollen; sie habe reges Interesse an allem und solle noch durch verschiedene Privatstunden sich hier und da vervollkommnen. „Unser Annchen“, fügte sie hinzu, „war bis jetzt noch immer zu Hause. Damit die Erziehung nicht zu einseitig werde, glauben wir, richtig zu handeln.“

„Ihr lebt also sonst auf dem Lande?“

„Ja, Grüneichen ist unsere Heimat.“

„Bewirtschaftet dein Mann dort ein Gut oder lebt ihr als Privatleute?“

„Grüneichen ist unser Eigentum.“

„Du hast also einen vermögenden Mann, Maria? Verzeih meine Neugierde, aber du kannst dir denken, daß mir alles sehr wichtig ist, was dich angeht?“

„Mein Mann hatte etwas Vermögen. Meine guten Pflegeeltern hatten jedoch keine Kinder und waren reich. Sie haben mir den größten Teil hiervon hinterlassen.“

„Du Glückliche!“

„Geld macht nicht glücklich“, sagte Maria ruhig, „aber ich bin sehr dankbar für den Segen. Wir haben die Mittel, unsern Kindern eine gute Erziehung zu geben.“

Dann fragte Lisa weiter nach Marias Kindern, und die erzählte von ihren beiden Jungen, die auf der Schule seien, zu Weihnachten aber auf vierzehn Tage zum Besuch kommen würden, auch von Thildchen und Olga berichtete sie und forderte dann Lisa auf, ihr zu sagen, ob Gundchen nicht noch Geschwister habe.

„Wir haben noch einen Sohn“, war Lisas Antwort. „Er ist anderthalb Jahre älter als Gundchen und besucht hier das Gymnasium. Da höre ich sie beide kommen.“

Das junge Mädchen eilte erfreut auf Maria zu und begrüßte die Mutter ihrer Freundin, während ihr Bruder eine förmliche Verbeugung vor der ihm noch fremden Dame machte. Maria sprach freundlich einige Worte mit ihm, bedauerte, daß ihre Söhne jünger seien, worauf der junge Mann erwiderte, daß er sehr gern mit jüngeren Leuten verkehre. Kurt Wernigge machte einen frischen, offenen Eindruck; er gefiel Maria noch mehr, als sie sich näher in eine Gespräch mit ihm einließ.

Dann verließen Lisas Kinder das Zimmer, auch Maria schickte sich an zu gehen. „Bleib noch ein wenig, Maria." Mit diesen Worten drückte Lisa die Freundin wieder ins Sofa. „Es ist mir, als hätten wir uns noch viel, viel zu sagen."

„Das haben wir auch", war Marias Antwort. „Aber ich denke, wir kommen recht oft zusammen und finden dann Gelegenheit, unsere gegenseitigen Erlebnisse auszutauschen. Sage mir nur noch, was ist aus deinen Schwestern und aus deinem Bruder, dem ehemaligen kleinen ‚Bubi' geworden? Er hing besonders an mir, ich habe ihn nie vergessen."

„Du würdest ihn nicht wiedererkennen. Er ist ein stattlicher Mann geworden."

„Ist er Kaufmann, wie sein Vater es war?"

„Nein, er hat studiert. Onkel Helm, den du ja auch kennst, hat sich seiner sehr angenommen und ihn beim Studium unterstützt. Er hat Philologie und Theologie studiert, ist bis jetzt im Schulfach tätig gewesen, will aber bald ein Pfarramt übernehmen."

„Und die Schwestern?" — „Zwei sind verheiratet, zwei verdienen sich als Lehrerinnen ihr Brot. Weißt du, Maria, daß unser großes Vermögen damals verlorenging?"

Maria nickte. Wie deutlich stand ihr der Zusammenbruch des Hauses, der Tod des Chefs und alles, was damit zusammenhing, vor Augen. Es war auch, als ob Lisa sich in die Zeit zurückversetzte. Sie sah sehr ernst und nachdenklich aus, und keine von den beiden sprach.

Endlich erhob sich Maria. „Die Pflicht ruft, Lisa, Mann und Kinder warten auf mich."

„Ganz die alte", lachte jetzt Lisa heiter. „Bist du immer noch so sehr pflichttreu, Maria?"

„Ich wollte, ich wäre es noch mehr. Wenn man Mann

und Kinder hat, gibt es ja so viel mehr Pflichten zu erfüllen. Das wirst du auch wissen, Lisa."

Lisa schwieg. Sie half der Freundin den Mantel umlegen und mit herzlichen Worten verabschiedete sich Maria.

„Nun, Frauchen", sagte Herr Mersburg lächelnd, „das nenne ich aber einen Besuch gemacht! Dauern denn die Antrittsbesuche bei euch Damen immer so lang?"

„Du weißt ja gar nicht, wen ich da drüben gefunden habe. Annchen hat ihre neue Freundin dort entdeckt, ich in der Mutter die alte. Frau Wernigge ist meine Jugendfreundin, die frühere Lisa Schwarz."

„Das ist freilich etwas anderes", rief Herr Mersburg erstaunt. Nun ließ er sich erzählen. Was Maria interessierte, erweckte auch sein Interesse; von dieser Jugendfreundin hatte er besonders viel reden hören.

„Klingen denn die Herzen harmonisch zusammen; ich meine, fühlst du dich innerlich mit ihr verwandt, werdet ihr Jugendfreundinnen nun auch wieder Freundinnen sein können?"

„Es wäre mein größter Wunsch! Wir haben heute nur flüchtig äußere Verhältnisse berührt; ich hoffe sehr, daß sich zwischen uns ein freundschaftlicher Verkehr entspinnen wird. Jetzt kenne ich die Verhältnisse noch zu wenig, um ein Urteil abgeben zu können."

„Warst du bei Frau Wernigge, Mutter?" rief Annchen, die eben hereinkam. „Sage, wie hat sie dir gefallen? Ist Gundchens Mutter nicht reizend? War sie nicht sehr liebenswürdig, muß man sie nicht liebhaben?" Die Fragen folgten schnell aufeinander, wie es bei Annchens Lebhaftigkeit gewöhnlich der Fall war.

Die Mutter streichelte ihr die Wangen. „Ich habe Frau Wernigge sehr lieb; ich liebte sie schon vor vielen, vielen Jahren; Gundchens Mutter ist meine Jugendfreundin, Lisa Schwarz. Annchen sah die Mutter starr an, als habe sie sie nicht verstanden. Erst als Maria sagte: „Ja, ja, mein liebes Kind, es ist so, glaube es mir", da jubelte sie laut und wußte sich in ihrer Freude nicht zu fassen.

„Was gibt es denn?" fragten Thildchen und Olga, die mit ihren Schulbüchern unter dem Arm ins Wohnzimmer kamen, um wie gewöhnlich um diese Zeit ihre Schularbeiten unter Mutters Aufsicht zu machen. Die Kleinen interessierten sich wohl auch für ihrer Mutter Jugendfreundschaften, aber doch nicht in dem Maße wie Annchen, in deren Alter Freundschaften eine große Rolle spielen.

Es wurde viel an dem Abend von der Jugendfreundin gesprochen. Maria erzählte nach dem Abendessen allerlei kleine Szenen aus der Kindheit und Jugend, auch von Lisas kleinen Schwestern und dem einzigen Bruder Ulrich, damals ‚Bubi' genannt.

Als aber alles still war um Maria, als die Nacht gekommen und der Schlaf sich auf alle senkte, lag sie wach und überdachte noch einmal alles Durchlebte. Ihr Herz klopfte, so hatte sie das heutige Wiedersehen aufgeregt. Sie hatte Lisas stets in ihrem Gebet gedacht und hatte sich oft gefragt: „Wie wirst du sie wiedersehen? Wirst du sie überhaupt im Leben treffen?" Und nun war alles so unerwartet gekommen! Sie stand im Geist vor ihr, die schöne vornehme Frau, mit ihrem freundlichen gewinnenden Wesen, es war ihre alte Lisa von früher. Wie aber das Leben sie innerlich gestaltet hatte, das vermochte sie noch nicht zu sagen. Sie sah mit ihren Lebenserfahrungen tiefer als die junge Tochter, die begeistert war. Maria hatte es ein paarmal schmerzlich um Lisas Mundwinkel zucken sehen, sie hatte das Gefühl, als verberge Lisa einen heimlichen Kummer vor ihr. Oder sollte sie sich täuschen? Sollte sie das Glück in der Ehe gefunden haben, das Maria so dankbar machte? Nun, jedenfalls freute sie sich, die Freundin wiedergefunden zu haben, wenngleich eine leise Bangigkeit sie erfüllte, wie sich das Zusammenleben künftig gestalten werde.

# Lisa

Und Lisa? Sie stand, nachdem Maria gegangen war, eine ganze Weile unbeweglich in ihrem Zimmer.

Maria Ruben wieder da!

Diese „kleine Heilige", wie sie sich früher oft ausgedrückt hatte, was war aus ihr geworden! Eine glückliche Frau und Mutter von fünf Kindern, dazu reich, angesehen, hübsch, gar nicht mehr so schüchtern wie früher, nein lebhafter, gesprächiger, kurz eine Frau, die sich überall sehen lassen konnte.

Ohne daß sie es wollte, mußte sie immer wieder an die mit Maria verlebte Konfirmationszeit denken. Wie kam es nur, daß ihr besonders der eine Abend vorschwebte, an dem sie gemeinsam ihre schönen, schwarzgebundenen Spruchbücher aufgeschlagen und den ersten Spruch hineingeschrieben hatten: „Was hülfe es dem Menschen, wenn er die ganze Welt gewänne und nähme doch Schaden an seiner Seele." Sie fuhr zusammen: es war, als wenn jemand die Worte laut in ihrer Nähe gesagt hätte.

Dann trat ihr Marias kleines Giebelstübchen vor Augen, und wieder war es der große Spruch, der damals über Marias Bett hing, den sie jetzt zu lesen meinte: „Trachtet am ersten nach dem Reiche Gottes und nach seiner Gerechtigkeit, so wird euch solches alles zufallen!"

Bei Maria war es wohl in Erfüllung gegangen. Wie kam es nur, daß sie diese beiden Sprüche gar nicht los wurde heute abend? Maria hatte doch gar nichts dergleichen gesprochen. Nein, sie war ganz wie ihresgleichen gewesen, möglicherweise hatte sie sich in diesem Punkt auch geändert, dachte nicht mehr so engherzig über alles!

Da kamen männliche Tritte. Die Tür wurde hastig aufgerissen, ein Herr im Gesellschaftsanzug trat ein, zog die Uhr aus der Tasche und sagte: „Aber, liebes Kind, noch nicht angezogen! Die Droschke, die uns ins Theater fahren soll, wird gleich kommen."

„Ich möchte heute lieber dableiben, Arnold; ich hatte Besuch, der eben erst gegangen ist."

„Wie du willst, Liebe, dann fahre ich eben allein."

„Du könntest auch einmal einen Abend hierbleiben, Arnold."

„Was soll ich mich hier langweilen. Wenn ich den Tag über gearbeitet habe, will ich abends mein Vergnügen haben. Nun dann, leb wohl."

„Du kommst doch nicht wieder so spät heim?"

„Das kann ich jetzt noch nicht bestimmen. Leg dich nur schlafen und warte nicht auf mich." Damit ging er.

Lisa setzte sich in eine Ecke ihres Sofas und stützte den Kopf in die Hand. Da öffnete sich leise die Tür. Gundchen steckte den Kopf herein. „O Mutter, bleibst du heute abend hier?"

„Ja, mein Kind, ich habe Kopfschmerzen."

„Wie schade, ich glaubte schon, Kurt und ich könnten dir Gesellschaft leisten."

„Heute nicht, mein Kind. Gib mir noch das Kölnische Wasser vom Schrank." Adelgund ging leise auf den Fußspitzen, nahm das Fläschchen und wusch der Mutter die Stirn.

„Wird es nun besser?"

„Noch nicht, laß mir nur Ruhe, Minna kann den Tee auf dein Zimmer bringen; ich möchte gern allein sein." Traurig schlich Gundchen davon.

Lisa rief sie zurück. „Ich muß dir noch etwas sagen. Annchens Mutter ist meine Jugendfreundin; wir haben uns eben wiedererkannt."

„Das ist doch eine Freude! Davon hast du wohl keine Kopfschmerzen?"

„Die Aufregung kann etwas dazu beigetragen haben. Nun geh, mein Kind, und vertreibe dir den Abend mit deinem Bruder." Gundchen ging in Kurts Zimmer. Der saß bei seinen lateinischen Arbeiten, nickte aber seiner Schwester freundlich zu, als sie ihm sagte, er möchte die Mutter heute nicht stören, sondern zum Abendbrot in ihr Zimmer kommen. Da saßen nun die Geschwister allein ohne Vater und Mutter und tranken ihren Tee. Sie waren es schon gewohnt; die Eltern waren oft abends nicht da.

„Wie kommt es, daß Mutter heute nicht mitgefahren ist; es waren doch zwei Karten bestellt?"

„Sie hat Kopfschmerzen."

„Da hätte der Vater mich auch einmal mitnehmen können. Für mich hat er nie etwas übrig."

„Armer Kurt, du hast recht", flüsterte Gundchen.

„Er hat die Karte natürlich Herrn Erroli gegeben, mit dem er immer so lang aufbleibt." Dann flüsterte Kurt Gundchen etwas ins Ohr von „gestern abend", worauf sie erwiderte: „Gestern glaube ich nicht."

Als der Teetisch abgeräumt war, holte er eine Menge Skizzen, die er angefertigt hatte, und zeigte sie ihr. „Du wirst auch einmal ein tüchtiger Maler, du hast großes Talent."

„Ein Maler werde ich ganz gewiß nicht, ich habe viel größere Lust zum Studium. O, Gundel, wenn ich etwas Tüchtiges geworden bin, dann nehme ich dich zu mir, du führst mir den Haushalt, und wir leben recht glücklich miteinander."

„Dann nimmst du dir eine Frau und deine Schwester bleibt allein. Das weiß ich schon, so machen es alle Männer."

„Ich lasse dich nicht allein. Warte nur, wenn ich erst etwas verdiene, bekommst du alles, was du dir wünschest."

„Was ich mir wünsche, kannst du mir doch nicht geben."

„Sag mir's, Gundel, vielleicht doch." Sie schüttelte den

Kopf. „Nun, was ist's, ich möchte es gerne wissen." Da flüsterte sie ihm ins Ohr: „Ich wünschte mir, daß unser Vater so wäre wie Annchens."

„Das kann ich dir freilich nicht geben; der Wunsch wird wohl nie in Erfüllung gehen." Sie schwiegen beide. Endlich sagte Kurt: „Könntest du mich nicht auch einmal einführen in die Familie, die uns gegenüber wohnt? Ich möchte wohl den Herrn Mersburg kennenlernen."

„Hole mich nur einmal ab, wenn ich abends bei Annchen bin; Herr Mersburg ist ein sehr freundlicher Mann. Und denke dir, Mutter und Frau Mersburg haben sich in ihrer Jugend gekannt; sie sind Freundinnen und nennen sich du."

So plauderten die Geschwister miteinander, bis es Zeit zum Zubettgehen wurde. Dann gingen sie zur Mutter, die noch immer auf dem Sofa lag, und sagten ihr gute Nacht.

Als Kurt am andern Morgen aufstand, herrschte im Hause noch tiefe Ruhe. Nur Gundchen war auf und fertig angezogen; sie winkte ihrem Bruder und sagte: „Wir wollen nur wieder in meinem Stübchen zusammen Kaffee trinken; die Eltern werden wohl fürs erste nicht kommen."

„Hast du den Vater gehört?"

Gundchen nickte traurig und sagte: „Gegen vier Uhr kam er nach Hause."

„Ich hab's auch gehört", flüsterte Kurt, „es gab einen schlimmen Auftritt, wenn's nur die Leute im Hause nicht gehört haben."

Die hatten es freilich auch gehört. Es war im Hause nicht verborgen geblieben, daß Herr Wernigge oft im Trinken das Maß überschritt und aufgeregt nach Hause kam, und daß es infolgedessen oft Szenen zwischen den Ehegatten gab.

Lisa mußte wohl keine Ahnung haben, daß auch die Kinder von dem Lärm erwachen konnten, und daß sie hören mußten, was ihnen verborgen bleiben sollte. Lisa hatte sich in der Wahl ihres Gatten übereilt. Als Gesellschafterin der Fräulein Marowski hatte sie bald gelernt, in den freien Ton der da herrschte, einzustimmen. Der gute Same, der in ihr Herz gelegt worden, war bald verweht. Hier hieß es: lustig sein und leben lassen. Die Wohnung ihrer Damen war der Mittelpunkt junger Künstler und Gelehrter. Es wurden gemeinsame Partien unternommen, gesungen, getanzt und gescherzt. Wie konnte es da anders kommen, als daß Lisa ihr Herz verlor an einen jungen Künstler, einen Mann von großer Begabung. Er war in gleicher Weise gefesselt von dem liebenswürdigen jungen Wesen, das durch Schönheit und Reiz auffiel. Es währte nicht lange, so gab es ein Brautpaar, das sich des besonderen Schutzes der Fräulein Marowski erfreute.

Lisas Mutter, die sich in Tante Lottchens Hause nicht so heimisch fühlen konnte, weil sie alles an das, was sie verloren hatte, erinnerte, hatte sehr bald ihre Heimat verlassen und war auf Herrn Helms Rat in seine Nähe gezogen. Er war der Vormund der Kinder und tat für sie, was in seinen Kräften stand. Frau Schwarz war zuerst mehr erschrocken als erfreut, als Lisa von der Verlobung schrieb und nachträglich um den mütterlichen Segen bat. Auch Herr Helm war ungehalten und nannte es eine Übereilung. Doch die Tat war einmal geschehen, und sie mußten schließlich ihre Einwilligung geben. Das junge Paar schwelgte in einem Meer von Seligkeiten; sie hatten, wie sie meinten, den Himmel auf Erden. Lisa hatte wenig danach gefragt, ob Arnold Wernigge ein christlicher Mann sei, ein Mann, der ihr ein Halt fürs Leben sein könnte. Das meinte sie damals nicht nötig zu haben. Er war jung, reich, schön, wes bedurfte es mehr? Er war angesehen unter den Malern, weil er wirklich gute Bilder machte, die immer gefragt waren.

Das junge Paar lebte zuerst einige Jahre in München,

wo Kurt und Adelgund geboren wurden, dann in Düsseldorf, Dresden und andern Städten.

Wernigges führten ein flottes Gesellschaftsleben; sie liebten es beide, und Lisa glänzte durch ihre Schönheit und Liebenswürdigkeit. Jedermann schmeichelte ihr, so glaubte sie selber, daß sie eine beneidenswerte, glückliche Frau sei. Aber oft in stillen Stunden fühlte sie die Hohlheit und Leere dieses Lebens; wie wenig blieb fürs Herz von all dem, was an solchen Abenden geredet wurde. Sie kamen spät nach Hause, Lisa fühlte sich am nächsten Morgen matt und angegriffen, blieb deshalb lange liegen; die Kinder mußten sehen, wie sie ohne die Mutter fertig wurden. So war es in den ersten Jahren ihrer Ehe gewesen, dann kamen Jahre, die weniger Verdienst brachten. Das Vermögen, das Wernigge mitgebracht hatte, war bald verbraucht. Er war an ein Geldausgeben gewöhnt und konnte sich nicht einschränken; so trat mitunter eine Zeit der Ebbe ein, die zuerst Uneinigkeit hervorrief. Lisa war auch verwöhnt. Hatte sie diesen oder jenen Wunsch, und ihr Mann konnte das dazu nötige Geld nicht hergeben, so gab es Verstimmungen. Die Freunde merkten nichts davon, ihnen gegenüber blieb Frau Wernigge die liebenswürdige, freundliche Wirtin. Aber die Kinder wußten von solchen Tagen zu sagen, an denen die Mutter verstimmt war und der Vater böse über die nie endenwollenden Ausgaben. Sie wagten nicht, einen Wunsch zu äußern, der Vater sprach es oft genug aus, daß der Sohn zu viel koste.

Augenblicklich schien wieder einmal eine solche Zeit der Ebbe eingetreten zu sein, man konnte es nur an dem häufigen Zwist des Ehepaares merken, an äußeren Einschränkungen nicht. Es wurden Gesellschaften gegeben, Herr Wernigge besuchte kostspielige Lokale, wo teure Weine getrunken und Karten gespielt wurden. Spiel und Trunk waren seine Leidenschaften, und die hatten mit den Jahren zugenommen. Lisa ging allmählich ein

Licht auf; mit Schrecken gewahrte sie, wohin diese Leidenschaften ihren Mann führen würden; sie fühlte aber keinen Mut und keine Kraft in sich, ihm entgegenzutreten, ihn von seinem Unrecht zu überzeugen.

Leider war sie keine Frau, die durch ihre Art ohne viel Worte den Mann beeinflußte, vielmehr empfand sie Lust, ihn mit spitzen Bemerkungen an empfindlicher Stelle zu treffen, oder ihm rückhaltlos seine Fehler vorzuhalten, und ihn dadurch mehr zu verbittern als zu bessern.

So war es auch an dem eben beschriebenen Morgen. Kurt saß lange in der Schule, Gundchen war ausgegangen und Lisa eben im Morgenkleid im Wohnzimmer erschienen, da kam auch Wernigge im Morgenrock, die Pfeife im Mund, warf sich in den Lehnstuhl und griff nach der Zeitung.

„Unverantwortlich lange bist du gestern wieder ausgeblieben, und in welchem Zustand bist du heimgekommen. Du solltest dich schämen, Arnold."

„Dasselbe hast du mir heute früh schon einmal gesagt, wozu also die Wiederholung?"

„Damit du endlich damit aufhörst. Du machst mich und die Kinder unglücklich."

Er lachte. Das reizte sie noch mehr. „Gott sei Dank, daß Kurt dir nicht ähnlich ist. Er ist ein stiller, fleißiger Mensch und wird mir gewiß einmal Freude machen."

„Ein Mensch, der sich über seinen Vater erhebt, weil er von der Mutter verzogen wird."

Sie sah ihn mit einem strafenden Blick an. „Es liegt nicht in Kurts bescheidener Art, sich über jemand zu erheben, am wenigsten über seinen Vater. Ich möchte dich übrigens bitten, mir, ehe du ins Atelier gehst, etwas Geld dazulassen. Für Kurt ist eine Schneiderrechnung zu bezahlen, auch von der Buchhandlung liegt eine Rechnung noch unbezahlt, außerdem habe ich Wirtschaftsgeld nötig, es ist für die morgige Abendgesellschaft noch einzukaufen."

Da brauste er auf. Ob sie glaube, daß er das Geld auf der Straße fände; es wäre die höchste Zeit, daß sie lerne, sich einzuschränken. Kurt hätte noch lange keinen neuen Anzug gebraucht, und die Bücherrechnung bezahle er nie, der Junge könne Privatstunden geben und die Bücher, die er brauche, selbst anschaffen.

Darauf fragte Lisa ihren Mann, wieviel Geld er wohl gestern abend für sich selbst ausgegeben habe. Einen Augenblick stutzte er. Er war sich wohl bewußt, daß er sich sehr bloßstellen würde, wenn er die Summe nannte, die er verspielt hatte. Er brauste wieder auf, sagte, es gehe sie nichts an, wieviel er gebrauche, es sei sein Geld; sie sei eine arme Kirchenmaus, die nichts mitgebracht habe, schlug schließlich auf den Tisch mit den Worten: „Gegeben wird heute nichts, sieh du zu, wie du fertig wirst."

„Da müssen eben Schulden gemacht werden, wie schon oft jetzt", sagte sie trotzig, rief das Mädchen, gab in seiner Gegenwart Aufträge und schloß damit, Minna möge alles anschreiben lassen. Im stillen hoffte Lisa, daß eines Tages der Verkauf eines Bildes wieder viel Geld ins Haus bringen würde, und daß dann alles mit einem Male bezahlt werden könnte. Es war nur schlimm, daß ihr Mann gar nicht mehr so fleißig wie in früheren Jahren arbeitete; er traf sich gewöhnlich schon zum Frühschoppen mit seinen Freunden und kam erst gegen Mittag heim.

Am Abend des folgenden Tages merkte niemand etwas von dem ehelichen Zwist. Lisa strahlte in einem schwarzen Sammetkleide, das ihre Gestalt vorteilhaft hob. Die Gäste waren entzückt von ihr; er machte den liebenswürdigen Wirt, und beim Nachhausefahren sprach jeder von dem angenehmen Abend, den man bei Wernigges verlebt hatte.

## Annehmlichkeiten des Stadtlebens

am 30. November

Das Stadtleben bringt viel Unruhe und Aufregung mit sich. Was habe ich schon alles erlebt, seit ich hier bin. Mitunter geht es mir wie ein Mühlrad im Kopfe herum, aber ich will alles zu ordnen suchen, damit es im Tagebuch der Reihe nach erzählt wird. Es wird mir dann, wenn ich alt bin, große Freude machen, meine Jugenderinnerungen zu lesen. Die kleinen Schwestern leben hier ordentlich auf; jede hat schon wenigstens ein halbes Dutzend Freundinnen, die sie nacheinander mit hergebracht haben. Mutter sagt, sie sollen alle zwölf einmal eingeladen werden, das wird ein Hauptspaß sein.

Jetzt sind wir schon fleißig bei den Weihnachtsarbeiten. Einen Abend in der Woche haben wir festgesetzt, an dem wir für die Armen unseres Dorfes arbeiten. Wir müssen in diesem Jahr alles hinschicken, Fräulein Friedchen muß im Wirtschaftshaus die Bescherung halten, da das Herrenhaus verschlossen ist. Wiewohl ich sehr gern hier bin, tut es mir doch leid, daß wir Weihnachten nicht in Grüneichen sind, die Armen-Bescherung war immer eine so hübsche Feier am letzten Adventssonntag, wozu auch Herr und Frau Pfarrer kamen. Herr Pastor hielt eine hübsche Ansprache, dann sangen die Kinder, darauf wurden sie an ihre Plätze geführt und nahmen ihre Gaben mit großem Jubel in Empfang.

Kürzlich, als wir gerade beim Zuschneiden und Nähen waren, klopfte es und Gundchen trat ein. „Was wird hier gemacht?“ fragte sie erstaunt. Mutter erklärte ihr, was es werden sollte und fragte, ob sie nicht dableiben möchte und etwas helfen.

„Ich nähe nur so schlecht, dableiben möchte ich schon, drüben bei uns ist Gesellschaft, da langweile ich mich.“

„Wir schicken hinüber und lassen sagen, du seiest hier“, sagte Mutter.

„Ach nein, Tante“, erwiderte Gundchen, „mir fällt

eben ein, daß Kurt sagte, er habe heute wenig zu arbeiten, er wolle dann in mein Zimmer kommen. Ich möchte ihn nicht warten lassen."

„Ich hätte einen Vorschlag", sagte Mutter, die immer das Rechte trifft. „Wie wär's, wenn auch Kurt den Abend bei uns verlebte; die Herren könnten uns abwechselnd vorlesen, da arbeitet es sich noch mal so schön."

„Hoho", rief Vater, „du verstehst es, uns anzustellen. Nun, meinetwegen, holt den jungen Herrn herüber."

Es dauerte nicht lange, da kam Gundchens Bruder. Es war ein vergnügtes Beisammensein. Gundchens Augen strahlten; ich merkte ihr an, wie glücklich sie war, ihren Bruder hier zu sehen. Vater brachte passende Bücher, die beiden Herren lasen um die Wette. Nun ist ausgemacht worden, Kurt soll jedesmal, wenn es seine Arbeiten erlauben, an solchen Abenden mit herüberkommen; er scheint gern bei uns zu sein, und Vater sagt, er sei ein junger Mann, der ihm sehr gut gefalle.

Die Tage vergehen hier in der Stadt sehr schnell unter mancherlei Abwechslung. Ich habe einige Privatstunden mit andern jungen Mädchen zusammen. Es wird Literatur, Geschichte und Kirchengeschichte gelehrt, in einem zweiten Lehrgang Englisch und Französisch. Nun muß ich auch, wie die kleinen Schwestern, abends mit den Büchern an den Tisch rücken und lernen. Mutter sagt, es sei mir ganz gut, ich soll in diesem Winter recht einsammeln, ich könne alles nachher in der Landeinsamkeit gut gebrauchen. Musikstunden gibt es auch bei einem Lehrer, der sehr streng ist. Ich muß tüchtig üben, die Stunden kosten viel Geld, aber sie machen mir Freude. Die Eltern besuchen auch Konzerte mit mir, es ist alles neu für mich, der große Konzertsaal mit den vielen Menschen, die herrliche Musik! Ich habe es sehr genossen, zumal die Eltern bei mir waren; allein unter allen fremden Menschen hätte ich nicht sein mögen.

Einmal ist auch der Vater mit mir im Theater gewesen. Es wurde „Wilhelm Tell“ gegeben, wir hatten das Stück gerade in der Literaturstunde durchgenommen. Die jungen Mädchen sprachen alle davon, daß sie in die Vorstellung gehen wollten, da bat ich die Eltern, es mir zu erlauben, und Vater ging mit mir. Das hat mir sehr gefallen, kurz, der Stadtaufenthalt ist reizend, so schön hatte ich ihn mir gar nicht vorgestellt. Freilich ist manches auf dem Lande schöner, wie oft denke ich an Grüneichen, an seine mit Schnee bedeckten Bäume, an den schönen See, auf dem wir im Winter Schlittschuh liefen, an unser gemütliches, stilles Wohnzimmer; aber nächsten Winter werden wir ja wieder dort sein, diese Ausnahme kann man sich schon einmal gefallen lassen. Ich lerne manches hier, mir fehlt noch sehr viel. Die jungen Mädchen, mit denen ich zusammenkomme, lachen mich mitunter aus, wenn ich etwas verkehrt mache.

„Wenn doch unsere Sophie auch hier wäre“, sagte Mutter heute und hat es schon oft gesagt. „Wie würde ihr das Leben in der Stadt gefallen, wieviel Freude würde sie an den Konzerten finden, da sie so musikalisch ist. Warum mußte sie uns auch verlassen!“ fügte sie hinzu.

Mutter ist heute besonders traurig und wir mit ihr, da wir nicht wissen, wo Sophie ist. Mutter hatte ihr ein schönes Winterkleid gekauft und es mit einem liebevollen Brief an die angegebene Adresse geschickt. Das Paket kam vor einigen Tagen zurück mit den kurzen Worten: „Empfänger befindet sich nicht mehr hier.“

Da schrieb Mutter an die Frau Rechtsanwalt, in deren Hause Sophie die Stelle angenommen hatte, sie möchte die Güte haben, ihr Sophiens jetzige Adresse anzugeben. Darauf kam ein Brief, worin sie kurz schrieb, sie habe mit Fräulein Sophie nicht arbeiten können, die eine andere Stelle angenommen habe, wo, das könne sie nicht sagen; sie wundere sich, daß sie ihre Eltern nicht davon benachrichtigt habe.

Das sagt wenig genug.

„So kommt ein Unrecht zum andern", äußerte meine Mutter. „Erst verläßt Sophie uns, die wir ihr nur Liebe erzeigt haben, und nun, da sie so schnell die Stelle wechseln muß, schämt sie sich, es zuzugestehen; ihr Stolz ist an allem schuld."

Mutter hat den ganzen Tag wenig gesprochen; sie ist sehr betrübt. Es wird auch unsere Weihnachtsfreude stören, wenn eins von uns Kindern fehlt. Aber vielleicht hilft der liebe Gott, daß sie Weihnachten wieder in unserer Mitte ist, wir wollen ihn recht darum bitten.

am 1. Dezember

Mit dem Dezember ist der Winter eingekehrt. Heute morgen waren alle Dächer weiß, gefroren hat es auch. Alles sieht viel freundlicher aus, der Schnee erweckt schon weihnachtliche Gefühle in mir. Gundchen und ich machten uns Zeichen am Fenster; sie zeigte auf unser Haus und schlug sich dann vor die Brust, das heißt: „Heute abend komme ich zu euch und freue mich darauf."

Es war heute ein besonders reizender Nähabend. Doch davon nachher. Ich habe noch gar nicht erwähnt, daß Gundchens Mutter und die meine Jugendfreundinnen sind. Frau Wernigge ist Mutters Lisa, die mir immer so wichtig war. Nun kann ich mir wohl denken, daß Mutter sie liebgehabt hat, Frau Wernigge ist eine so reizende Frau. Schade, daß sie den Herrn Wernigge geheiratet hat. Sie muß ihn doch wohl sehr gern gehabt haben. Ich fürchte mich vor ihm, er sieht so finster aus, ich möchte ihn nicht zum Vater haben. Ich glaube fast, Gundchen fürchtet sich auch etwas vor ihm. Wenn er kommt, zieht sie mich gleich aus dem Zimmer, was mir sehr angenehm ist. Als ich das letztemal drüben war, ging es Gundchens Mutter nicht sehr gut: sie war auch nicht so heiter wie sonst, sondern sah verstimmt aus und schalt viel. Aber ich habe sie trotzdem lieb, natürlich lange nicht so wie meine eigene Mutter.

Frau Wernigge ist schon einige Male bei uns gewesen und Mutter drüben. Aber Mutter hat sie gewöhnlich nicht zu Hause getroffen. Heute abend nun erwarteten wir Gundchen und Kurt. Es sah schon recht weihnachtlich aus auf unserem großen Tisch. Mutter hatte Puppen besorgt für die Dorfjugend, die sollten von uns angezogen werden. Gundchen jubelte, als sie dies hörte, auch Thildchen und Olga zappelten vor Vergnügen, und wir vier beratschlagten über die verschiedenen Anzüge. Jede bekam ein Puppenkind zugewiesen, für das sie zu sorgen hatte. Schöne wollene und seidene Flickchen lagen bereit, um daraus Kleider und Schürzen zu fertigen. Wir machten uns an die Arbeit und waren sehr vergnügt dabei. Mutter schnitt zu, Vater und Kurt lasen abwechselnd vor.

Da hörten wir klingeln. Friederike kam nicht, um anzumelden, es wurde ganz leise geklopft. Mutter stand auf und ging nach der Tür. Vater hörte mit Lesen auf, wir guckten alle neugierig, was sich da entwickeln würde.

„Lisa, du?“ rief meine Mutter erfreut. „Das ist ja reizend.“

„Störe ich nicht?“ fragte Frau Wernigge mit ihrer wohlklingenden Stimme. „Mein Mann ist heute abend allein ausgegangen, meine Kinder haben mich treulos verlassen —“

„— du wolltest mit dem Vater gehen, Mutter“, unterbrach Gundchen.

„Ja, ich hatte erst die Absicht —“, es war, als wollte Frau Wernigge noch mehr sagen, aber sie schwieg.

„Frau Wernigge“, sagte Vater, als er Mutters Freundin begrüßt hatte, „Sie kommen hier in eine Schneiderstube. Man kann wohl kaum bitten, daß Sie sich hier niederlassen.“

„O ich denke, wo deine Kinder sind, Lisa, da bist du

auch am liebsten", rief Mutter. „Setze dich zu mir aufs Sofa, wir verkehren nun gemütlich, nicht steif miteinander."

„Natürlich", war Frau Wernigges Antwort. „Kann ich denn nicht auch etwas zu nähen bekommen? Wie reizend, diese Puppenschar! Maria, das erinnert mich an unsere Jugendzeit, haben wir nicht auch mitunter für die kleinen Schwestern Puppen angezogen? Gib mir auch eine, ich denke, ich verstehe es noch."

Als Frau Wernigge hörte, daß für die Dorfjugend in Grüneichen an diesem Abend zur Bescherung gearbeitet würde, rief sie: „Ich habe noch allerlei Sachen liegen, die ich dazu geben könnte. Schürzen und Kleider, aus denen Gundchen herausgewachsen ist, und sonst verschiedenes. Ich werde es morgen herüberschicken, du kannst vielleicht für deine Armen etwas davon gebrauchen."

„Du gibst wohl immer noch so gern, Lisa?" fragte Mutter. „Erinnerst du dich an den Winterabend, ich glaube, es war der Tag, an welchem wir die erste Konfirmandenstunde hatten, als die arme Frau kam und du alles wegschenktest, was dir in die Hände kam —"

„Und Mama nachher so böse war! Ich hatte Schuhe verschenkt, die meine kleinen Schwestern noch tragen sollten. Ja, ich weiß es sehr wohl!"

Und nun ergingen sich unsere beiden Mütter in Jugenderinnerungen: „Weißt du noch", und „denkst du noch daran?"

Wir Kinder hörten mit großem Vergnügen zu, denn was hören Kinder wohl lieber, als wenn die Eltern von ihrer Jugend erzählen.

„Wie gemütlich ist es hier bei euch, Maria", rief plötzlich Frau Wernigge, „einen so vergnügten Abend verlebte ich lange nicht."

„Eigentlich hätten meine Frau und ich mit Ihnen nebenan gehen müssen, Frau Wernigge", scherzte mein Vater.

„Nein, Lisa“, rief Mutter, „du bist einmal in den Weihnachtspuppenabend hineingeschneit, nun mußt du mitmachen.“

„Du siehst ja, wie fleißig ich bereits bin“, war die Antwort. So wurde hin- und hergescherzt und Gundchen und Kurt sahen so glücklich aus wie noch nie.

Da flüsterte Gundel mir ins Ohr: „Es sollten doch Weihnachtslieder gesungen werden.“

Ich flüsterte es Mutter zu und die sagte: „Ja, da müssen wir Frau Wernigge fragen.“

„Was! Frau Wernigge! Es heißt ‚Tante Lisa‘. Du hast Gundchen erlaubt Tante zu sagen, also bitte ich mir von Annchen dasselbe aus.“

Ich war sehr glücklich hierüber. Mutter fragte nun Tante Lisa, ob sie etwas dagegen hätte, wenn wir Weihnachtslieder sängen. Sie sagte, sie möchte es gern, worauf Mutter ans Klavier ging und uns begleitete, während wir verschiedene schöne Lieder anstimmten. Ich sah, daß Tante Lisa Tränen in den Augen hatte, aber sie trocknete sie heimlich ab. Warum wohl die schönen Lieder sie traurig stimmten?

Später sah ich Tante Lisa neben Vater stehen. Sie fragte ihn, ob er abends immer in der Familie sei. Vater meinte: immer nicht, aber für gewöhnlich, er fühle sich am glücklichsten unter den Seinen. Da hörte ich Tante Lisa seufzen. Ich glaube, sie möchte, daß Herr Wernigge auch öfter zu Hause wäre, aber dann müßte er meiner Meinung nach etwas freundlicher sein, sonst denke ich es mir für die Familie drückend.

## Der Flüchtling

Es ist wohl an der Zeit, daß wir erfahren, was unterdes aus Sophie, dem Flüchtling, geworden ist.

Als sie an jenem Septembermorgen, ungesehen und ungehört von den Ihren, auf dem Wirtschaftshof den Milchwagen bestieg, fragte noch Fräulein Friedchen, auf den Handkoffer zeigend: „Fräulein, Sie wollen wohl verreisen?"

Sophie nickte stumm, und der Wagen fuhr zum Tor hinaus. Dichter Nebel hüllte alles ein, sie sah sich noch einmal um, aber nichts war mehr zu sehen vom Herrenhaus und seinen Nebengebäuden. Sie hüllte sich fester in ihr Tuch, es fröstelte sie. Innerlich war sie wie zerschlagen.

„Ein Bettelkind, nichts weiter als ein armes Bettelkind", so tönte es unablässig in ihren Ohren. Aber war sie nicht selber schuld, wenn sie sich als ein solches ansah? Hatten ihre Pflegeeltern es ihr je aufgedrückt, daß sie geringer war als sie? Hatten sie ihr nicht stets die gleichen Rechte eingeräumt mit den eigenen Kindern, hatte sie nicht dieselbe Liebe und Fürsorge erfahren? Es war fast, als bereute sie ihr Fortgehen. Noch konnte sie mit dem Wagen wieder zurückfahren — doch nein, der Brief war geschrieben, und ihr Stolz ließ es nicht zu.

Als das Städtchen erreicht war, hielt der Wagen wie gewöhnlich beim Kaufmann Wegner, von dem man in Grüneichen die Waren bezog.

Während der Kutscher dem Kaufmann, der eben aus der Tür trat, einen Zettel mit verschiedenen Bestellungen von der Wirtschafterin einhändigte, stieg Sophie ab, und der Lehrjunge sprang höflich herbei, ihr den Koffer abzunehmen. „Wollen Sie verreisen, Fräulein?" fragte auch er und erhielt die Antwort:

„Es wäre mir lieb, wenn dieser Koffer bald nach dem Bahnhof besorgt werden könnte.

„Das soll geschehen", rief der Herr Geschäftsinhaber. „Aber wollen Sie nicht erst ein wenig bei uns ausruhen, oder geht der Zug schon bald?"

„Mein Zug geht im Laufe des Vormittags", antwortete Sophie ruhig. „Wenn's erlaubt ist, kehre ich erst noch ein wenig bei Ihnen ein."

Bereitwillig öffnete Herr Wegner sein Zimmer, legte ihr die neueste Zeitung vor und beeilte sich dann, seiner Gattin mitzuteilen, daß eine der Grüneichener Damen mitgekommen sei, sie möge doch ein Frühstück hereinbringen.

Als der Mann das Zimmer verlassen hatte, griff Sophie hastig nach der Zeitung. Das war's ja, was sie begehrte. Sie wollte und mußte so schnell wie möglich eine Stelle finden, eine Stelle, die für sie paßte und sie in den Stand setzte, fortan für sich selbst zu sorgen. Stellen waren genug angeboten, aber nur wenige darunter, die sie für geeignet hielt. Endlich glaubte sie etwas gefunden zu haben. In einer einige Stationen weiter gelegenen Mittelstadt wurde ein gebildetes Mädchen gesucht, die der Hausfrau zur Hand ging und die Schularbeiten der Kinder beaufsichtigte. Familienanschluß wurde zugesichert.

Sophie war kurz entschlossen, hatte sie doch nicht lange Zeit zur Überlegung. Sie schrieb die Adresse des Rechtsanwalts auf und steckte eben ihr Notizbuch ein, als Frau Wegner mit einer Tasse Fleischbrühe und einem Teller mit Broten eintrat.

„Nur eine kleine Erquickung, Fräulein. Mein Mann sagt mir eben, daß Sie auf einer Reise begriffen sind. Der Hausbursche ist schon mit dem Koffer nach dem Bahnhof gegangen. Aber Sie haben noch Zeit, sich etwas zu stärken. Wohin soll denn die Reise gehen?"

Sophie nannte etwas verlegen den Ort, war überhaupt zerstreut bei allem, was Frau Wegner erzählte, und froh, als sie sich endlich entfernte. Sie nahm nun ihre Sachen und ging langsam dem Bahnhof zu.

Da sah sie in der Ferne den Grüneichener Milchwagen fahren. Der Kutscher hatte die Milch in der Molkerei abgeliefert, hatte noch einige Besorgungen gemacht und war nun auf dem Heimweg. Einen Augenblick schwankte sie. Noch war's Zeit, wieder umzukehren. Aber nein — nach dem, was vorgefallen, konnte sie es nicht. Das stolze Herz wollte sich noch nicht demütigen.

Sie löste eine Karte und saß bald in dem davoneilenden Zug. Jede Minute brachte sie weiter, trennte sie mehr und mehr von der Familie, der sie bisher angehört hatte.

An ihrem Bestimmungsort ließ sie ihren Koffer einstweilen auf dem Bahnhof und fragte nach der Wohnung des Rechtsanwalts. Es wurde ihr Straße und Nummer genannt. Nicht ohne einiges Bangen betrat sie das Haus. Sie ließ sich bei der Frau des Hauses melden.

„Gewiß wieder eine Stütze", hörte sie eine verdrießliche Stimme sagen. — „Sie mag hereinkommen."

Die Frau saß in einem bequemen Stuhl zurückgelehnt. Durch die offene Tür klang Kinderlärm, den jemand zu dämpfen versuchte.

„Fräulein, schließen Sie die Tür, man kann ja sein eigenes Wort nicht verstehen", rief sie, worauf ein junges Mädchen, das bei den Kindern war und ziemlich erhitzt aussah, die Tür schloß.

„Nun und Sie?" wandte sich die Frau an Sophie, „mit wem habe ich das Vergnügen?"

Sophie brachte ihr Anliegen vor, worauf die Dame sie von oben bis unten musterte und dann sagte: „Ja, mein liebes Fräulein, das kann ich heute noch nicht wissen. Mein Fräulein geht allerdings weg, aber ich habe schon so viele Angebote, habe mich auch schon halb und halb entschlossen. Das junge Mädchen will heute nachmittag wiederkommen, da wird es sich entscheiden. Fragen Sie heute abend noch einmal nach, wenn Ihnen daran liegt."

„Ich glaubte, die Stelle sei sofort zu besetzen?"

„Das ist sie auch. Aber wie gesagt, augenblicklich kann ich mich nicht entscheiden."

Sophie war enttäuscht und empfahl sich. „Fragen Sie heute abend noch einmal nach." Das war so kalt, so teilnahmslos gesagt. Wie konnte sie auch erwarten, daß eine wildfremde Dame sich gleich für sie interessieren sollte. Da stand sie in einem fremden Ort ohne Bekannte und Verwandte, wohin nun?

Sie ging an den Bahnhof zurück, ließ sich in der dortigen Wirtschaft etwas Warmes geben und machte dann einen weiten Spaziergang in die Umgebung der Stadt. Einsam und verlassen fühlte sie sich, es regte sich etwas wie Heimweh, das sie mit Eifer zu unterdrücken suchte. Endlich kam der Abend heran. Sobald es dämmerte, schlug sie wieder den Weg nach der Hauptstraße ein, wo die Familie wohnte. Es wurde ihr fast schwerer als das erste Mal. Wie, wenn die Stelle schon vergeben war?

„Das Fräulein von heute morgen ist wieder da", meldete das Mädchen.

„Laß sie hereinkommen." Diesmal war auch der Hausherr anwesend.

„Mit der Stütze, die sich gemeldet hatte, und die ich eigentlich anstellen wollte, ist es nichts geworden. Sie machte zu große Ansprüche, auf die ich nicht eingehen konnte. Sagen Sie, sind Sie den Umgang mit Kindern gewohnt?"

„Frage lieber", wandte der Hausherr ein, „ob das Fräulein Energie besitzt, unartige Kinder zu beaufsichtigen."

„Unartig", wiederholte die Frau mit unzufriedener Miene. „Du wirst doch deine Kinder nicht gleich an den Pranger stellen —"

„Behaupten, sie seien artig, scheint mir ein Verstoß gegen die Wahrheit zu sein."

Ein tüchtiger Krach gegen die Tür, ein Schreien und Toben aus dem Nebenzimmer ließ den Mann aufspringen und mit den Worten: „Da siehst du die artigen Kinder", verschwand er. Man hörte ihn mit lauten kräftigen Worten Ruhe gebieten.

„Das ist es ja gerade, warum wir dem Fräulein gekündigt haben, es verstand gar nicht, mit den gut veranlagten, nur etwas lebhaften Kindern umzugehen. Wenn Sie sich getrauen, liebes Fräulein, mit vier Kindern von 7—13 Jahren fertig zu werden, so hätte ich Lust, Sie anzustellen."

„Ich will es versuchen", sagte Sophie leise ... „Nicht wahr, ich habe recht gelesen, daß die Stelle sofort zu besetzen ist?"

„Gewiß, Fräulein verläßt uns morgen. Sie können also morgen abend antreten, wenn Ihnen die Bedingungen, die ich schon heute mit Ihnen besprach, recht sind."

„Es wäre mir lieb, wenn ich gleich bleiben dürfte", sagte Sophie zaghaft. „Ich bin hier fremd —"

Das letzte schien die Dame zu überhören. Sie unterbrach das junge Mädchen mit den Worten: „Nein, heute kann ich Sie noch nicht gebrauchen. Das andere Fräulein geht ja erst morgen, wie ich schon bemerkte. Morgen abend erwarte ich Sie, dann können wir alles Nähere besprechen."

Sophie hatte nicht den Mut, zu sagen, daß sie nicht wisse, wohin. Sie empfahl sich und schlich traurig dem Bahnhof zu, nicht ahnend, wohin sie nun sollte. Doch gehandelt mußte werden. Auf ihr Befragen nach einem billigen und anständigen Gasthof wurde ihr „Stadt Berlin" genannt. Sie ließ ihren Koffer dahin bringen und hatte bald ein freundliches kleines Zimmer im obern Stockwerk inne. Eine Lampe wurde ihr gebracht und ein einfaches Abendbrot, das sie bestellt hatte.

Da saß sie nun in fremder Stadt, die Zukunft lag schwer und dunkel vor ihr. Das, was gewesen, sah sie nun in verklärtem Licht. Ja, was hatte sie sich verscherzt durch ihren Stolz und Eigensinn, die Liebe der Ihren, ein glückliches schönes Dasein im elterlichen Hause; nach allem, was sie von der Stelle gesehen, graute ihr davor. Aber nun hieß es: „Durch!“ Was sie sich selber eingebrockt hatte, mußte ausgegessen werden.

Am folgenden Abend, der Tag war ihr sehr lang geworden, trat sie ihre Stelle an. Aber schon nach acht Tagen merkte sie, daß ihres Bleibens hier nicht lange sein könne. Die Jungen waren gar nicht an Gehorsam gewöhnt, sie sahen das Fräulein als eine untergeordnete Person an, mit der sie machen konnten, was sie wollten, der Vater war wenig zu Hause, die Mutter ließ ihnen freien Willen und verzog sie. Trotzdem würde Sophie versucht haben zu bleiben, da die Stelle im Gehalt vorteilhaft war. Aber da ihr sonntags Arbeiten zugemutet wurden, die den Tag entheiligten, da überhaupt kein Christentum im Hause war, kein Tischgebet, keine Hausandacht, kein Kirchengehen, wie sie es von Hause gewohnt war, so kündigte sie die Stelle für Mitte Oktober und bemühte sich nun um eine andere, denn sie schämte sich, nach so kurzer Zeit wieder zu Hause zu erscheinen. Sie glaubte, bei einer alten Dame in der Hauptstadt etwas für sie Passendes gefunden zu haben.

Nach einigem Hin- und Herschreiben wurde sie angestellt. Wie sich ihr Schicksal weiter gestaltete, wird im nächsten Kapitel klarwerden.

## Unverhofft

am 12. Dezember

Heute sind die Eltern bei Bekannten eingeladen, ich muß haushalten, die kleinen Schwestern überwachen und — Krankenpflege üben. Wer aber zu pflegen ist, das ahnt niemand. Ich kann aber, während Thildchen und Olga ihre Schularbeiten machen, an meinem Tagebuch schreiben. Abends bin ich oft so müde, besonders jetzt, nachdem ich die letzten Tage unendlich viel erlebt habe. Die kleinen Schwestern wissen, daß ich ein Tagebuch schreibe, es ist ihnen jedoch gleichgültig, da sie noch nicht in dem Alter sind, daß sie so etwas interessiert.

Vor einigen Tagen trug mir Mutter auf, eine Besorgung zu machen in einem Stadtteil, der ziemlich entfernt von dem unsern liegt. Sie fragte mich vorher, ob ich mich allein zurechtfinden würde. Ich bejahte es, denn ich war vor kurzem erst mit den Eltern in diesem Laden gewesen und hatte mir die Straßen gut gemerkt. Ich fuhr mit der Straßenbahn bis an die Ecke der Luisenstraße, stieg aus, ging die Straße entlang mit langsamen Schritten, um die zur Weihnachtszeit besonders reich geschmückten Schaufenster mit Muße zu betrachten. Dann besorgte ich für Mutter, was sie mir aufgetragen hatte, und verließ das Geschäft. Die Leute liefen alle schnell aneinander vorüber, denn es hatte gefroren und war recht kalt. Da kommt ein Herr im Pelz auf mich zu mit den Worten: „Gott grüße Sie, Fräulein, wie kommen Sie in die Hauptstadt, ich glaubte, Sie lebten auf dem Lande."

Ich stutzte und kannte den Herrn nicht gleich, als er aber sagte:

„Was machen die Brüder, Christian und Matthias, jetzt sitzen sie wohl auf der Schulbank, statt im Walde umherzustreifen", da fiel mir der Wald und alles, was ich dort erlebte, ein. Ich dachte an mein zerrissenes Kleid und an den Herrn mit dem großen Bart.

„Sie sind der Arzt, mit dem die Brüder zusammen reisten", sagte ich. Er lächelte und murmelte etwas von Arzt, was ich nicht verstand. „Ich bin sehr eilig", fügte er hinzu, „habe nur ein paar Stunden Aufenthalt hier, und will meine verheiratete Schwester besuchen, grüßen Sie mir Ihre Br — —"

Da ereignete sich etwas, das unsere ganze Aufmerksamkeit in Anspruch nahm: Wir standen an der Ecke, wo die Straßenbahn zu halten pflegt. Noch ehe der Wagen ganz steht, springt ein junges Mädchen eilfertig heraus, stolpert und schlägt auf die Steine, wo sie anscheinend besinnungslos liegenbleibt. Der Arzt und ich springen beide zu, und wer beschreibt mein Erstaunen, als ich — Sophie erkenne.

„Es ist Sophie", rief ich laut, „bitte helfen Sie mir und ihr, Sie sind ja Arzt."

„Arzt bin ich nicht", sagte er ernst, „aber helfen will ich, soviel ich kann."

Er winkte einem Mann, der gerade vorüberging, die beiden trugen Sophie in das nächste Haus, wo im Erdgeschoß eine Dame wohnte, die sich unser freundlichst annahm. Sie holte Kölnisches Wasser und rieb Sophie Stirn und Schläfen damit, da tat diese ihre Augen auf, zeigte nach dem Fuß und stöhnte vor Schmerzen.

Der Arzt oder der unbekannte Fremde sah nach der Uhr, ich wußte ja, daß er nicht viel Zeit hatte, und sagte deshalb: „Bitte, gehen Sie doch, Sie wollen Verwandte besuchen."

„Verlassen werde ich Sie auf keinen Fall", sagte er bestimmt. „Sie wohnen jetzt hier?"

„Ja, in der Königsstraße", gab ich zur Antwort.

„Das trifft sich gut, in die Gegend will ich auch. Ich werde eine Droschke holen, wir packen das Fräulein, das Sie zu kennen scheinen, hinein und fahren zu Ihren Eltern, die schnell eine ärztliche Hilfe herbeiholen müssen." Mit diesen Worten war er verschwunden. Ich dankte der Frau, daß sie uns bei sich aufgenommen habe, streichelte Sophie und versicherte sie, die Eltern würden sich so sehr freuen, sie wiederzusehen. Sie sagte noch gar nichts, sah erschreckend bleich aus und faßte immer wieder nach dem Fuß.

Dann kam die Droschke. Der Unbekannte bat Sophie, sich auf ihn zu stützen und zu versuchen, mit dem Fuß aufzutreten. Sie konnte aber nicht, sondern stöhnte leise. Mit des Fahrers und des Fremden Hilfe wurde sie in den Wagen gebracht, sorgsam hingelegt, wir beide saßen auf dem Rücksitz und so fuhren wir ab. Mir schlug das Herz mächtig, was würden die Eltern zu dem allem sagen!

Nach einer etwa viertelstündigen Fahrt hatten wir die Königsstraße erreicht. Da sah ich den Vater mit den beiden Schwestern auf der Straße. Ich klopfte ans Fenster und winkte. Sie sahen mich und kehrten verwundert um. Nun waren wir da, Gott sei Dank.

Der fremde Herr sprang zuerst heraus, teilte Vater mit kurzen Worten den Unglücksfall mit, und die beiden Herren trugen Sophie die Treppe hinauf.

Die Schwestern waren vorausgeeilt und hatten alles der staunenden Mutter gemeldet. Die stand in der offenen Tür mit den Worten: „Arme Sophie, so kommst du wieder!"

Man legte die Verunglückte auf Mutters Liegesessel, und eins von den Mädchen wurde schnell zum Arzt geschickt. Die Eltern hatten kaum Zeit, dem freundlichen Helfer zu danken, so schnell hatte er sich aus dem Staube gemacht. Wie froh war ich aber über diese Begegnung. Was hätte ich wohl allein mit Sophie in dieser fremden Stadt anfangen sollen? Der Arzt stellte einen Knochenbruch am Fuß fest, richtete den Bruch ein und legte einen Gipsverband an. Sophie hatte mit großer Geduld alles mit sich vornehmen lassen, nun lag sie gänzlich erschöpft da mit geschlossenen Augen. Meine Mutter beugte sich über sie und drückte einen leisen Kuß auf ihre Stirn. Da öffnete sie die Augen, streckte der Mutter beide Hände entgegen und sagte nichts weiter als: „Mutter!" Und Mutter strich ihr Stirn und Wangen und versicherte sie ein ums andere Mal, wie sehr sie sich freue, ihr Kind wiederzuhaben. Da brach Sophie in bitterliches Weinen aus. Mutter suchte sie zu beruhigen, sagte ihr, je ruhiger und geduldiger sie sein würde, desto schneller würde der Fuß heilen. Zunächst werde sie sich aber auf ein paar Wochen Liegen gefaßt machen müssen. Sophie schloß wieder die Augen und lag eine Weile ganz still. Mutter bat mich, bei ihr zu bleiben, sie wolle ein Zimmer für sie herrichten, wo sie ungestört liegen könne. Ein kleines freundliches Gemach neben dem meinen, das als Gastzimmer dienen sollte, wurde für Sophie eingerichtet, und als es gut durchwärmt war, wurde sie hinübergetragen.

Als Mutter sie fragte, ob sie bequem liege, und ob es ihr hier gefalle, nickte sie mit dem Kopf. Aber plötzlich fuhr sie auf und rief laut: „Ich kann nicht hierbleiben, ich muß zu Frau von Drucker zurück. Sie erwartet mich, sie ist ja ganz allein!" Nun erst kam es uns zum Bewußtsein, daß sie in Stellung war, daran hatte für den Augenblick niemand gedacht. Natürlich mußte die Dame benachrichtigt werden.

Es wurde hin und her beratschlagt, ob geschrieben oder mündliche Nachricht gegeben werden solle. Vater meinte, da mit einer Dame zu unterhandeln sei, wäre es besser, wenn Mutter gehe. Die schlug vor, mich mitzunehmen, da der Weg weit und es angenehmer sei, eine Begleitung zu haben. Mutter sagte Sophie, die immer noch sehr aufgeregt und unruhig war, sie solle sich keine Sorge mehr machen, sie selbst würde die Angelegenheit in Ordnung bringen. Vater würde unterdes bei Sophie bleiben.

Nun sind die Schwestern mit ihren Schularbeiten fertig. Ich schrieb gern noch ein wenig weiter, aber ich habe Sophie versprochen, mit Thildchen und Olga zu ihr zu kommen, wenn sie mit dem Lernen fertig seien. Sophie erträgt das Liegen mit großer Geduld und ist glücklich, wieder daheim zu sein, besonders da sie nun frei vom Dienst ist. Das gab aber noch eine große Geschichte, in der ich eine Hauptrolle spiele. Morgen soll sie erzählt werden.

am 13. Dezember

Heute komme ich erst wieder in später Abendstunde zum Weiterschreiben. Es gab den ganzen Tag zu tun. Gegen Abend, als ich meinte, ein Stündchen frei zu haben, klopfte es, und Gundchen erschien. Ich verzichtete gern auf das Schreiben; Gundchens Besuch ist mir immer lieb. Sie erzählte mir, daß sie vor einigen Tagen Besuch von einem Onkel gehabt hätten, aber nur kurze Zeit, da er auf der Durchreise begriffen war. Zu Weihnachten hoffe er auf acht Tage zu kommen, worauf sie sich sehr freue, da sie diesen Onkel besonders gern habe. Ich glaube, er ist ein Bruder von Tante Lisa. Nun, ihr werdet ihn dann vielleicht auch kennenlernen.

Heute will ich nun von meinem Ausgang mit Mutter berichten; ich muß es gleich, da es noch frisch im Gedächtnis ist, dem Büchlein anvertrauen, es war ein Erlebnis, das man nicht alle Tage hat.

Es war um die Nachmittagszeit, als Mutter mit mir die Wohnung verließ. Wir fuhren erst ein großes Stück mit der Straßenbahn, dann gingen wir noch lange zu Fuß, bis wir in die Kronenstraße kamen, wo Frau von Drucker wohnen sollte. Wir suchten nun die von Sophie angegebene Nummer auf und betraten das Haus. Im Erdgeschoß standen mehrere Frauen zusammen und suchten eine alte Dame zu beschwichtigen, die laut auf ihre Hilfe schalt, die sie am Morgen verlassen habe, um Einkäufe zu machen, die aber bis jetzt nicht wiedergekehrt sei. Sie habe ein Zwanzigmarkstück zum Wechseln bekommen und sei damit verschwunden, es sei kein Verlaß mehr auf die Menschen.

Ruhig trat Mutter auf sie zu und sagte, sie bringe ihr die zwanzig Mark, ihr Mädchen habe ein Unglück gehabt und liege mit gebrochenem Fuß da.

„Ja, was soll denn da mit mir werden, gute Frau“, sagte die Dame und öffnete uns die Tür zu ihrer Wohnung.

„Es tut uns sehr leid“, erwiderte Mutter, „daß es so ist, aber es steht nicht in unserer Macht, es zu ändern. Meine Tochter muß wochenlang liegen, ich bin gekommen, das Verhältnis zu lösen.“

„Was soll denn nun aus mir werden, gute Frau?“ sagte die alte Dame in höchster Aufregung. „Ich war froh, daß ich das Fräulein hatte; sie war geschickt, wirtschaftete sparsam und war kräftig.“

„Sie werden gewiß eine gute Stütze wiederfinden, Frau von Drucker“, sagte Mutter, die es eilig hatte und gerne so schnell wie möglich wieder nach Hause wollte.

„Meine gute Frau“, war die Antwort, „Sie kommen noch nicht so leichten Kaufs davon. Sie müssen mir sofort einen Ersatz stellen, glauben Sie, daß ich mir das alles gefallen lasse?“

Sie hatte mich, während sie sprach, scharf ins Auge gefaßt.

„Dies junge Mädchen ist groß und kräftig, ich werde es einstweilen als Ersatz dabehalten.“

„Das geht nicht so“, sagte meine Mutter lächelnd, während ich einen gewaltigen Schrecken bekam. Und doch war mir die Sache interessant, es war etwas Neues, ich, als Stütze der Frau von Drucker. Es wurde nun über mich verhandelt, während ich gespannt den Ausgang der Geschichte abwartete.

Mich ganz dazulassen, ginge auf keinen Fall, erklärte meine Mutter auf das bestimmteste; ich sei noch zu jung und unerfahren, verstände noch lange nicht alles, was zu einer solchen Stellung gehörte. Da aber die Dame augenblicklich in Not sei, wolle sie mich einen Tag hergeben, Frau von Drucker möge sich nur schleunigst nach jemand anders umsehen, auch Mutter wolle versuchen, eine zu finden.

Die Dame grollte noch in sich hinein, war aber einstweilen beschwichtigt in der Aussicht, die Nacht nicht allein bleiben zu müssen. Mir wurde etwas schwül zumute, als meine Mutter sich zum Fortgehen rüstete und sagte: „Mein Kind, wir wollen die Dame nicht allein lassen. Tue dein Möglichstes, Sophie zu vertreten, morgen abend wirst du wieder abgeholt."

„Mutter", rief ich, „ich weiß nicht, ob ich es kann, nimm mich lieber wieder mit!"

„Ich würde es auch lieber tun, als allein nach Hause gehen, aber so gut Sophie hier schon längere Zeit ausgehalten hat, wirst du es wohl einen Tag machen können." Mutter sah ernst und bestimmt aus. Wenn sie das Gesicht hat, darf man nicht widersprechen. Ich nahm also Abschied von ihr, und als die Tür sich hinter ihr schloß, war es mir, als stünde ich ganz allein in der Welt.

„Nun stehen Sie nur nicht und träumen. Ich habe lange genug gehungert. Zum Kaffeetrinken ist es nun zu spät, machen Sie uns den Tee, schneiden Sie einige Butterbrote dazu und decken Sie dann den Tisch hier."

Zur Teebereitung war kochendes Wasser nötig, so viel wußte ich schon, aber wo war die Küche? Die wurde mir auf mein schüchternes Fragen gezeigt; ich fand Kohlen und Holz nach langem Suchen, auch Streichhölzer, und versuchte, Feuer unter dem Kessel zu machen. Es wollte gar nicht gelingen. Als drei Versuche mißglückt waren, hörte ich die alte Dame mit eiligen Schritten kommen.

„Nun? Kocht das Wasser bald? Gerechter Himmel, Sie haben noch kein Feuer? Und wollen eine Stütze sein? Gehen Sie nur, ich will es selbst tun. Demütig stand ich daneben und paßte auf, wie die alte Dame es machte.

„Sie sind wohl Schoßkindchen zu Hause? Mutter macht wohl alles selbst?" fragte sie.

„Wir haben hier zwei Dienstmädchen und zu Hause noch mehr, daher habe ich das noch nicht gelernt", antwortete ich bescheiden. Sie horchte hoch auf, machte aber dann ein so ungläubiges Gesicht, als wollte sie sagen: „Solche jungen Mädchen machen einem oft etwas weis."

„Gehen Sie doch gleich einmal zum Bäcker und holen

Sie ein Brot. Er wohnt hier in der Straße und heißt Weber." Ich nahm das Geld an und ging. Die Straße war lang, es war schon dunkel, und die Laternen brannten. Alles war mir fremd und unbekannt. Endlich entdeckte ich einen Bäckerladen, kaufte schnell das Gewünschte und ging zurück. Das Feuer brannte hell, der Teekessel fing schon an zu summen. Frau von Drucker besah das Brot von allen Seiten, sah mich scharf an und fragte: „Ist das Brot von Bäcker Weber?"

„Ob er Weber heißt, weiß ich nicht, er wohnt oben in der Straße, links von diesem Hause."

„Und Bäcker Weber wohnt unten in der Straße, rechts von diesem Hause. Gehen Sie, bitte, und tragen das Brot wieder hin, wo Sie es hergeholt haben, und holen Sie mir eins vom Bäcker Weber."

Das Wort „Weber" schrie sie mir in die Ohren. Mir saßen die Tränen schon lose, aber ich beherrschte mich und ging. Es war mir sehr unangenehm, das Brot wieder hinzutragen. Ich mußte mir eine spitze Bemerkung von der Bäckersfrau gefallen lassen. Sie warf mir das Geld hin, und ich kaufte nun bei dem richtigen Bäcker das Brot.

„Immer hübsch aufmerken auf das, was man sagt, dann braucht man nicht zweimal zu gehen", sagte die alte Dame. Dies Wort will ich mir für mein Leben merken.

„So — den Tee habe ich aufgegossen, nun schneiden Sie Butterbrote und legen von dieser Wurst darauf." Mit diesen Worten ging Frau von Drucker ins Zimmer, und ich machte mich an die Arbeit. Vier Scheiben hatte ich abgeschnitten, da — bei der fünften glitt das Messer ab und fuhr mir in den Finger. Auch das noch! Das Blut sickerte heraus; ich suchte es mit Wasser zu stillen. Vergebens! Wenn ich nur ein Fleckchen Leinwand gehabt hätte. Sophiens Zimmer wußte ich, da Mutter noch einige Sachen für sie mitnehmen mußte. Also lief ich schnell dahin, um mir irgend etwas zu suchen, was ich um den verwundeten Finger tun konnte. Ich durchstöberte die Kommodenfächer, wunderte mich über die feine Ordnung darin, fand aber nicht, was ich wünschte. Endlich im untersten Fach links ein kleines Bündel alter Leinwand, in diesem Augenblick für mich Goldes wert!

Eine schrille Stimme rief an der Tür: „Wird's bald? Das währt ja eine Ewigkeit!"

„Gleich, gleich", schrie ich vor Angst, verband den Finger so gut es ging und machte mich an die Butterbrote. Endlich waren sie fertig. Ich deckte den Tisch. Das war mir etwas Bekanntes, weil ich es oft zu Hause tun mußte. Es ging nur alles nicht so gut mit dem Finger, den ich sorgfältig zu verbergen suchte. Endlich war alles bereit, der Tee aufgetragen, die Butterbrote hineingebracht.

„Wer soll denn die dicken Schnitten essen? Verstehen Sie noch nicht, feine Butterbrote zu richten?"

Ich wurde ganz rot. Ich hätte es mir wohl denken können, aber die Angst, weil es schnell gehen mußte, hatte das Messer etwas zu tief ins Brot getrieben. „Ich hole Ihnen andere, gnädige Frau", sagte ich, „die will ich wohl essen."

„Den ganzen Teller? Nein, das bilden Sie sich nicht ein. So geht's nicht. Dann würden Sie mich bald arm essen. Nein, ich will mir heute die Zähne daran abbeißen, aber künftig bitte ich um andere. Stecken Sie doch Ihre Hände nicht unter den Tisch, es macht mich nervös. Was haben Sie denn da gemacht? Gleich den ersten Tag ein Loch geschnitten? Das fängt gut an."

Sie schien mich ganz als jemand zu betrachten, der willens war, bei ihr zu bleiben. Und ich sehnte schon jetzt den Augenblick herbei, da mein Vater kommen würde, mich zu holen. Einen Tag wollte ich es ja gern aushalten. Nachdem ich das Teegerät weggeräumt und die Tassen gewaschen hatte, mußte ich vorlesen. Zwei volle Stunden! Auch dabei gab es Rügen. Bald las ich zu leise, bald zu laut, bald war es zu schnell, bald zu langsam. Was ich gelesen habe, weiß ich nicht, ich mußte immer wieder an unser liebes trautes Heim denken. Und als ich im Bett lag, da übermannte es mich, da kamen die Tränen. Mir fehlte die Mutter so. Heute würde sie sicher für mich beten, das wußte ich, dieser Gedanke gab mir Ruhe und Frieden. Ich sah die Sache von einer andern Seite an; Mutter sagt immer, wir müssen gern für andere etwas tun. Jetzt nahm ich mir vor, das, was ich für Sophie tue, mit Liebe zu verrichten und die Wunderlichkeiten der alten Dame, die gewiß durch das Unglück doppelt aufgeregt war, mit Geduld zu tragen. Und noch eins fiel mir ein, was mich freudig und dankbar stimmte. Ich hatte den lieben Heiland jeden Abend gebeten, er solle machen, daß Sophie zu Weihnachten wieder bei uns sei. Hatte er nicht mein Gebet erhört? Ich dankte ihm von Herzen dafür, bat ihn zu helfen, daß meine Eltern nicht vergäßen, mich hier wieder abzuholen, und schlief ein.

Am andern Morgen weckte mich eine schrille Glocke gerade über meinem Bett. Ich fuhr erschreckt in die Höhe und konnte mich gar nicht besinnen, was es bedeute. Ich machte Licht und sah, daß es sechs Uhr war. Nun da ich mich umsah, wurde ich gewahr, daß ich nicht in meinem Zimmer lag. Meiner Mutter Bild hing zwar über meinem Bett, aber es war ja Sophiens Bett; die Ereignisse des vorigen Tages fielen mir alle wieder ein. Ich sprang schnell aus dem Bett, kleidete mich an, was wegen des Fingers herzlich schlecht ging, und eilte in die Küche, um Feuer zu machen. Es ging schon besser, obschon die Hände steif gefroren waren. Nun mußte das Zimmer in Ordnung gebracht werden. Der Ofen mußte geheizt, der Kaffeetisch gedeckt werden, was gab es alles zu tun! Ich mußte Sophie bewundern, daß sie sich diesen Arbeiten so willig unterzogen hatte. Ein paarmal rief die gnädige Frau aus dem Bett, ich solle etwas leiser sein, solle nicht mit dem Besen poltern usw. Da machte ich es, wie wir zu tun pflegen, wenn Vater Kopfschmerzen hat, ich ging auf den Fußspitzen und nahm mich sehr in acht, daß ich nicht mit den Tassen klirrte oder mit dem Kohlenschaufeln Geräusch machte. Ich hatte schon großes Verlangen nach einer Tasse Kaffee, aber die gnädige Frau erschien noch immer nicht. Plötzlich rief sie: „Nun wird's bald? Kommen Sie denn gar nicht, um mir beim Aufstehen zu helfen."

Ich ahnte das nicht; sie hatte wohl vergessen, es mir zu sagen. Ich ging hinein und mußte mir manchen Tadel gefallen lassen.

„So, nun kommen die Haare dran", hieß es, „können Sie frisieren? Das verstand Fräulein Sophie sehr gut."

„Ich habe es noch nicht geübt", sagte ich zaghaft und griff nach den Kämmen. Es mißriet mir jedoch gründlich, nach einigen vergeblichen Versuchen nahm sie mir die Kämme aus der Hand, sagte: „Sie kleines Schaf", und hieß mich gehen. Ich hätte beinahe wieder geweint, aber der Gedanke, daß bald alles vorbei sei, ließ mich ruhig werden.

Der Kaffee war zu dünn geraten, und es war zu viel.

„Heben Sie ihn für sich zum Nachmittag auf", sagte die Gnädige verstimmt.

„Gott gebe, daß der Vater mich dann schon geholt hat", dachte ich.

„Zum Einkaufen schicke ich Sie nicht. Sie machen es dann vielleicht wie Ihre Schwester und kommen nicht wieder. Ich werde selbst gehen."

Ich mußte unterdes in der Küche aufräumen, Kartoffeln schälen, meine Stube in Ordnung bringen, was alles mit dem zugebundenen Finger schlecht ging. Zu Mittag gab es einige Kalbsrippchen zu braten, die leidlich gerieten. Aber das Waschen der Teller und Schüsseln machte sich auch schlecht mit der Wunde. Wer sollte es aber sonst tun? Es war ja niemand da. Frau von Drucker hielt lange Nachmittagsruhe, und ich lauschte auf jedes Geräusch an der Tür, immer hoffend, mein lieber Vater werde kommen. Wir setzten uns zum Kaffee, es dunkelte bereits, aber nichts ließ sich hören. Ob die alte Dame wohl nun jemand gefunden hatte, der Sophiens Stelle einnehmen könnte? Sie ließ sich nichts merken. Vielleicht würde sie mich gar nicht gehen lassen. Wenn ich auch noch sehr unvollkommen bin und recht ungeschickt, dachte ich, so bin ich doch immerhin eine Hilfe und eine Gesellschafterin. Dieser Gedanke! So kurz vor Weihnachten noch als Stütze der Hausfrau eintreten zu müssen, und Matthias und Christian zu Hause zu wissen!

„So reden Sie doch und machen Sie nicht ein so verzweifeltes Gesicht. Was ist Ihnen, haben Sie Schmerzen?"

Da — ein starkes Läuten an der Türe. Ich eilte hinaus, öffnete und lag in den Armen meines Vaters. „Vater", rief ich, und Schluchzen erstickte meine Stimme.

„Ruhig, mein Töchterchen, ruhig, wir holen dich und Sophiens Sachen." Friederike, unser Hausmädchen, stand hinter Vater und lachte mich vergnügt an.

„Was geht hier vor?" rief Frau von Drucker, stutzte aber, als sie meinen Vater erblickte und das Mädchen hinter ihm. Er sagte, unten warte ein Wagen, er sei gekommen, seiner Tochter Sachen zu holen. Friederike solle mit mir alles möglichst schnell zusammenpacken, ein Koffer stehe in Sophiens Stube, habe sie gesagt.

„Mein Herr, ich habe noch keinen Ersatz", erwiderte Frau von Drucker.

„Aber ich, gnädige Frau. In einer halben Stunde wird ein junges Mädchen kommen, die uns als sehr tüchtig empfohlen ist von unserem jetzigen Hauswirt. Ich denke, sie wird Ihnen genehm sein, sie ist aus guter Familie und hat die besten Zeugnisse."

Dagegen ließ sich nichts sagen.

Stumm ließ sie es geschehen, daß wir Sophiens Sachen

einpackten, stumm verneigte sie sich, als wir gingen, es schien, als habe meines Vaters Erscheinung sie verblüfft. Ich tat einen tiefen Seufzer, als wir in der Droschke saßen, es war ein Seufzer großer Erleichterung. Mein Vater lachte und sagte: „Nun, du Mädchen für alles, das war die erste Stelle. Gut, daß wir dich wiederhaben."

Als wir zu Hause angelangt waren und ich im Kreise der Meinen saß, da überkam mich ein unbeschreiblich glückliches Gefühl.

Mutter sagte, der kleine Ausflug sei mir ganz gut gewesen, ich würde nun doppelt dankbar sein für alles Gute, was ich daheim habe. Ich habe aber auch gemerkt, wieviel ich noch lernen muß, um brauchbar zu sein. Diese Tage werden nie aus meinem Gedächtnis schwinden. Ich bewundere immer wieder Sophie, die es hier schon so lange ausgehalten hat und gewiß noch länger geblieben wäre, wenn dieser Unglücks- oder vielmehr Glücksfall sie nicht wieder in unsere Mitte geführt hätte. Ich wollte gleich zu ihr, aber Mutter hielt mich zurück, da sie gerade schlief.

So — nun habe ich dies mein wichtigstes Erlebnis aufgezeichnet. Darüber ist es recht spät geworden. Zum Glück hat niemand gemerkt, daß ich noch auf bin, sonst hätte ich gewiß Schelte bekommen. Aber Schelte von den Eltern sind nicht so bitter wie Rügen von Fremden, die haben mich zum Teil bis ins innerste Herz getroffen, besonders das eine: „Sie kleines Schaf."

## Lebenserfahrungen

Armes Annchen!" sagte Sophie zu ihrem Schwesterchen, als es ihr alle Erlebnisse in möglichst drastischer Weise vorgetragen hatte. „Armes Annchen, was hast du alles um meinetwillen ertragen müssen!"

„Aber, Sophie, du hast jeden Tag diese beständigen Rügen und tadelnden Bemerkungen auf dich nehmen müssen.“

„Es war nicht immer so schlimm. Die alte Dame kann ganz liebenswürdig sein. Sie ist durch mein plötzliches Wegbleiben so erschüttert worden, daß sie dadurch in ziemliche Aufregung geraten ist. Auch verstand ich schon mehr als du, so daß sie sich gar nicht um die Wirtschaft zu kümmern brauchte. Doch war es nicht immer leicht.“

„Ich weiß aber nun, wie es jemand zumute ist, der eine Stelle hat, wenn ich es auch nur kurze Zeit erprobt habe“, meinte Annchen.

„Und du hast gesehen, mein Töchterchen, daß du es zu Hause gut hast“, fügte die eben eintretende Mutter hinzu. Annchen sprang auf.

„Ich habe es zu gut, Mutter“, rief sie, „und bin lange nicht dankbar genug.“

„Ich werde dich einmal ein Jahr von zu Hause wegschicken, es ist jedem jungen Mädchen gut, andere Verhältnisse kennenzulernen. Nun lauf und besorge den Kaffee. Mache ihn aber nicht so dünn wie bei Frau von Drucker.“

Annchen ging hinaus, und Mutter war mit Sophie allein.

„Mutter, wenn ich auch so sein könnte, wie Anna. Sie kann dir ihre Liebe zeigen, während es mir so schwer wird, meine inneren Gefühle offenzulegen.“

„Die Anlagen sind verschieden. Es läßt sich leichter mit Menschen verkehren, bei denen alles, was sie denken und tun, klar zutage liegt, aber es ist nicht gesagt, daß solche Menschen tiefer fühlen als andere, die ein verschlossenes Wesen haben, die sich nicht aussprechen können. Du hast immer darunter gelitten, wir haben uns infolgedessen oft mißverstanden.“

„Liebe Mutter, vergib mir mein Unrecht, meine Undankbarkeit, meine Lieblosigkeit. Ich habe jetzt viel über alles nachgedacht und habe eingesehen, wie unrecht ich gegen euch gehandelt habe. Was wäre ich, wenn du dich meiner nicht erbarmt hättest in meinem Elend und mich als dein Kind an dein Herz genommen. Der Stolz hat mich verblendet, die dummen Geschichten der Mutter Krusen haben mir den Kopf verdreht. Statt daß ich dir alles hätte offen erzählen sollen und mich von dir belehren lassen, verschloß ich es in mir und brüstete mich, als sei ich etwas. Nun hat mich Gott gedemütigt, jetzt will ich nichts sein, als euer liebes Kind."

Die Mutter hatte noch nie Sophiens Liebe so tief empfunden wie in diesem Augenblick.

„Mein liebes, liebes Kind, nun wird alles gut. Wenn wir uns demütigen und unsere Schuld bekennen, so finden wir bei Gott und Menschen Vergebung. Und wo Vergebung ist, da ist Leben und Frieden. Du hast nun in fremde Häuser hineingeschaut, hast gemerkt, daß es überall Mängel und Unvollkommenheiten gibt, daß man da am glücklichsten ist, wo man Liebe und Vertrauen findet und gibt. Du hast mir noch nicht erzählt, warum du so bald deine erste Stelle verlassen mußtest und warum du uns nicht geschrieben hast, daß du hier in der Hauptstadt weiltest."

Sophie erzählte, daß es im Haus des Rechtsanwalts so ungläubig zugegangen sei. Man habe sie nicht nur nicht zur Kirche gelassen, sondern ihr auch zugemutet, am Sonntag Arbeiten zu verrichten, die sich nicht für diesen Tag gehörten. Da sie Frau Rechtsanwalt freundlich gebeten, ob sie es nicht am nächsten Tag machen dürfe, habe diese spöttisch geäußert: sie paßten wohl nicht zusammen, es sei gewiß besser, sie trennten sich. Da habe sie durch die Zeitung die Stelle bei Frau von Drucker gefunden, wo sie seit Anfang November gewesen sei. Sie habe allerdings alle Arbeit dort tun müssen, aber die Mutter wisse ja, daß sie gern arbeite. Auch habe sie gedacht, sie sei von Haus aus ein armes Kind und sei für solche Arbeit bestimmt gewesen, wenn die Pflegeeltern sie nicht in ihr Haus genommen hätten.

„Warum hast du uns aber nicht geschrieben?"

„Ich schämte mich, daß ich nur einige Wochen in der ersten Stelle gewesen, es war wieder der Stolz, der mich am Schreiben hinderte."

„Gott der Herr hat Mittel und Wege gewußt, dich wieder zu deinen Eltern zu bringen."

„Wie wunderbar, daß Anna gerade die Straße gehen mußte, wo mir das Unglück passierte. Wer aber war der Herr, der uns so kräftigen Beistand leistete?"

„Wir kennen ihn nicht, obwohl die Kinder schon einigemal mit ihm in Berührung gekommen sind. Matthias und Christian sind mit ihm gereist, als sie uns im Sommer im Bad besuchten. Annchen hat ihn auf einem Spaziergang mit den Brüdern getroffen und nun wunderbarerweise in der Stadt."

Es klopfte. Friederike meldete den Besuch von Frau Wernigge. Es glitt immer wie ein Freudenschein über Marias Gesicht, wenn Lisa zu ihr kam. Sie ließ sich eigentlich wenig sehen; ihre Wege gingen zu sehr auseinander.

„Ich störe gewiß, Maria", war Lisas erstes Wort. „Ich höre, daß du eine kranke Tochter zu pflegen hast."

„Es ist nicht gefährlich. Sie hat den Fuß gebrochen und muß längere Zeit liegen. Ich freue mich, daß du kommst, Lisa", sagte Maria freundlich.

„Ich wußte gar nichts von einer älteren Tochter, du hast nie von ihr gesprochen. Gestern wurde zufällig in einer Gesellschaft davon gesagt."

Maria errötete und Lisa beobachtete sie scharf. „Ist es wahr, daß es ein angenommenes Kind ist?"

„Wir haben Sophie, als ihre Mutter starb, zu uns genommen und wie unser eigenes Kind erzogen."

„Ganz so kann es wohl nicht sein. Für das eigene

Kind, denke ich mir, hat die Mutter noch andere Gefühle."

„Ich möchte nicht gern, daß unsere Pflegetochter das empfunden hätte. Ich glaube es auch nicht, denn sie hat mir wiederholt versichert, daß sie nie eine Zurücksetzung gemerkt hat."

„Wie die Leute doch reden. Es wurde gestern erzählt, ihr hättet das Mädchen zwar angenommen, aber sie müsse sich ihr Brot bei fremden Leuten verdienen. Dort habe sie es so schlecht gehabt und die Pflegeeltern hätten sich gar nicht um sie gekümmert. Nun sei sie krank und elend nach Hause gekommen, oder vielmehr, man habe sie krank auf der Straße gefunden und sie euch ins Haus gebracht."

„Sie ist von dem Straßenbahnwagen gesprungen und hat den Fuß gebrochen", versetzte Maria. „Wie die Leute doch die Sachen falsch darzustellen wissen. Es sollte niemand etwas erzählen, was er nicht genau weiß. Du wirst ja unsere Tochter auch kennenlernen, Lisa, und du kannst dir selbst ein Urteil bilden, ob sie zurückgesetzt wird oder nicht."

„Nimm es nur nicht übel, daß ich es gesagt habe, Maria. Du weißt, ich sagte früher alles offen heraus, was ich dachte, das ist noch so."

„Offenheit ist immer das beste. Ich danke es jedem Menschen, der mir offen meine Fehler sagt."

Jetzt war das Erröten an Lisa. „Deine Fehler? Du bist ein so vollkommenes Wesen, daß man keine Fehler an dir findet."

„Sage das nicht, Lisa. Du hast mir eben aufgedeckt, wie die Welt über mich denkt. Ich weiß am besten, wie schwach und sündhaft ich bin."

„Das ist übertrieben, Maria. Ich glaubte, du hättest die überspannten Ideen mehr und mehr abgelegt. — Aber wir wollen von etwas anderem reden; in diesem Punkt gehen unsere Ansichten auseinander."

Mit großer Gewandtheit lenkte Lisa das Gespräch in andere Bahnen, erzählte in launiger Weise von dem gestrigen Gesellschaftsabend, von den interessanten Bekanntschaften, die sie gemacht, und brach endlich mit den Worten auf:

„Mein Mann hat ein Bild verkauft und eine große Summe Geld dafür bekommen. Das paßt uns zu Weihnachten. Es muß allerlei gekauft werden, und wir können uns recht vergnügte Feiertage machen."

„Wir freuen uns auf unsere Jungen. Gott gebe, daß wir zum Fest alle gesund beisammen sind." Lisa verabschiedete sich und Maria ging zu ihrer ältesten Tochter zurück, um ihr die Einsamkeit zu vertreiben. Auf ihrer Stirn lag ein Schatten.

Lisa trat in ihre Behausung. „Ist der Herr gekommen?" fragte sie das Mädchen. „Herr Wernigge war da, ist aber wieder fortgegangen. Ich sollte der gnädigen Frau sagen, er würde wohl den Abend ausbleiben, er hätte sich mit einigen Freunden verabredet."

Lisa wußte, was es hieß, sich mit einigen Freunden verabreden! Solche Abende kosteten viel Geld; er kam spät in der Nacht heim und dann oft so, daß sie froh war, wenn die Kinder ihren Vater nicht sahen.

Es wurde Besuch gemeldet: Eine alte Dame, die lange nicht bei Wernigges gewesen war, trat ein. Sie sprachen von diesem und jenem, auch von der gestrigen Gesellschaft, an welcher die Dame teilgenommen hatte.

„Es tat mir so leid", sagte diese, „daß so über Frau Mersburg gesprochen wurde. Ich konnte mich leider nicht einmischen, da ich gerade von einer anderen Dame angeredet wurde, aber ich hörte, daß Sie, Frau Wernigge, sagten, Sie kennten Frau Mersburg sehr gut von früher. Nun möchte ich Sie herzlich bitten, nicht zu glauben, was über das Verhältnis zur Tochter gesprochen wird. Ich weiß zufällig aus sicherer Quelle, daß Frau Mersburg ein armes Kind angenommen und es mit großer Aufopferung gepflegt hat, wie es eine Mutter nur mit einem eigenen Kinde tun kann. Dazu hatte sie die kranke Tante im Hause; sie soll eine ausgezeichnete Frau sein." Und nun erzählte sie viele edle Züge von Maria, erzählte, welch eine treffliche Gutsherrin sie sein solle, wie sie vielen zum Vorbild dienen könne. Lisa hörte alles schweigend an, es tat ihr leid, daß sie so voreilig gehandelt hatte, das Geschwätz der Leute gleich hinüberzutragen.

Als der Besuch gegangen, saß sie in tiefem Sinnen. Sie hatte das gestrige Gespräch über Maria mit ein wenig Genugtuung angehört. Sie ist auch nicht anders als andere Menschen oder als du, hatte sie sich eingeflüstert, und es reizte sie, Maria zu hinterbringen, was man über sie gesagt hatte.

Wie still hatte sie es hingenommen, um so mehr war es zu bewundern, da man ihr entschieden unrecht getan hatte. Was war nur in dieser Maria, das sie immer gleichmäßig freundlich, demütig und geduldig machte? Sie fühlte in diesem Augenblick, was es war; sie fühlte in dieser stillen Stunde die große Kluft, die sie innerlich trennte von dieser ihrer Jugendfreundin. Es war ein großes Sehnen: „Du möchtest auch wohl sein wie sie." Wie häßlich von ihr, daß sie hinübergegangen war, um ihr einen Stachel ins Herz zu drücken. Wehe getan hatte sie ihr, das wußte sie.

Im Herzen mußte sie sich gestehen, daß in Marias Familienleben und Hauswesen alles harmonisch war, man fühlte sich angeheimelt, wenn man dahin kam. Herr Mersburg war eine Persönlichkeit, die man hochachten mußte. Er hatte nicht nur eine gediegene Bildung, ein tiefes Wissen, sondern man fand in ihm einen Mann von vollendeten Formen, großer Gewandtheit und Liebenswürdigkeit. Die Töchter waren wohlerzogene, allerliebste, frische Mädchen; sie hatten nichts Kränkliches, Nervöses, was ihr bei Gundchen Sorge machte. War sie auch wohl selbst schuld, daß auf Gundchens Gesundheit in früheren Jahren nicht genug geachtet worden war? Es kamen ihr Zeiten in Erinnerung, in denen sie Gundchen als Kind viel allein gelassen hatte. Sie hatte große Reisen mit ihrem Mann unternommen und die Kinder oft in fremden Händen gelassen. Doch wozu diese selbstquälerischen Gedanken? — Sie klingelte.

„Ist Gundchen zu Hause?"

„Sie ist in ihrem Zimmer, gnädige Frau. Das Fräulein von drüben ist bei ihr."

„Sage ihr, sie möchte mit ihrem Besuch zu mir kommen."

Die jungen Mädchen traten ein. Tante Lisa entfaltete ihre ganze Liebenswürdigkeit, nannte Annchen ein über das andere Mal ihren kleinen Liebling, spielte ihnen Klavier vor und ließ sich von den Mädchen ihre Lieblingslieder bezeichnen, die sie mit so entzückender Stimme sang, daß Anna Gundchen ins Ohr flüsterte: „Wie reizend singt deine Mutter, wie schätze ich sie!"

Dann zeigt Lisa den jungen Mädchen Skizzen, die sie gezeichnet, auch einige kleine, recht hübsche Bilder, die sie nach der Natur gemalt hatte, schenkte Annchen eins, von dem die besonders entzückt war, und als diese sich zum Gehen anschickte, gab sie ihr ein Körbchen mit besonders schönen Äpfeln für die Mutter, die sie schön zu grüßen bat.

Als Annchen hinüberkam und ihrer Mutter die Bestellung machte, lächelte Maria. Sie erkannte ihre Lisa wieder. Sie konnte beleidigen, jedoch, wenn es ihr leid war, sagte sie es nicht, suchte es aber durch irgendeine freundliche Tat wiedergutzumachen. Sie konnte den Menschen, den sie gekränkt hatte, mit allerlei Gutem überschütten, so daß man ihr, man mochte wollen oder nicht, nie lange zürnen konnte.

## Onkel Ulrich

am 22. Dezember

In zwei Tagen haben wir Weihnacht! Es gibt zwar sehr viel zu tun und zu schaffen, aber den gestrigen Tag muß ich beschreiben, er war zu schön. Am Morgen wurden die Feststollen gebacken,. da gab es eilfertiges Hin- und Herlaufen. Diesmal durfte ich mit zum Bäcker gehen, als die Mädchen den Teig, den wir zu Hause angerührt hatten, hinübertrugen. Mutter hatte mir von allem gesagt, wie sie es haben wollte, und ich habe alles zu ihrer Zufriedenheit besorgt. Gerade, als die fertigen Stollen und Kuchen ins Haus getragen wurden und der würzige Duft des frischen Gebäckes die Räume erfüllte, kamen eilfertige Tritte die Treppe herauf. Diese Tritte kannte ich, das konnte niemand anders sein als Matthias und Christian.

„Ihr kommt schon?“ rief ich verwundert, „wir haben euch erst morgen erwartet.“

„Das tut uns leid“, sagte Matthias, „wir haben einen Tag früher Ferien bekommen, haben gestern abend schnell gepackt und sind mit dem Nachtzug gefahren. Wir sind müde und hungrig.“

„Ja, sehr hungrig“, fügte Christian hinzu. „Hier riecht es nach frischem Kuchen, da können wir wohl gleich anfangen?“

„Der Kuchen darf noch nicht angeschnitten werden, der muß erst auskühlen. Es gibt andere Sachen, euren Hunger zu stillen“, entgegnete ich.

„Du siehst ja kolossal wirtschaftlich aus mit deiner großen Schürze, Annchen“, bemerkte Christian. „Du hast wohl überhaupt jetzt die Aufsicht in der Speisekammer. Mit dir wollen wir schon fertig werden, wenn wir auf Raub ausgehen.“

Da kam Mutter zum Glück, die sehr froh war, als sie ihre Jungen gesund und munter vor sich sah. „Willkommen, ihr Buben, zum lieben Christfest“, sagte sie und ging mit den Brüdern in die Eßstube, wo der Vater Tannenzapfen vergoldete, die zum Schmuck des Christbaumes verwendet werden sollten. Der schöne Baum war tags zuvor aus unsern eigenen Waldungen gekommen. Die Knechte waren mit Korn in der Stadt gewesen und hatten ihn mitgebracht.

Nun war die Familie wieder vollzählig. Die kleinen Schwestern freuten sich besonders, daß die Brüder wieder da waren, da sie sie im Sommer auch nicht gesehen hatten. Sophie kann schon etwas herumhumpeln; sie kam und begrüßte die Brüder, die immer viel auf die älteste Schwester hielten und zu Michaelis sehr traurig waren, als sie sie nicht mehr zu Hause fanden. Vor ihr haben sie entschieden mehr Respekt als vor mir, obgleich ich ihnen erzählte, daß ich schon als Stütze der Hausfrau in einem fremden Hause gewesen sei und einer alten Dame den Haushalt geführt habe. Sie lachten und meinten, deshalb binde ich wohl die riesige Wirtschaftsschürze vor, um ihnen mehr Achtung einzuflößen.

Sie hatten außer dem Koffer eine Menge großer, versiegelter Pakete mit, alles Weihnachtsgeheimnisse, die uns Schwestern natürlich sehr neugierig machten. Thildchen und Olga befühlten und berochen die Sachen und versuchten mit den Fingerchen kleine Löcher in die Pakete zu bohren, was ihnen von Mutter streng untersagt wurde.

Die Brüder fragten nach ihrem Zimmer, um ihre Sachen dort unterzubringen. Ein O! der Enttäuschung ließ sich hören, als ich die Tür zu einem einfenstrigen, schmalen Zimmer öffnete, das außer zwei Betten nur die notwendigsten Möbel enthielt.

„Das ist ja eine traurige Bude“, ließ sich Christian vernehmen, und Matthias setzte hinzu:

„Ja, eine richtige Mausefalle.“

„Ihr müßt in den Ferien damit zufrieden sein; Sophie, die wir zum Fest nicht erwarteten, hat das Zimmer, das für euch bestimmt war. Ihr müßt nicht denken, daß in der Stadt alles so groß und geräumig ist, wie bei uns daheim."

In Grüneichen hatten die Brüder freilich ein großes, zweifenstriges Zimmer mit Aussicht auf den Gutshof, hier war ein Fenster, von dem aus man auf einen düstern, mit Gebäuden umgebenen Hof sah. Die Brüder legten ihre Sachen ab und fügten sich in das Unvermeidliche. Als sie dann, nachdem sie sich gerichtet hatten, in das große geräumige Eßzimmer traten, schien es ihnen behaglicher zu werden, doch sahen sie sich immer fremd um, betrachteten die Wände und die Möbel und platzten endlich heraus: „Es ist ja ganz anders bei uns geworden."

„Glaubt ihr denn", lachte Mutter, „daß wir mit Sack und Pack umgezogen seien? Unser Haus steht mit allen Sachen in Grüneichen; wir werden es, so Gott will, im Frühling wieder haben, jetzt, beim Winteraufenthalt in der Stadt, müssen wir uns mit einer möblierten Wohnung behelfen, da kann nicht alles so sein, wie wir es gewohnt sind, und die jungen Herren müssen zufrieden sein und froh, daß sie bei Vater und Mutter sind."

„Ja, das sind wir auch", stotterte Christian, „aber —"

„Der See!" fiel ihm Matthias in die Rede, „der schöne, blanke See, der wird uns aber fehlen."

„Ja, der See", fielen wir drei Schwestern im Chor ein, und plötzlich bekamen wir alle Heimweh nach den Winterfreuden in Grüneichen. Die Brüder hatten es getroffen. Wir waren über all dem Neuen und Schönen, das die Hauptstadt zur Weihnachtszeit brachte, gar nicht darauf gekommen, was uns hier eigentlich fehlt. Die Brüder fanden es sofort heraus. Es kommt wohl daher, weil die Jungen, sobald es friert, an nichts sonst denken als an Schlittschuhlaufen und Eisvergnügen.

„Ja", sagte Christian traurig, „sonst konnten wir die Weihnachtsferien zum Schlittschuhlaufen auf unserem

See benutzen. Bei uns ist nicht viel los, und wenn wir gehen und ein wenig länger bleiben, dann denken unsere alten Damen, wir seien ertrunken und weinen. Vorgestern noch fanden wir sie in Tränen unsertwegen, das ist so peinlich, wir wissen in solchem Fall gar nicht, was wir sagen sollen."

„Haltet nur pünktlich die Zeit ein, die euch gesetzt ist, das will ich euch geraten haben", sagte Vater ernst.

Wir waren aber nun einmal mit unsern Gedanken auf den See gelenkt und ergingen uns in Erinnerungen. Wir hatten einen niedlichen, viersitzigen Schiebeschlitten; welch ein Vergnügen, wenn wir Schwestern uns von den Brüdern fahren ließen. Und wenn alsbald die Scharen der Dorfkinder herangezogen kamen und mit sehnsüchtigem Verlangen auf den großen Schlitten sahen, und wenn wir dann ausstiegen und winkten, und vier gleichzeitig einsteigen und einmal um den See herumfahren ließen, bis sie durch andere ersetzt wurden, was gab es da für leuchtende Augen, für Jubeltöne, für Lachen und Freudenrufe. Es war das schönste für sie, im Schlitten von den „Herrschaftskindern" gefahren zu werden, und daß unser Vergnügen nicht geringer war, läßt sich denken. Da sagte Vater plötzlich:

„Weißt du, Mutter, wir wollen die Kinder morgen einpacken und nach dem Grüneichener See fahren lassen. Da mögen sie Weihnachten feiern, während wir mit Sophie hierbleiben."

Wir wußten wohl, daß Vater spaßte, denn er fügte hinzu, er freue sich, daß wir an der Heimat hingen, aber wir sollten daran denken, daß die Eltern aus Liebe zu den Kindern diesen Winter in der Stadt verbrächten, darum sollten wir dankbar sein und das Gute, das es hier gäbe, anerkennen. Ich fand, daß Vater recht hatte, erzählte meinen Brüdern, was ich alles Schönes gesehen und genossen hätte, so daß sie auch anfingen, sich für die Dinge, die es in der Hauptstadt gab, zu interessieren.

„Schließlich", fügten sie hinzu, „muß es hier auch Eisbahnen geben, wir müssen uns einmal erkundigen." Das war und blieb der Hauptpunkt.

Seit die Brüder da sind, ist ein ganz anderes Leben bei uns. Sie rennen in die Stadt und tun sehr wichtig mit ihren Besorgungen. Wenn sie wiederkommen, machen sie uns neugierig, besonders Thildchen und Olga, die sie viel mit ihren Neckereien plagen.

Gestern nachmittag nach dem Kaffee, der allen sehr mundete — denn Mutter spendete, weil die Brüder es so sehr wünschten, ein Stück Festkuchen —, wanderten Christian und Matthias mit dem Vater in die Stadt, während ich mich in mein Zimmer zurückzog, weil ich noch etwas für Mutter zu tun hatte. Da hörte ich jemanden kommen. Es war mir, als ob ich die Stimme kennen müsse, und doch wieder klang sie fremd. Es mußte ein Herr sein, also mich ging dieser Besuch nichts an, dachte ich, denn ich wollte gern ungestört bei meiner Arbeit bleiben.

Da erschien Friederike mit der Botschaft, ich möchte ins Besuchszimmer kommen. Wer begehrte denn mich zu sehen oder, wem wollte die Mutter mich vorstellen?

Als ich in die Tür trat, sah ich einen Herrn im Lehnstuhl sitzen, den ich sehr wohl kannte. Es war der Herr mit dem Barte. Er stand auf, und mit den Worten: „Sie sind es", ging ich auf ihn zu und reichte ihm die Hand. Ich hätte es sonst vielleicht nicht getan, aber durch die Geschichte mit Sophie waren wir schon recht bekannt miteinander geworden.

„Nun, Annchen", sagte meine Mutter lächelnd, „du scheinst Herrn Doktor Schwarz ja schon zu kennen. Da ist wohl keine Vorstellung nötig."

„Herr Doktor Schwarz" hieß also der Unbekannte. Ich wußte es bis jetzt noch nicht. „Der Herr hat ja Sophie mit hergebracht, Mutter", bemerkte ich.

„Das waren Sie, Herr Doktor?" rief nun meine Mutter. „Ich war so erschrocken über den Unfall, daß ich nur auf meine Tochter sah, und als ich mich nach dem Helfer umschauen wollte, war er verschwunden. Jetzt freue ich mich doppelt, daß ich Ihnen —“

„— den Dienst erweisen konnte, liebe Frau Mersburg“, sagte der Herr freundlich und reichte Mutter seine Hand. Es war mir wunderbar, die beiden so vertraut miteinander zu sehen und Mutter sagen zu hören, sie könne noch gar nicht glauben, daß er es wirklich sei.

Mutter wandte sich dann an mich und sagte: „Denke dir, Annchen, Herr Doktor Schwarz ist Tante Lisas Bruder, den ich so gut gekannt habe als kleinen Jungen.“

Da fuhr es mir heraus: „Das ist der ‚Bubi‘ von dem du uns so oft erzählt hast!“

Herr Doktor Schwarz lachte so herzlich und schien sich außerordentlich zu freuen, daß ich das gesagt hatte, denn er rief:

„Freilich, der Bubi ist’s und weiter niemand, Sie haben ganz recht, Fräulein Annchen.“ Dann wandte er sich zu Mutter:

„Liebe Frau Mersburg, ich bin zu glücklich, Sie wiederzusehen. Sie gehören zu meinen schönsten Kindheitserinnerungen. Die blonde Mädchengestalt, die mir immer so schöne Geschichten erzählte, die mich tröstete, wenn ich gefallen war, die mir Bilder zeigte, wenn ich krank war, die mit mir im Sommer auf dem Sandhaufen kleine Torten und Kuchen formte, sie steht mir so in der Erinnerung, daß nichts sie verwischen kann und wird. Wie schön, daß wir uns einmal wiedersehen im Leben. Hätte ich im Sommer geahnt, daß ich mit den Söhnen meiner Jugendfreundin — so darf ich doch sagen? — reiste, so hätten wir schon damals ein Wiedersehen feiern können. Wie schade. Ich sah Sie ja flüchtig, als Sie mit Ihrem Gatten an der Bahn standen, aber wiedererkannt hätte ich Sie nicht.“

„Haben Sie damals vielleicht Gundchen besucht? Sie erzählte später, ihr Onkel sei dagewesen."

„Gewiß habe ich mich nach meiner kleinen Nichte umgesehen, die damals sehr leidend war. Ich hatte jedoch nur zwei Tage Zeit. Ihre Fräulein Tochter traf ich einmal mit den Brüdern im Wald."

Ich wurde dunkelrot, mir fiel das zerrissene Kleid ein und alles, was damit zusammenhing. Er berührte aber nichts weiter, sondern stand nun auf und sagte mit einem schelmischen Seitenblick auf mich: „Es wird die höchste Zeit, daß der ‚Bubi' geht, Lisa erwartet mich."

„Sie müssen aber oft, recht oft herüberkommen", sagte meine Mutter und drückte Herrn Doktor Schwarz die Hand so herzlich, als ob er ihr bester Freund sei. Ich sah ihn mir recht genau an, während sie miteinander sprachen und fand, daß er noch gar nicht so sehr alt aussah. Der große Bart ist wohl schuld, daß ich ihn für bejahrter hielt.

„Wie schade, daß unsere Jungen fortgegangen sind", sagte Mutter. Kaum hatte sie dies ausgesprochen, da hörte man Getrappel, lautes Stimmengewirr, die Tür wurde aufgerissen und eine Menge Menschen strömten herein. Voran der Vater, hinter ihm Gundchen und Kurt, die den Onkel holen wollten, den Beschluß machten Matthias und Christian. Die beiden schienen sehr aufgeregt, denn Kurt, dessen Bekanntschaft sie eben gemacht, hatte ihnen erzählt, daß im Schloßgarten auf dem großen Teich eine herrliche Eisbahn sei, und daß er morgen mit ihnen dahin gehen wolle. Als Doktor Schwarz das hörte, sagte er, er würde sich anschließen, er habe seine Schlittschuhe mitgebracht; so gab es viele Freude und Frohsinn.

Gundchen eilte auf mich zu und drückte ihre Freude aus über Onkel Ulrichs Besuch. Sie rühmte ihn sehr und meinte, es sei so gemütlich, wenn er da sei, er gebe sich viel mit ihr und ihrem Bruder ab.

„Wie alt ist dein Onkel eigentlich?" fragte ich sie leise.
„Ich weiß es nicht", war die Antwort. Ehe ich's hindern konnte, ging sie zu Doktor Schwarz, zupfte ihn am Ärmel und fragte halblaut: „Onkel, wie alt bist du?"
„Siebenundzwanzig", antwortete er auch halblaut. „Wer will es denn wissen?" Sie zeigte mit dem Daumen

rückwärts nach mir, und er sah mich wieder so lustig an wie im Anfang, als ich den verwunderten Ausruf tat. Ich wurde wieder rot und war recht ärgerlich auf Gundchen. Sie konnte es gar nicht begreifen, daß es mir peinlich war, und meinte: „Onkel Ulrich ist so gut, der ist dir deshalb nicht böse."

Der Vater hatte Onkel Ulrich gleich als den Herrn erkannt, der Sophie herbegleitete. Doktor Schwarz sagte, er habe seine Schwester Lisa auf der Durchreise einige Stunden besuchen wollen, habe aber keine Ahnung gehabt, daß so nahe Beziehungen zwischen uns und Tante Lisa seien. Deshalb habe er auch gar nicht von dem Unfall gesprochen, dessen Zeuge er gewesen. Die Zeit sei überdies so kurz bemessen gewesen, daß man nur das Notwendigste habe miteinander reden können.

Mutter konnte sich gar nicht genug wundern, was aus Tante Lisas Bruder geworden war. „Er hat mir ganz außerordentlich gefallen“, sagte sie, und ich mußte ihr im Herzen recht geben, denn mir gefällt er auch ganz außerordentlich, abgesehen davon, daß er ein wenig neckt, was ja die Brüder auch tun.

Nun liegt eine festliche Stimmung über dem ganzen Hause. Die Zimmer sind gescheuert und mit weißen Vorhängen versehen; die Kuchen duften lieblich, die Festgäste sind eingetroffen. Überall birgt man Geheimnisse, der Christbaum steht schön geschmückt im Saal.

„Nun, ihr Kinder“, sagte Mutter heute beim Gutenachtsegen, „vergeßt nicht, Gott zu bitten, daß er eure Herzen bereite und heilige, damit der König der Ehren einziehen könne und Wohnung in euch machen.“

Ich bete oft im stillen den schönen Adventsvers:

Ach, mache du mich Armen
in dieser heilgen Zeit
aus Güte und Erbarmen,
Herr Jesu, selbst bereit.
Zeuch in mein Herz hinein
vom Stall und von der Krippen,
so werden Herz und Lippen
dir allzeit dankbar sein.

## Die Schlittenfahrt

am 30. Dezember

Die Feiertage sind vorüber, aber es liegt noch ein goldener Glanz über dem Ganzen. Wenn wir auch mitunter Heimweh hatten nach Grüneichen, nach den großen luftigen Zimmern, in denen die Weihnachtslieder so voll tönten, nach dem Kirchlein in Holzenau, wohin uns der Schlitten mit Schellengeläute brachte, und wo unser lieber Pfarrer der dichtgedrängten Landbevölkerung die frohe Botschaft verkündigte: „Euch ist heute der Heiland geboren“, so war dies in der Stadt verlebte Weihnachtsfest nicht minder schön. Die Eltern waren bei uns, keins der Geschwister fehlte, Sophie war wieder in unserer Mitte, da gab es wohl Grund, dankbar zu sein. Die Gottesdienste in der schönen Johanneskirche waren erbaulich, der Chorgesang erhebend. Die Eltern gingen mit allen fünf Kindern, Sophie mußte leider ihres Fußes wegen zu Hause bleiben. Sogar Gundchen und Kurt waren mit Onkel Ulrich in der Kirche; Gundchen geht sehr selten. Als ich sie einmal fragte, warum ich sie nie dort sähe, antwortete sie, ihre Mutter habe gewöhnlich am Sonntagmorgen Kopfschmerzen.

Ich sagte: „Kannst du nicht mit deinem Bruder gehen?“ worauf sie meinte, der verabrede sich oft mit Freunden, da könne sie sich nicht anschließen.

Aber Onkel Ulrich nahm sie mit, das war schön. Ich war am Nachmittag des Heiligen Abends ein Weilchen drüben, da hörte ich ihn zu Tante Lisa sagen: „Lisa, kommst du morgen mit zur Kirche?“

„Ich glaube es kaum“, war Tante Lisas Antwort. „Mein Mann bringt heute abend Gäste mit, und wenn es abends spät wird —“

„Ich weiß schon“, sagte er und runzelte die Stirn. „Ich nehme aber Gundchen und Kurt mit.“ Tante Lisa sagte nichts dazu und verließ das Zimmer. Ich freute mich, als Gundchen am ersten Feiertage nach der Kirche auf mich zukam mit den Worten: „Das war aber schön, ich möchte wohl jeden Sonntag in den Gottesdienst gehen.“

„Solange wir hier sind, kannst du mit uns gehen“, sagte ich, „meine Eltern nehmen dich gern mit.“ Das nahm sie sehr erfreut an. Onkel Ulrich ist, wie ich glaube, ein gottesfürchtiger Mann. Ich sage, wie Gundchen, Onkel Ulrich, wenn ich von ihm spreche. Wenn ich ihn anrede, nenne ich ihn natürlich Herr Doktor. Onkel Ulrich ist in diesen Tagen sehr viel bei uns gewesen. Es war eine herrliche Zeit, außer dem Tag, an dem Vater seine Kopfschmerzen hatte. Aber sie treten jetzt viel seltener auf, seit er in der Behandlung eines berühmten Nervenarztes ist; ich denke, es wird sich mit der Zeit noch ganz verlieren. An dem Kopfschmerzentag waren wir alle zu Wernigges eingeladen und verbrachten den Nachmittag und Abend dort, während die Eltern natürlich zu Hause blieben. Wir waren auf diese Weise alle aus dem Wege und haben uns drüben herrlich vergnügt. Onkel Ulrich gibt sich viel mit der Jugend ab, er macht alle Gesellschaftsspiele mit, kennt sogar viele neue. Er scheint es nicht übelgenommen zu haben, daß ich Gundchen nach seinem Alter fragte; er hat sich sogar den großen Bart etwas gekürzt und fragte mich, ob er nun noch so alt aussehe, was ich verneinte, denn das hat ihn viel jünger gemacht. Zwischen Mutter und ihm besteht ein sehr herzliches Verhältnis. Am zweiten Weihnachtsfeiertag waren Wernigges alle bei uns eingeladen, sogar Gundchens Vater. Ich habe das Gefühl, als ob die Väter sich gegenseitig nicht besonders gern mögen, aber sie haben sich doch besucht und darauf sind Einladungen erfolgt. Herr Wernigge kann sehr interessant erzählen von allem, was er gesehen hat; sein Kunstverständnis kam uns zugut, als wir alle vorgestern die Gemäldegalerie besuchten. Da machte er den Führer und erklärte uns die Bilder so eingehend, daß wir alles viel besser verstanden, als wenn wir allein gegangen wären. Aber er scheint sich nicht viel aus seinen Kindern zu machen. Es ist überhaupt zwischen den Eltern und Kindern kein so liebevolles Verstehen, wie es bei uns der Fall ist.

Tante Lisa war sehr vergnügt, als sie den Abend bei uns waren. Mutter und sie kamen wieder auf die alten Zeiten zu sprechen, und Onkel Ulrich wußte sich auf vieles zu besinnen, was die beiden vergessen hatten. Tante Lisa sah wieder wunderschön aus; sie hat prächtige dunkle Augen und wundervolles schwarzes Haar. Wenn sie lebhaft ist und Farbe bekommt, und wenn die Augen so hell leuchten, dann muß ich sie immer ansehen. Onkel Ulrich sieht ihr etwas ähnlich, doch ist er nicht ganz so hübsch. Von ihm muß ich noch erzählen, daß er Mutter herzlich bat, ihm zu erlauben, sie „Frau Maria" zu nennen. Mutter lächelte und gestand es ihm gerne zu.

„Es ist um der alten Erinnerungen willen, Frau Maria", sagte er, „der Name ist mir, weil Sie ihn führten, immer lieb und wert geblieben."

Am andern Morgen kam Kurt und fragte, ob wir uns an einer Schlittenfahrt beteiligen wollten. Onkel Ulrich wollte zwei Schlitten bestellen, es sei eine wunderschöne Bahn, wenn es den Eltern recht sei, würden wir nach einem in der Nähe liegenden Dorf fahren und dort den Kaffee trinken.

„Sophie muß aber mit", erklärte Mutter, „sie soll nicht immer zu Hause bleiben." Sophie wehrte ab, meinte, es täte ihr sehr gut, wenn sie allein bliebe, aber die Brüder waren bereit, sie die Treppe hinunterzutragen.

„Das ist nicht nötig", rief Vater, „ich werde meine Tochter stützen, dann kann sie schon in den Schlitten kommen; eine Ausfahrt wird ihr gut tun, sie sieht immer noch so blaß aus."

Sophie sah den Vater dankbar an; ich glaube, sie fühlt jetzt doppelt die Liebe der Eltern, seit sie fort gewesen ist. Kurt und die Brüder sind schon große Freunde. Christian meinte kürzlich, Kurt sei ein feiner Primaner, der schäme sich nicht, mit Tertianern zu verkehren.

Wir Kinder waren alle sehr vergnügt in Erwartung der Schlittenfahrt. Das Mittagessen wurde zeitiger angesetzt, da die Schlitten schon um zwei Uhr da sein sollten. Mathilde und Olga konnten es gar nicht erwarten, sie standen schon eine Stunde vorher am Fenster und hielten Ausschau. Endlich ertönte ihr Ruf: „Sie kommen, sie kommen!“ Da kamen wir alle zum Vorschein in Mänteln und Wollmützen. Die Mädchen brachten Fußsäcke und Reisedecken. Wir waren zwölf Personen, Herr Wernigge hatte einen Grund zum Absagen gefunden; er hatte sich, wie gewöhnlich, verabredet. Mutter und Tante Lisa saßen im ersten Schlitten und nahmen Gundchen, die sehr dünn ist, zwischen sich. Sophie und ich nahmen auf der Rückbank Platz, während Vater sich zum Kutscher gesellte. Im zweiten Schlitten saß Onkel Ulrich mit der Jugend. Sie fuhren dicht hinter uns, wir hörten sie beständig kichern und lachen. Beinahe beneidete ich meine kleinen Schwestern, ich hätte fast lieber mit Christian und Matthias zusammengesessen und an ihrem Unsinn teilgenommen.

„Maria“, sagte Tante Lisa, „wer hätte vor einem Jahr geglaubt, daß wir beide mit unsern Kindern zusammen eine Schlittenpartie machen würden. Damals dachten wir auch noch nicht daran, uns hier niederzulassen.“

„Ja, wunderbar ist's mir“, antwortete Mutter sinnend, „wir dachten auch nicht daran, einen Winter in der Stadt zu verleben. Gott, der Herr, hat uns wieder einmal zusammenführen wollen, liebe Lisa.“

Wir sausten durch die Vorstadt und waren bald auf der Landstraße. Es war ein klarer schöner Frosttag, rechtes Weihnachtswetter, das Schellengeläute klang so hübsch, es war alles dazu angetan, uns froh zu stimmen. Mutter war immer besorgt um Sophie, ob sie warm genug eingepackt sei, ob der Fuß die rechte Lage habe, auch Tante Lisa unterhielt sich eingehend mit Sophie.

Das Dorf, das wir uns als Rastort ausgesucht hatten, lag so friedlich da mit seinen weißbeschneiten Häusern und den bereiften Bäumen. Wir fuhren erst daran vorbei, um die Schlittenfahrt noch etwas länger zu genießen; auf dem Rückwege aber machten wir halt vor einem ansehnlichen Gasthaus. Die Frau in weißer Schürze kam heraus und empfing uns. Als wir abstiegen, hatte sich eine ganze Kinderschar um uns versammelt, und als Mutter mit Tante Lisa gerade durch die Haustür gehen wollte, drängte sich ein kleines blasses Mädchen in dürftiger Kleidung an sie heran und bat um eine Kleinigkeit. Mutter hatte Mitleid und sagte: „Geld gebe ich Kindern nicht gern, sage mir, wie du heißt und wo du wohnst, wir wollen sehen, ob sich etwas tun läßt." Die Kleine nannte ihren Namen und schlich betrübt davon, sie mochte wohl denken: „Das Kommen wird man gewiß vergessen."

Sophie wurde vorsichtig aus dem Wagen gehoben und mußte in der Wirtsstube den Fuß auflegen, aber es geht von Tag zu Tag besser, sie hofft bald wieder Mutters rechte Hand zu sein.

Die Jungen hatten einen schönen kleinen See zum Schlittschuhlaufen entdeckt und konnten es kaum abwarten, bis der Kaffee getrunken war. Sie hatten vorsichtshalber ihre Schlittschuhe mitgenommen, auch Kurt und sein Onkel zogen sie hervor. Der Kaffee mundete herrlich nach der kalten Fahrt. Er belebte uns alle. Sogar Gundchen sah ganz rosig aus und wurde munter und gesprächig. Als Onkel Ulrich mit den Jungen abgezogen war, meinte Mutter, sie wolle sich nach der armen Familie umsehen. „Ach, bleib doch hier, Maria, du hast dich ja kaum erwärmt", bat Tante Lisa.

Aber Mutter sagte: „Ich dachte gerade, du und die Mädchen, ihr solltet mich begleiten. Vater bleibt bei Sophie. Wir haben alle", fuhr sie fort, „so schöne Weihnachtstage gehabt, so viele Freude empfangen, da möchte man auch gerne Freude spenden, wo es not tut. In der Stadt bin ich noch so wenig bekannt, das kleine blasse Mädchen hat mein Mitleid erregt."

„Ganz die alte", sagte Tante Lisa und fügte hinzu: „Geld will ich gerne geben, Maria, auch Sachen, wenn du willst. Aber in eine ärmliche Hütte hineingehen, ist nicht meine Sache!“

Als Mutter ihr freundlich die Hand hinstreckte und sagte: „Versuch's nur einmal, Lisa, komm!“ erhob sie sich aber doch und ging mit.

Vater rief noch, ja nicht zu lange zu bleiben, da wir der einbrechenden Dunkelheit wegen sehr bald wieder aufbrechen müßten. Die Mütter gingen voran, wir beide, Gundel und ich, folgten, auch die kleinen Schwestern trippelten hinter uns her. Es gab stattliche Häuser und Gehöfte im Dorf, an dessen Ende die Wohnung der armen Familie lag. Die Hütte sah baufällig und alt aus, doch bemerkten wir helle Fenster und Blumen dahinter. Auf unser Klopfen rief eine schwache Stimme „Herein“, und als wir die Tür öffneten, bot sich uns ein rührendes Familienbild. Eine blasse Frau saß am Tisch und hatte ein ganz kleines Kind auf dem Schoß, das voller Ausschlag war, vier Jungen spielten zum Teil in der Stube, zum Teil saßen sie auch am Tisch, das kleine Mädchen, welches gebettelt hatte, stand am Fenster und strickte. Die Frau wollte sich erheben, aber Mutter sagte, sie solle sitzenbleiben, wir würden uns zu ihr setzen. Eine lange hölzerne Bank stand hinter dem Tisch, darauf nahmen wir Platz.

„Ihr kleines Mädchen sprach uns erst um eine Gabe an, Sie sind wohl in großer Not, liebe Frau?“ Da begann die blasse Frau zu weinen und sagte, sie habe nie nötig gehabt zu betteln, in diesem Winter sei es das erstemal, daß die Not sie dazu gezwungen habe. Der Mann sei lange krank gewesen und habe keinen Verdienst gehabt, da sei das kleine Kind geboren, und ihr alter Vater, sie zeigte in eine dunkle Ecke, wo wir erst jetzt ein Bett bemerkten, liege schon seit Wochen. Er sei altersschwach und habe nichts Warmes anzuziehen, darum müsse er im Bett bleiben.

Bei der einfachen und rührenden Schilderung des

Elends traten uns die Tränen in die Augen, besonders als die Frau sagte, die Kinder hätten oft hungrig zu Bett gehen müssen.

„Gibt es hier im Dorf keine Leute, die sich ihrer annehmen könnten?“ sagte die Mutter.

„Hie und da wohl, aber im ganzen kümmert sich keiner um den andern“, war die Antwort.

„Da haben Sie wohl kein frohes Weihnachtsfest gehabt?“

„Wir sind am Heiligen Abend hungrig zu Bett gegangen. Nicht einmal ein Stückchen trockenes Brot konnte uns die Mutter geben“, sagte ein kleiner blasser Knabe, der aufmerksam zugehört hatte, was die Mutter erzählte.

„Mein Mann hatte die letzte Woche“, fuhr die Frau fort, „als er wieder außer Bett war, Arbeit gesucht und auch gefunden. Sein Lohn wurde ihm nicht ausbezahlt, wie er gehofft hatte, er wartet noch darauf.“

„Da haben die Kinder also gar keine Freude zu Weihnachten gehabt?“ fragte Mutter traurig.

Die Frau schüttelte den Kopf und der kleine Knabe sagte wieder: „Nicht ein bißchen.“

Es ging mir tief zu Herzen, ich sah, daß Gundchen sich verstohlen die Tränen trocknete, Tante Lisa machte auch ein trauriges Gesicht und fragte: „Wird denn hier den armen Leuten nicht beschert?“

„Das ist im Dorfe nicht Sitte. Eine Herrschaft gibt es hier nicht, und die wohlhabenden Leute wissen es gar nicht, daß wir in solche Not geraten sind. Es war früher anders, als mein Mann gesund war und arbeiten konnte. Ich war auch kräftiger und konnte etwas verdienen, aber seit ich das kleine Mädchen habe, kann ich nicht fort.“

Mutter gab der Kleinen, die immer noch eifrig am Fenster strickte, aber doch die Augen auf uns gerichtet hatte, einen Wink und flüsterte ihr etwas ins Ohr. Sie lief mit einem Geldstück aus der Tür und kam bald mit einem großen Brot unter dem Arm zurück. Wie die kleinen Spatzen schwirrten die Kinder um die Schwester herum und riefen: „Mir ein Stück, mir ein ganz großes Stück, ich habe Hunger."

Mutter fragte, ob denn die Jungen schon bis in die Stadt gehen könnten.

„Der Kleinste noch nicht, die andern sind mit der Schwester schon einige Male dagewesen", war die Antwort.

„Nun, liebe Frau", sagte Mutter, „dann schicken Sie mir alle Kinder, die den Weg machen können, morgen in die Stadt, sie sollen noch nachträglich eine kleine Weihnachtsbescherung haben."

Ich wußte, daß Mutter dies sagen würde, ich kannte sie zu gut. Gundchen freute sich auch, denn sie drückte mir die Hand, so fest sie konnte, das tut sie immer, wenn ihr etwas Schönes begegnet.

Dann drückten beide, Mutter und Tante Lisa, der Frau etwas in die Hand, so daß diese ganz gerührt ausrief: „Nein, das ist zuviel."

„Sie bedürfen der Stärkung", sagte Mutter, „tun Sie etwas für sich und den alten Vater." Ein leises Stöhnen verriet sein Dasein. Unter herzlichen Dankesworten schieden wir, nachdem Mutter unsere genaue Adresse angegeben hatte.

Wo waren Thildchen und Olga? Dort standen sie am Bett des alten Mannes und streichelten ihm die dürren Hände. Voller Mitleid und mit Tränen in den Augen folgten sie uns. Als wir das Dorf heraufkamen, hielten die Schlitten bereits vor der Tür. Die andern waren auch schon da und erzählten dem Vater von dem schönen Eisvergnügen. Kurt sagte, er freue sich, diesen schönen See außerhalb der Stadt entdeckt zu haben, er liebe es viel mehr, mit einigen Freunden allein Schlittschuh zu laufen, als im Schloßgarten mit der halben Stadt.

Wir waren noch ganz erfüllt von unserm Besuch und erzählten unterwegs Vater und Sophie davon.

„Das ist etwas fürs Frauchen“, sagte Vater zu Tante Lisa, „nun wird bis in die Nacht hinein gewirtschaftet, alle Schränke und Schubladen werden durchstöbert, die Hälfte meiner Sachen wird mir weggenommen.“

„Aber, Vater, du übertreibst“, sagte Mutter vorwurfsvoll, „was du gebrauchst, habe ich dir noch nie entzogen. Aber deinen alten Schlafrock hätte ich gern für den alten Mann.“

„Sehen Sie, Frau Wernigge, habe ich nicht recht?“

„Mein Mann hat einen wunderschönen, neuen Schlafrock zu Weihnachten bekommen, da ist es sogar notwendig, ihm den alten wegzunehmen, er trägt ihn sonst, bis die Fetzen herunterhängen.“

So scherzten die Eltern, während Gundelchen mir zuflüsterte: „Ich suche auch alles heraus, was ich entbehren kann, und darf doch dabei sein, wenn ihr den armen Kindern beschert?“

„Freilich“, sagte Mutter, die es gehört hatte, „wenn dein Mütterchen es erlaubt.“

„Natürlich, Maria, ich werde mich gern beteiligen“, rief Tante Lisa. „Ich hätte nicht gedacht, daß die Armut so rühren könnte; ich glaubte immer, die Behausungen der Armen hätten etwas Abschreckendes. Aber man sah es der Stube und den Kindern an, daß man es mit einer ordentlichen Familie zu tun hatte.“

„Darum ist es immer gut, wenn man sich selbst überzeugt; oft findet man es ganz anders, und wenn zu dem Elend noch Lüge, Trunksucht und dergleichen kommt, dann ist mit dem besten Willen nicht zu helfen.“

Die kleinen Schwestern hatten im andern Schlitten, erfüllt von Mitleid, so viel von ihren Erlebnissen erzählt, daß auch die männliche Jugend ganz erweicht war. Matthias und Christian brachten unaufgefordert am Abend aus ihren Sparbüchsen ihr letztes Geld, und von uns forderte Mutter, wir sollten etwas von dem, was uns gehörte, opfern. Wir waren alle so geschäftig und trugen wie die Bienen zusammen, so daß ein ganzer Tisch voll lag von Kleidungsstücken, Büchern, Spielsachen, Strümpfen und Schuhen, es war natürlich manches neue auch dazu gekauft worden. Punkt drei Uhr stellte sich die kleine Gesellschaft ein. Kurt, Gundchen und ihr Onkel waren schon vorher mit vielen schönen und nützlichen Sachen erschienen. Die kleinen Buben waren alle sauber gewaschen und gekämmt, das kleine Mädchen auch. Sie hatten sehr geflickte Sachen an, aber es war alles reinlich und ordentlich. Zuerst bekamen sie Kaffee und Stollen: es war ein Vergnügen, sie essen zu sehen. Als es dann in die Weihnachtsstube ging, wollten die Freude und der Jubel kein Ende nehmen. Im Anfang waren sie ganz stumm, aber Mutter und Onkel Ulrich verstanden es, Leben in die Gesellschaft zu bringen. Der Onkel blies ihnen auf der Trompete etwas vor, das machten sie bald nach. Dann trommelte er, auch das wurde nachgeahmt, und dabei leuchteten die kleinen Augen und die blassen Wangen röteten sich.

„Aber es wird finster, Kinder, ihr müßt nach Hause", sagte Mutter besorgt.

„Und wie hat sich Frauchen das Nachhausegehen gedacht?" fragte Vater lachend. „Sieh dir die Würmer an und dann den Tisch mit den vielen Sachen. Wie in aller Welt soll das fortgeschafft werden?"

Mutter machte ein ganz sorgenvolles Gesicht. „Das ist auch wahr", sagte sie betreten, „die Kinder sind zum Teil so klein, man könnte ihnen die Sachen wegnehmen."

„Der Vater ist klüger gewesen, als alle zusammen!" rief Vater vergnügt. „Ich habe einen Schlitten bestellt, da hinein wird alles gepackt und die ganze kleine Gesellschaft fährt im Schlitten nach Hause. Wird euch das gefallen, wie?"

Natürlich gefiel das. Matthias und Christian erboten sich, mitzufahren, damit alles sicher an Ort und Stelle käme, aber das kleine Mädchen sagte sehr zuverlässig, sie würde alles besorgen. Die Kinder dankten vielmals für das empfangene Gute, und der Schlitten fuhr ab.

Wir hatten alle das Gefühl, eine Familie sehr glücklich gemacht zu haben, und das war das Schönste von der Schlittenfahrt. Morgen will Tante Lisas Bruder wieder abreisen, gerade am Silvester. Bei Wernigges ist große Gesellschaft, wir sollten auch kommen, aber die Eltern haben abgesagt, weil sie am Jahresschluß lieber mit ihren Kindern allein sind.

Das alte Jahr vergangen ist,
wir danken Dir, Herr Jesu Christ,
daß Du uns in so großer Gefahr
bewahret hast lang Zeit und Jahr.

## Am Jahresschluß

In Lisas eigenem kleinem behaglich eingerichtetem Zimmer saß Doktor Schwarz mit seiner Schwester. Es mußte wohl etwas Wichtiges verhandelt worden sein, denn sie sahen beide ernst aus, der Frohsinn, der sonst auf Ulrichs Stirn lagerte, hatte einem tiefen Ernst Raum gemacht.

„Lisa", sagte er, „was ich habe, will ich dir auch diesmal opfern, aber lange kann es nicht so fortgehen. Ihr habt viel mehr als ich, der ich nur auf mein bestimmtes Lehrergehalt angewiesen bin, und doch willst du immer Geld von mir haben. Wenn ich deine feine Wohnung mit meinem einfachen Heim vergleiche, so muß ich mich wundern, daß du stets noch Geld von mir verlangst.

„Kann ich dafür, daß Arnold spielt, daß er nicht rechnen kann?"

„Dafür kannst du nicht. Aber nimm mir eine offene Aussprache nicht übel. Wozu die kostbare Weihnachtsbescherung, wozu die vielen überflüssigen Sachen, wozu die üppigen Gesellschaften, wie ich sie hier schon erlebt habe?"

„Du hast in dieser Zeit nicht viel dergleichen bei uns gesehen."

„Da hast du recht. Ich muß dir sogar danken, daß du meinen Wunsch, öfter mit der Familie Mersburg zu verkehren, erfüllt hast. Ich möchte dich dringend bitten, dich immer fester an deine Jugendfreundin anzuschließen, von ihr kannst du viel lernen. Welch ein gesegnetes fröhliches Familienleben, erbaut auf echt christlichem gesundem Geist, herrscht dort. Die Familie Mersburg zählt zu den reichsten des Landes, man merkt den Wohlstand, aber welche Einfachheit, welche Gediegenheit in allem! Die Eltern haben das wahre Wohl ihrer Kinder im Auge, und bringen ihnen manches Opfer."

„Wie meinst du das?"

„Daß sie oft, wenn es das Beste der Kinder bedingt, auf gesellschaftlichen Verkehr verzichten."

„Das ist zuviel verlangt."

„Ich sage nicht, daß du allen Verkehr aufgeben sollst, aber ein wenig mehr könntest du dich deinen Kindern widmen. Wie oft habe ich früher Kurt und Gundchen abends allein gefunden, als ich noch studierte und zuweilen bei euch war!"

„Ich habe nicht die Gabe, mit der Jugend zu verkehren, wie Maria sie hat."

„Das ist es nicht, Lisa", fuhr Ulrich ernst fort. „Du hast keine Lust, dich mit ihnen zu beschäftigen, weil du fast täglich in Gesellschaft gehst oder auf dem Sofa liegst und Romane liest. Du solltest dich mehr um deine Kinder kümmern, mit ihnen etwas Lehrhaftes, Gewinnbringendes lesen, fröhlich mit ihnen plaudern — "

„Zur Heiterkeit bin ich wahrlich nicht aufgelegt, wenn

ich abends Gäste erwarte und keine Mittel habe, die Auslagen zu bestreiten."

„Mußten denn die Einladungen heute sein? Wäre es nicht schöner gewesen, ihr hättet mit den Nachbarn drüben den Silvesterabend verlebt?"

„Mein Mann liebt den Verkehr mit Herrn Mersburg nicht. Und nun, Ulrich, predige mir nicht immer Moral. Wenn du mir nichts geben kannst, mußt du es bleibenlassen; es müssen Schulden gemacht werden, und Arnold muß sehen, wie er sich damit abfindet. Er hat früher viel mehr verdient, weil er fleißiger war. Jetzt ist er in eine Gesellschaft geraten, die ihn verderben wird."

„Du hast mir doch gesagt, daß vor Weihnachten eine bedeutende Summe für ein Bild bekommen hat. Wie ist es möglich, daß nichts mehr da ist!"

„Immer dieselbe Frage, die du dir, wenn du willst, selbst beantworten kannst. Zu Weihnachten wird überall viel gebraucht, nun ja, da habe ich eine ziemliche Summe ausgegeben, aber ich ahnte ja nicht, daß Arnold alles andere Geld bereits vergeudet hatte."

Ulrich schwieg eine Weile. Dann sagte er nur das eine Wort: „Traurig", zog sein Portemonnaie, entnahm ihm einen Hundertmarkschein und sagte: „Das hatte ich mir erspart, wollte mir einige notwendige Möbel dafür anschaffen, nimm es, Lisa, es muß aber das Letzte sein, ich muß auch an die Zukunft denken. Versprich mir, daß du sparsam damit umgehen willst; ich gebe es nur, damit du keine Schulden machst. Schulden bringen sicheres Verderben."

„Moralprediger", rief Lisa, plötzlich heiter werdend. War sie aus der Geldklemme heraus, so verzogen sich die trüben Wolken schnell.

Ulrich stand mit einem Seufzer auf und wollte hinausgehen. Sie umfaßte ihn und sagte: „Bubi, sieh nicht so tragisch drein. Es ist ja alles nicht so schlimm."

„Schlimmer als du denkst, Lisa. Es ist kein Segen bei

euch, weil keine Gottesfurcht, kein Glaube da ist." Damit verließ er das Zimmer.

Er klopfte bei Gundchen. „Herein", riefen zwei fröhliche Mädchenstimmen. Anna und Gundchen standen zusammen vor dem Tisch, auf dem eine Menge schöner Spruchkarten ausgebreitet lagen.

„Sieh nur, Onkel Ulrich", rief Gundchen, diese schönen Karten wollen wir an unsere Freundinnen schikken, um zum neuen Jahr Glück zu wünschen."

Er wandte sich an Annchen und sagte freundlich: „Bekomme ich nicht auch eine?"

Anna wurde rot und sagte: „Sie gehören alle Gundchen."

„Onkel, du kannst zwei bekommen", rief die, „wir haben uns sie schon ausgesucht, diese beiden sind übrig."

„Gut, die will ich nehmen und will sie mir aufheben zum Andenken an diese beiden Freundinnen, die immer treu zusammenhalten müssen. Merke dir nur die schönen Sprüche alle, Gundchen. Sind die Eltern zu Hause?" fragte er schnell, sich an Anna wendend, „ich möchte ihnen Lebewohl sagen!"

Annchen nickte.

„Von Ihnen muß ich mich wohl hier verabschieden. Gott behüte Sie." Er reichte ihr die Hand und ging.

„Wie traurig sieht dein Onkel heute aus", sagte sie.

„Er denkt schon an den Abschied, er hat uns alle sehr lieb", entgegnete Gundchen.

„Er ist auch sehr gut", sagte Annchen sinnend. Dann schrieben sie ihre Karten, und Onkel Ulrich ging hinüber ins andere Haus.

Doktor Schwarz traf nur Maria, die ihn freundlich empfing. „Nun, lieber Herr Doktor, soll's wieder heimwärts gehen?"

„Zunächst zu einer anderen Schwester, in deren Familie ich mich besonders wohl fühle. Sie lebt jedoch in bescheidenen Verhältnissen, und da die beiden Lehrerinnen bis heute da waren, konnte ich des Raumes wegen nicht früher einkehren. Ich werde jedoch meine beiden unverheirateten Schwestern noch begrüßen können."

„Grüßen Sie sie, wenn sie sich meiner noch erinnern."

„Sie werden es gewiß. Wir haben oft von Ihnen gesprochen, Frau Maria, und sie werden erfreut sein, wenn ich ihnen erzähle, daß ich Sie wiedergesehen habe."

„Ich habe auch oft an Ihre Familie gedacht und was wohl aus allen geworden sei. Erzählen Sie mir doch von ihnen und den jüngeren Schwestern etwas."

Ulrich erfüllte gerne diese Bitte. Er berichtete, wie sie in großer Einfachheit aufgewachsen seien, wie er durch des Onkels Güte, der ein treuer Vormund gewesen, habe studieren können, wie lange er im Schulfach tätig gewesen und eigentlich nun in ein Pfarramt habe gehen wollen. Er könne es aber noch nicht bestimmt sagen, da ihm gerade jetzt eine sehr vorteilhafte Stelle an dem Gymnasium einer größeren Stadt angeboten sei und er Freude am Unterrichten habe.

„Verkehren Ihre Schwestern nicht mit Wernigges?"

„Wenig", war die Antwort. „Einesteils liegt es in der Entfernung und dann —", er schwieg.

„Und dann?" Maria sah ihn ganz erwartungsvoll an.

„Muß ich es sagen, Frau Maria?"

„Ich bin Lisas Freundin."

„Und haben Sie darum das Recht, eine Antwort auf Ihre Frage zu bekommen?"

„Halten Sie mich nicht für neugierig, Herr Doktor, glauben Sie mir, daß es wirklich Liebe und Teilnahme für Lisa ist, was mich diese Frage tun läßt."

„Ich weiß es nur zu gut, deshalb sollen Sie auch eine Antwort haben. Es ist nicht alles bei Lisa, wie es sein sollte. Ahnen Sie etwas?"

„Lisa ist nicht glücklich."

Ulrich nickte traurig. „Sie hat sich in der Wahl ihres Gatten übereilt. Sie hat weder den Segen Gottes noch den Segen der Mutter begehrt und muß es nun büßen."

„Arme Lisa!"

„Ja, ich hätte ihr auch ein anderes Los gewünscht. Allerdings muß ich zugeben, daß sie auch nicht ist, wie sie sein müßte, aber eben, weil sie schwach und haltlos war, jedem Einfluß zugänglich, hätte sie einer festen Stütze bedurft. Ich glaube, an der Seite eines treuen, gottesfürchtigen Mannes wäre etwas ganz anderes aus ihr geworden."

Maria nickte zustimmend und sagte traurig: „Hätte sie sich damals abraten lassen, wäre sie nicht mit den Damen nach Italien gegangen, vielleicht wäre alles anders geworden."

„Darüber läßt sich nicht richten. Geschehenes läßt sich nicht ungeschehen machen, aber die ganze Häuslichkeit ist nicht so, daß die Schwestern sich dort wohl fühlen. Mir selbst sagt der Schwager durchaus nicht zu; er ist ein tüchtiger Maler und in allem, was zu seinem Fach gehört, wohl bewandert, aber im übrigen ist er ein charakterloser Mensch, der sich von seinen Leidenschaften beherrschen läßt. Und Lisa ist leider nicht eine Natur, die einen guten, veredelnden Einfluß auf ihn ausübt. Sie leben nebeneinander, ein jedes seinen Neigungen folgend. Lisa ist leider nicht selbstlos genug, um ihren Kindern das zu sein, was sie müßte."

„Und es sind gut veranlagte Kinder."

„Kurt ist ein tüchtiger, fleißiger Junge mit guten Anlagen. Er ahnt das Mißverhältnis, das zwischen den Eltern herrscht, und fühlt sich bedrückt. Er merkt auch die Schwächen des Vaters und fühlt sich abgestoßen. Ich habe den Jungen lieb und möchte ihn am liebsten ganz herausnehmen. Adelgund ist eine weiche, anschmiegende Natur, ich freue mich, daß sie an Ihrer Tochter eine Freundin gefunden hat. Frau Maria, nehmen Sie sich meiner kleinen Nichte ferner an, ich bitte Sie darum."

„Selbstverständlich. Wir haben schon geplant, daß sie im Sommer auf längere Zeit zu uns kommen soll; die Landluft wird sie stärken, und ich denke, das Leben bei uns wird ihr zusagen."

„Wie mich das freut! Ich danke Ihnen. Es wird nicht nur für Gundchens Gesundheit, sondern auch für ihre innere Entwicklung von großem Segen sein."

„Das gebe Gott. Sie sollten uns auch einmal in Grüneichen besuchen, Herr Doktor."

„Wie gerne tue ich das", rief der junge Mann sichtlich erfreut. „Wenn es mit der angebotenen Stelle etwas wird, werde ich nicht allzuweit von Ihrem Gut entfernt sein. Da kann es sein, daß ich mich einmal nach meiner Nichte umsehe, wenn Sie es erlauben. Ich muß mitunter bei den Kindern den Vater vertreten, er kümmert sich fast gar nicht um sie", fügte er traurig hinzu.

„Wie gut habe ich's dagegen", rief Frau Maria, „mein Mann unterstützt mich sehr bei der Kindererziehung. Arme Lisa!"

„Ja, die arme Schwester. Noch eins, bevor ich gehe, Frau Maria. Was ich gesprochen habe, bleibt unter uns. Ich hätte mich nicht so offen ausgesprochen, wenn ich nicht gewußt hätte, daß Sie mein Vertrauen zu würdigen verstehen."

Doktor Schwarz drückte seiner mütterlichen Freundin die Hand und wollte eben gehen, da trat Herr Mersburg ein und sagte lächelnd: „Ich störe wohl Erinnerungen aus alter Zeit."

„Nein, Vater, durchaus nicht. Ich wünschte dich schon herbei, damit du Herrn Doktor Schwarz Lebewohl sagen könntest. Er verläßt uns heute."

„Heute, zum Silvester! Wie schade. Sie hätten den Abend mit uns verleben müssen."

„Und du willst noch einen Verbündeten mehr haben?" grollte Maria, „denn natürlich wird Herr Doktor Schwarz sich auf die Seite der Herren schlagen."

Nun schüttelten sie sich die Hände, wünschten sich Gottes Segen zum neuen Jahr und trennten sich.

„Wie sonderbar", sagte Herr Mersburg zu seiner Frau, „daß Doktor Schwarz gerade heute seine Verwandten verläßt."

„Er liebt es nicht, den Silvesterabend in großer Gesellschaft zuzubringen, überdies hat er seinen andern Schwestern seinen Besuch zugesagt."

„Ein liebenswürdiger Mann, dieser Doktor Schwarz. Es liegt wohl in der Familie. Frau Wernigge ist auch liebenswürdig, doch glaube ich, sie ist nicht immer gleichmäßig gestimmt, wie mein liebes Frauchen hier."

„Ja, nun lobst du mich und bist doch oft recht unzufrieden mit mir."

„Allzuviel Lob verdirbt", sagte er und drückte ihr einen Kuß auf ihre Stirn. „Wenn ich Kopfschmerzen habe, dann kannst du mir freilich nichts recht machen, und doch — wen hätte ich wohl lieber um mich, als dich?"

„Nun dann versuch's im neuen Jahr nur weiter mit der alten Frau."

Er zog sie an sich und erwiderte: „Und du habe im nächsten Jahr noch weiter Geduld mit deinem nervösen Mann."

## Verschiedene Erlebnisse

am 27. Januar

Nun haben wir schon wieder ein ganzes Stück vom neuen Jahr hinter uns, und ich komme endlich dazu, meine Erlebnisse in mein liebes Tagebuch einzutragen.

Sophie geht es wieder ganz gut. Man merkt kaum, daß sie etwas am Fuß gehabt hat. Sie ist viel vergnügter als früher und zeigt uns allen ihre Liebe in rührender

Weise. Besonders sieht sie Mutter alles von den Augen ab, so daß diese kürzlich äußerte: „Ich kann mich nun ruhig aufs Sofa setzen, meine älteste Tochter schafft und sorgt für mich."

Aber das tut Mutter doch nicht; es findet sich noch immer genug zu tun für sie. Sophie gefällt es hier in der Stadt auch sehr. Da sie eine hübsche Stimme hat, lassen die Eltern sie noch Gesangstunden nehmen. Vater meint, wir müßten den Aufenthalt in der Stadt gut ausnützen; auch ich habe eine gute Stimme, wir üben zusammen Duette ein, um sie den Eltern später, wenn wir wieder auf dem Lande sind, vorzusingen. Vater freut sich schon darauf, er liebt Musik in jeder Form, ebenso Mutter, darum besuchen die Eltern gern gute Konzerte, wir Töchter begleiten die Eltern abwechselnd, eine muß zur Aufsicht der Schwestern daheimbleiben. So haben wir hier manches Schöne, so daß wir die Leere, die durch die Abreise der Brüder entstanden ist, gar nicht in dem Maße empfinden wie in Grüneichen. Mit den jungen Mädchen, die mit mir zusammen Stunden haben, bin ich auch bekannter geworden. Wir haben sogar ein Kränzchen gegründet, das heißt das „Blumenkränzchen". Wir haben nämlich uns allen Blumennamen gegeben; und wer an dem Abend der Zusammenkunft die andere nicht mit ihrem Blumennamen anredet, muß Strafe bezahlen. Das Geld wird in eine Kasse getan und soll zu einem guten Zweck verwendet werden. Ich habe die Gänseblümchen so gern und wählte mir diesen Namen. Wir lesen dann ein hübsches Buch miteinander, plaudern ein wenig und singen auch. Mutter sagt, sie habe früher mit ihren Freundinnen ein ähnliches Kränzchen gehabt, das habe ihr viel Vergnügen gemacht. Ich freue mich auch immer darauf, man lernt dadurch neue Familien kennen, und die Eltern der Freundinnen sind alle so gut und freundlich zu mir, als ob sie mich schon lange kennten. Von unsern Lehrern und Lehrerinnen sprechen wir mit großer Begeisterung, für einzelne wird geschwärmt.

Die jungen Mädchen, welche ich kennengelernt habe, gehören zum Teil einigen Familien an, mit denen auch die Eltern bekannt geworden sind, so daß wir dort mitunter zusammen hingehen. Dann heiße ich natürlich nicht: „Gänseblümchen", Vater neckt mich schon genug dieses Namens wegen; ich wollte, ich hätte mir einen andern gewählt.

Kürzlich hat Vater einen alten Freund aus seiner Studienzeit getroffen. Er wußte gar nicht, daß er hier in der Stadt lebte. Die Eltern haben sich gegenseitig besucht, ich war nicht zu Hause, als Herr und Frau Timme bei uns waren, und daher kam die dumme Geschichte, die ich jetzt erzählen will.

„Annchen", sagte Mutter kürzlich zu mir, „Vater möchte gern Herrn und Frau Rat Timme morgen abend hier haben, du könntest hingehen, schöne Grüße von den Eltern bestellen und sie bitten, eine Tasse Tee mit uns zu trinken. Sie wohnen nicht weit von hier in der nächsten Straße, Nummer elf."

Ich zog los und traf unterwegs das „Vergißmeinnicht", eine von meinen Kränzchenfreundinnen, sie hatte so viel zu erzählen, daß ich darüber wahrscheinlich die Hausnummer vergessen hatte. Statt in Nummer elf ging ich in Nummer zwölf die Treppe hinauf und klingelte. Auf mein Befragen, ob Herr und Frau Rat zu Hause seien, erhielt ich eine bejahende Antwort und wurde in einen vornehmen Salon geführt. Es kam mir alles so feierlich und schön vor. Obwohl es Winter war, prangten mehrere schöne Blumensträuße auf dem Tisch und auf einer silbernen Schale gab es eine Menge von Karten, wie man sie wohl zu Neujahr oder zum Geburtstag empfängt. Ich glaubte, jemand habe hier Geburtstag. Es kam aber ganz anders. Ein flotter, junger Herr in feinem Gesellschaftsanzug kam herein und sagte: „Entschuldigen Sie freundlichst, meine Braut wird gleich kommen."

Ich war so bestürzt, weil ich immer ein älteres Ehepaar erwartete, daß ich gar nichts sagen konnte, sondern sehr rot wurde.

„Sie sind gewiß eine von den vielen Freundinnen meiner Braut, die alle kommen, ihr Glück zu wünschen, bitte nehmen Sie Platz."

Mir war die Kehle wie zugeschnürt, ich brachte kein Wort heraus, sondern sah nur immer ängstlich nach der Tür, als müßte von daher meine Erlösung kommen. Bald wurde sie hastig aufgerissen, ein junges Mädchen in duftiger Kleidung stürzte herein, gerade auf mich los. „Was sagst du nun, Grete, das hättest du nicht gedacht!"

Plötzlich prallte sie zurück und ruft: „Verzeihen Sie, unser Mädchen sagte, es sei jemand gekommen, das müsse Fräulein Margarete Schmieder sein. Ein wenig Ähnlichkeit haben Sie, aber, Sie sind mir unbekannt."

„Mein Name ist Mersburg, Anna Mersburg", sagte ich beklommen. „Ich soll schöne Grüße von den Eltern bestellen und ob Herr und Frau Rat morgen abend eine Tasse Tee bei uns trinken möchten."

„Meine Eltern? Kennen Sie meine Eltern?" fragte das junge Mädchen.

„Ich kenne sie nicht, aber die Eltern sind mit ihnen bekannt." Das junge Mädchen sah ihren Verlobten an und sah aus, als ob sie herausplatzen möchte. „Sollen denn die Eltern allein kommen?" fragte sie ein wenig spitz.

Ich fühlte wieder, wie ich rot wurde, aber ich konnte mich nicht entsinnen, daß die Eltern etwas von einer Tochter gesagt hatten. Ich mochte die Frage nicht verneinen, um nicht unhöflich zu erscheinen, und war daher sehr erleichtert, daß ich der Antwort überhoben wurde durch den Eintritt einer älteren Dame, der ich nun noch einmal die Einladung der Eltern überbrachte.

Ich wurde wieder nach meinem Namen gefragt, wieder zeigte sich ein ungläubiges Lächeln auf dem breiten Gesicht der Mama, sie ging an die Tür und rief mit unmelodischer Stimme: „Papa, kennst du eine Familie Mersburg?"

Ein ziemlich beleibter Herr mit goldener Brille kam mit kurzem trippelndem Gang herein und sagte: „Ich habe wohl einmal einen Herrn Mersburg im Klub gesehen, kenne ihn aber kaum."

„Denke nur, die Herrschaften laden uns zum Tee ein, zu morgen abend, das ist doch sehr merkwürdig."

„Ja, sehr merkwürdig", wiederholte der Papa mit der goldenen Brille. „Und wir beide sollen allein zu Hause bleiben", hörte ich die Braut der Mama sagen.

Dann flüsterten alle vier miteinander, sie schienen Familienrat zu halten, während ich wie auf Kohlen stand. Das Ergebnis der Verhandlung war, daß die Frau des Hauses sich an mich wandte und sagte:

„Empfehlen Sie uns bitte Ihren Eltern und sagen Sie, daß es uns leid tue, der Einladung nicht folgen zu können, wir feierten morgen das Verlobungsfest unserer einzigen Tochter."

Ich verbeugte mich und ging. Mit schnellen Schritten eilte ich nach Hause, mir war aber doch etwas unsicher zumute, ich hatte das Gefühl, als sei etwas nicht in Ordnung.

„Nun, hast du deine Einladung angebracht, mein Töchterchen?" fragte der Vater.

„Ja, aber das Brautpaar wunderte sich sehr, daß es nicht mit eingeladen war."

„Brautpaar? Wo ist denn ein Brautpaar, Kind?"

„Nun, bei Timmes hat sich die Tochter verlobt, morgen feiern sie Verlobung, darum können sie nicht kommen."

„Eine Tochter ist gar nicht da", rief mein Vater. Sie haben nur einen Sohn, der auswärts studiert. Gänseblümchen, bist du wohl verkehrt gegangen? Hießen denn die Leute Timmes?"

„Das weiß ich nicht, aber Herr und Frau Rat nannte das Dienstmädchen sie auch."

„Liebes Kind", sagte Mutter ernst, „du hast wieder nicht aufgepaßt und die Hausnummer verwechselt, ich sagte dir, Vaters Freund wohne in Nummer elf." Da kam es nun heraus, daß ich ein Haus weiter gegangen war, und Mutter wies mich an, sofort noch einmal zu gehen und mein Versehen gutzumachen.

Ich dachte bei mir, Friederike hätte wohl auch gehen können, aber ich kannte Mutter. Wenn wir etwas falsch gemacht haben, müssen wir es selbst wieder zurecht bringen, sei es, was es wolle. Der Vater schüttelte nur den Kopf und sagte traurig: „Gänseblümchen, Gänseblümchen!"

Das war mir peinlich. Wenn ich nur den Namen nicht behalte. Wenn ihn die Brüder erfahren, dann habe ich ihn fürs Leben weg. Dann bleibe ich ein Gänseblümchen bis an mein Grab.

Ich lief, was ich konnte, denn es war gleich Mittag, und es gab gerade ein Leibgericht. Dummerweise kam das Brautpaar eben aus dem Hause zwölf, als ich vorbeiging. Das junge Mädchen lächelte mich an und sagte: „Haben Sie hier gewartet, Fräulein?"

„Entschuldigen Sie", stotterte ich verlegen, „Sie waren gar nicht gemeint." Mit diesen Worten ging ich schnell in das rechte Haus. Nun kam ich wirklich zu Rat Timmes. Es stand der Name an der Tür, und als sie mich begrüßten, fühlte ich gleich, daß ich die rechten Leute getroffen hatte. Sie waren so lieb und gut, sagten, ich sehe meiner Mutter ähnlich, habe auch etwas vom Vater. Sie freuten sich, einen Abend bei uns zu verleben, und danach verabschiedete ich mich und eilte schnell nach Hause, um rechtzeitig zum Essen zu kommen. Meine kleinen Schwestern haben glücklicherweise nichts von der Geschichte erfahren, für sie muß ich mitunter Respektsperson sein, und dann ist es nicht gut, wenn sie wissen, daß ich noch Dummheiten machen kann.

Gundchen habe ich es erzählt. Sie ist meine Freundin, und wahren Freunden darf man seine Schwächen nicht verbergen. Es ist nur traurig, daß Gundchen so sehr zart ist. Sie kann nichts vertragen. Ich fragte sie kürzlich, woher es eigentlich komme. Da sagte sie: Schwächlich sei sie immer gewesen, von Geburt an, aber im vorigen Winter habe sie schon viel mitmachen sollen, da seien sie öfters spät nach Hause gekommen, dann habe sie nicht schlafen können. Nun habe der Arzt geboten, sie solle sich in diesem Winter ganz ruhig verhalten. Ihr sei es auch viel angenehmer; sie sitze lieber mit Kurt zusammen und lese mit ihm oder komme zu uns, um, wie sie es so gerne möchte, den Abend bei uns zu verbringen. Es sei so reizend in unserer Familie, sie wollte, daß sie auch so gemütlich miteinander leben könnten. Aber das ist wohl nicht möglich, Herr Wernigge ist zu wunderlich. Wunderlich ist wohl nicht der rechte Ausdruck, aber ich weiß nicht, wie ich ihn beschreiben soll. Ich fürchtete mich vor ihm, als ich ihn das erstemal sah, und dies Gefühl hat mich nicht verlassen. Erst kürzlich habe ich wieder recht Angst vor ihm gehabt.

Ich wollte Gundchen besuchen und klopfte an ihre Tür. Statt des sanften Herein, das ich so gerne höre, donnerte eine Stimme ein so fürchterliches „Herein", so daß ich erschrocken zurückweichen will. „Wer ist da?" wird noch einmal mit Löwenstimme gerufen.

„Ich bin's", sagte ich, indem ich die Tür halb öffnete und mich ein klein wenig sehen ließ. „So kommen Sie doch und zeigen Sie sich, wollen Sie mich zum Narren haben?"

Ich stand schon drinnen und zeigte mich in meiner ganzen Angst. Herr Wernigge saß in einer Sofaecke in seinem türkischen Schlafrock und fuhr sich mit seinen elfenbeinfarbenen Händen durch den schwarzen Lockenkopf, davon standen die Haare dann alle zu Berge. Das Gesicht war zinnoberrot; er schien sehr aufgeregt zu sein.

„Was wünschen Sie?“ sagte er barsch.

„Ich möchte Gundchen besuchen“, sagte ich schüchtern.

„Sie sehen, sie ist nicht hier.“ Ich machte eine Verbeugung und ging. Da öffnete sich drüben leise eine Tür und eine Hand winkte mir. Ich folgte dem Wink und als ich drinnen war, legte sich Gundchens Kopf auf meine Schulter; sie weinte bitterlich.

„Bleibe noch ein wenig bei mir, Annchen, der Vater war so sehr zornig.“

„Wo ist deine Mutter?“

Sie zeigte auf die Tür rechts und flüsterte: „Mutter will nicht gestört sein, ach Annchen, es hat einen großen Zank zwischen den Eltern gegeben, endlich ist der Vater in meine Stube gelaufen und die Mutter liegt auf dem Sofa und weint. Bei euch ist es viel schöner, ich wollte, ich könnte ganz bei euch sein.“

Ich tröstete sie damit, daß sie uns im Sommer besuchen müsse, und malte ihr das Leben bei uns schön aus, so daß sie schließlich ganz vergnügt wurde.

Ich mußte aber den ganzen Abend an das arme Gundchen denken. Wie traurig, wenn sich die Eltern zanken. Aber gewiß hat Herr Wernigge die meiste Schuld. Tante Lisa ist so liebenswürdig und gut. Mitunter allerdings habe ich sie auch schon verdrießlich und verstimmt gesehen, da bekommt das arme Gundchen Schelte, auch wenn sie nichts getan hat.

am 29. Januar

Ich kann mich nicht zur Ruhe legen, bevor ich das heutige traurige Ereignis berichtet habe. Kaum mag ich es glauben, und alle, die dies lesen, werden es auch nicht glauben mögen, daß Kurt tot ist. Es kam alles so schnell und unerwartet. Die arme Tante Lisa! Und mein armes

Gundchen! Es ist mir unmöglich zu beschreiben, wie es sich zugetragen hat. Die Schreckensnachricht lähmt meine Glieder. Gundchen ist bei uns. Mutter und ich haben sie eben in meinem Schlafzimmer zur Ruhe gebracht; unter Weinen und Wehklagen ist sie eingeschlafen.

## Ein Unglücksfall

Der Auftritt zwischen dem Maler Wernigge und seiner Gattin, den Anna in ihrem Tagebuch erwähnt, hatte einige Tage vor dem traurigen Ereignis stattgefunden. Herr Wernigge hatte ein Bild auf eine Ausstellung gesandt in der Hoffnung, dafür große Anerkennung zu finden und vor allen Dingen durch seinen Verkauf eine größere Summe zu erzielen, die ihm jetzt, da wieder einmal Ebbe in der Kasse eingetreten war, höchst wünschenswert erschien. Statt dessen wurde das Bild, ganz wider Erwarten, ungünstig beurteilt, besonders eine Besprechung erregte ihn dermaßen, daß er das Zeitungsblatt hinwarf und sich in unschönen Äußerungen über den Kritiker erging.

„Ob du nicht selbst schuld bist, Arnold, daß deine Bilder keine so günstige Aufnahme mehr finden? Du verwendest lange nicht mehr die Sorgfalt und Genauigkeit darauf wie früher“, sagte seine Frau.

Ob sie wohl soviel Sorgfalt und Fleiß auf ihre Wirtschaft verwende, war die Antwort. Ausgegeben werde immer viel, man wisse nicht, wofür. Geschont würde nichts, das Alte würde vergeudet und immer darauf losgekauft. Sie wäre schuld, wenn sie schließlich noch an den Bettelstab kämen.

Da konnte Lisa sich nicht halten. Sie hielt ihm seinen Leichtsinn vor, sein flottes Leben, ein Wort gab das andere, bis er tobend hinausging und die Tür hinter sich zuwarf. Seitdem gab es täglich gegenseitige Vorwürfe. So war es auch an einem der letzten Tage des Januar gewesen. Gundchen war zu Kurt geflüchtet, der ein ruhiges, nach hinten gelegenes Zimmer zum Arbeiten hatte. Er war ein fleißiger junger Mann, besonders viel hatte er jetzt zu arbeiten, da er in einem Vierteljahr seine Abgangsprüfung machen wollte.

„Kurt, laß mich hierbleiben", bat Gundchen, „der Vater ist jetzt immer so aufgeregt, und seitdem er letzthin in mein Zimmer lief und sich dort aufhielt, mag ich gar nicht dort sein."

Kurt nickte ihr freundlich zu und sagte: „Mach dir's bequem, ich bin gleich mit meinem Aufsatz fertig, dann überlaß ich dir das Reich allein. Ich muß die hellen Tagesstunden dazu benutzen, um frisch zu bleiben."

„Willst du einen Spaziergang machen?"

„Nein, ich will Schlittschuhlaufen. Es ist eine gesunde Bewegung und lange wird das Eis nicht mehr halten. Der kleine See im Dorf, wo wir in der Weihnachtszeit mit dem Schlitten waren, ist famos; ich habe schon mehrere meiner Mitschüler darauf aufmerksam gemacht, wir sind dort unter uns, es ist sehr viel angenehmer als auf dem Teich des Schloßgartens, wo die halbe Stadt sich versammelt."

„Wirst du heute auch mit deinen Freunden gehen?"

„Ich weiß noch nicht, ob sie Lust haben. Ich gehe jedenfalls."

Er schrieb seinen Aufsatz fertig, legte die Bücher weg und gab Gundchen einige Zeichnungen und Skizzen. „Das kannst du dir ansehen und mir dann sagen, ob dir's gefällt. Ich habe einiges aus der Schnorrschen Bilderbibel, die Herr Mersburg mir vor einiger Zeit borgte, abgezeichnet."

Gundchen griff danach und sagte: „Du wirst doch gewiß noch ein Maler."

„Ganz gewiß nicht, Gundchen. Man kann sein Talent

ja auch in einem andern Beruf gebrauchen. Vor allen Dingen möchte ich ein brauchbarer Mensch werden und, was die Hauptsache ist, ein gläubiger Christ. Seit ich Herrn Mersburg kennengelernt habe, ist mir eine ganz andere Welt aufgegangen. Ich verdanke dem prächtigen Manne viel. Eine Unterredung mit ihm ist mir Goldes wert."

„Ja", sagte Gundelchen eifrig, „so geht es mir mit Tante Maria und Annchen. Drüben ist unsere eigentliche Heimat."

„Droben!" antwortete er und zeigte mit dem Finger nach dem Himmel. Sie nickte und fügte hinzu: „Drüben lehrt man uns den Sinn nach droben richten."

Er nahm seine Schlittschuhe und verabschiedete sich mit einem Kuß.

„Du bist ja heute besonders zärtlich. Nimm dich nur ja in acht, Kurt. Du sagst es doch den Eltern, daß du gehst?"

„Ich will versuchen, ob ich hinein kann. Oft ist ja bei der Mutter zugeschlossen."

Gundchen hörte ihn noch klopfen, mehrere Male, aber sie konnte nicht hören, ob aufgemacht wurde.

Bis zur Kaffeezeit blieb sie in Kurts Zimmer, dann ging sie, wie üblich, ins Eßzimmer, wo sie die Mutter am Kaffeetisch fand.

„Kommt Vater nicht?" fragte sie schüchtern. In diesem Augenblick kam Herr Wernigge herein, trat an den Kaffeetisch, schenkte eine Tasse ein und trank sie stehenden Fußes.

„Willst du dich nicht setzen?" fragte Lisa.

„Habe keine Zeit. Erroli wartet auf mich. Zum Abendessen werde ich heute nicht da sein, es wird überhaupt heute spät werden."

„Wie immer", sagte Lisa. Er hörte es nicht mehr, denn er war schon zur Tür hinaus.

„Wo bleibt nur aber Kurt?" fragte Lisa. „Er pflegt

doch sonst pünktlich zu sein. Gewiß steckt er noch in der Arbeit. Geh, rufe ihn doch, Gundchen."

„Hat er dir nichts gesagt, Mutter? Er ist Schlittschuh laufen gegangen."

„Jetzt noch? Es hat ja schon seit mehreren Tagen stark getaut. Das hätte er nicht tun sollen."

„Er wollte es dir sagen. Du hast vielleicht sein Klopfen nicht gehört, Mutter."

Lisa schwieg, sie entsann sich, daß es zweimal geklopft hatte, als sie sich eben hingelegt hatte, um sich nach den unangenehmen Erörterungen, die sie mit ihrem Mann gehabt, auszuruhen.

„Aber er müßte doch jetzt kommen. Es dunkelt schon." Sie zog die Hängelampe herunter und zündete sie an. Gundchen eilte ans Fenster, um die Vorhänge zuzuziehen.

„Draußen ist es noch nicht so finster, Mutter; er ist gewiß längst zurück und bei einem Freund eingekehrt." Damit beruhigten sich beide. Wie traulich war es nun in dem Gemach, aber so still, unheimlich still. Die Mutter sprach nicht oder gab auf Gundchens Fragen einsilbige Antworten. Sie hatte gewiß ganz andere Dinge zu denken.

So verging eine Stunde. Die Uhr schlug mit lautem Klang sechs. Dann tickte sie ruhig fort, und der Zeiger rückte immer weiter.

„Es beunruhigt mich, daß Kurt noch nicht kommt." Mit diesen Worten sprang Lisa auf und ging ans Fenster. Sie schob die Vorhänge zurück und sah hinaus. „Überall brennen die Lampen, es ist dunkle Nacht! Wo bleibt er? Sieh nur, Gundchen, drüben bei Mersburgs sind die Vorhänge noch nicht zugezogen, dort laufen sie alle so unruhig durcheinander, es wird doch nichts vorgefallen sein?"

Was gab es denn bei Mersburgs? Sie hatten noch kurz zuvor ebenso ruhig zusammengesessen wie Lisa und ihre

Tochter. Da ertönte lautes Klingeln an der Wohnung. Friederike, das Hausmädchen, öffnet und sieht zwei Kinder draußen stehen, anscheinend Bettelkinder, denn sie sind ärmlich gekleidet und haben keine Kopfbedeckung. Atemlos fragen sie nach der Dame des Hauses. Friederike will wissen, was sie wollen und wie sie heißen. Aber ohne zu antworten, laufen sie an dem Mädchen vorbei, reißen die Tür zum Wohnzimmer auf, und das kleine Mädchen ruft mit weinerlicher Stimme: „Kommen Sie doch schnell, es ist jemand ertrunken!"

Erschrocken springen alle auf; sie haben noch keine Klarheit, was geschehen ist, aber eine Ahnung, daß es sie in irgendeiner Weise angehen muß, erfaßt sie. Sie erkennen in der Kleinen das Kind aus dem Dorf, das sie anbettelte und dem sie in der Weihnachtszeit die Bescherung zuteil werden ließen.

„Wer ist denn ertrunken, und warum kommst du zu uns, Kleine?"

„Weil ich den jungen Herrn hier bei Ihnen gesehen habe", sagte das Kind angstvoll.

„Aber unsere Söhne sind wieder abgereist, das ist wohl ein Irrtum, Kleine." Das Kind schüttelte den Kopf. „Er war dort, dort am Klavier stand er, ein junger Herr mit dunklem Haar und dunklen Augen."

„Es ist Kurt gewesen", schrie Annchen, während Frau Maria erbleichte und stöhnte: „Um Gottes willen, Lisas Kurt! Komm her, Kleine, sage uns schnell, was geschehen ist."

Mit fliegendem Atem berichtete das Kind, daß der junge Herr seit Weihnachten oft auf ihrem See Schlittschuh gelaufen sei. Auch heute wieder. Aber die Leute meinten, es seien wohl dünne Stellen im Eis gewesen, da es schon stark getaut habe. Einige Fischer hätten es bemerkt, aber zu spät. Sie hätten versucht, ihn zu retten, aber er sei schon tot gewesen, als sie ihn herauszogen. Das ganze Dorf habe sich versammelt, ihre Mutter habe gleich gesagt, er solle in ihre Wohnung getragen werden, sie aber solle laufen, so schnell sie ihre Füße tragen könnten, um den Herrschaften Botschaft zu bringen, denn der junge Mann gehöre zu ihnen.

„Und ich erkannte ihn auch," setzte das kleine Mädchen hinzu, „darum bin ich schnell hergelaufen."

„Nun gilt es zu handeln", rief Herr Mersburg, „Maria, wir müssen beide zu den Nachbarn hinüber."

Lisa, die schon aufgeregt und unruhig hin und her gegangen war, merkte gleich an den Gesichtern der Freunde, daß etwas vorgefallen sei. Maria suchte sie in zarter, schonender Weise vorzubereiten, während Herr Mersburg das Dienstmädchen nach dem Herrn fragte. „Er ist ausgegangen", hieß es.

„Wohin?"

Das wisse sie nicht, der Herr habe nur gesagt, er würde erst spät wiederkommen.

„Bestellen Sie mir schleunigst eine Taxe und sagen Sie dann den Damen, ich sei hinausgefahren auf das Dorf."

„Nein, ich kann es nicht glauben, kann es nicht glauben", klagte Lisa händeringend, „mein Kurt, mein einzig geliebter Sohn, o mein Gott, womit habe ich das verdient?" Gundchen saß bleich und zitternd in einer Ecke des Zimmers; sie fand keine Tränen und sah starr vor sich hin.

Es war ein schwerer Abend, wohl der schwerste, den Lisa und Maria bis jetzt miteinander verlebt hatten. Die eine aufgelöst in Schmerz, ohne Trost und Hoffnung, die andere tieftraurig, versuchend, der Freundin Balsam auf das wunde Herz zu legen, durch liebevollen Hinweis auf den, der ein Helfer in der Not ist, der nicht Gedanken des Leides, sondern des Friedens über uns hat.

Als dann nach einigen Stunden Herr Mersburg wiederkam, von einigen Männern begleitet, die den Ertrunkenen brachten, da brach der Jammer noch einmal los. Herr Wernigge, der nach langem Suchen gefunden wurde,

stürzte nun auch herein, bleich, erschrocken und, wie es schien, erschüttert. Herr und Frau Mersburg hatten vollauf zu tun, die beiden armen, haltlosen Menschen zu trösten und zu beruhigen, erst spät kehrten sie heim und brachten Gundchen mit, die der größten Ruhe und Schonung bedurfte.

Maria nahm das arme, müde, traurige Vöglein unter ihre Flügel. Sie nahm sie in ihre mütterlichen Arme und tröstete sie, während Annchen neben ihr stand und ihre eiskalten Hände rieb.

Da, unter den Liebesworten der beiden treuen Menschenkinder, löste sich die Starrheit, ein Tränenstrom brach hervor und unter krampfhaftem Schluchzen kamen die Worte in Absätzen heraus: „Was soll — ich — nun auf der Welt! Ich bin ja ganz einsam, wenn ich meinen Kurt nicht mehr habe. Mein lieber — lieber Kurt, warum hast du mich verlassen!"

Maria und Anna brachten Gundchen selbst zu Bett; sie wollte nicht, klagte, sie würde nicht schlafen können, aber auf liebreiches Zureden ließ sie sich willenlos auskleiden. Maria blieb an ihrem Bett sitzen, hatte ihre Hand gefaßt und sagte ihr Worte des Trostes, so daß Gundchen, elend, müde und abgespannt, endlich doch unter den linden Worten der Frau einschlief und so für einige Stunden den tiefen Kummer vergaß, den der Herr, dessen Wege oft dunkel und verborgen sind, über sie verhängt hatte.

## Besuch von daheim

am 22. Februar

Lange hat mein Büchlein in dem Schrank geruht. Ich hatte gar keine Lust zum Schreiben nach dem traurigen Erlebnis, dazu kam, daß Gundchen mehrere Wochen bei uns wohnte, ich also am Abend nie allein war. Es waren traurige Tage, die wir mit den Nachbarn verlebten, besonders die ersten nach Kurts Heimgang. Tante Lisa und Gundchen wollten sich nicht trösten lassen, obwohl Mutter alles tat, sie zu überzeugen, daß auch durch schwere Schicksalsschläge Gott seine Liebe kundgibt. Mutter ist oft traurig, daß es ihr nicht gelingen will, Tante Lisa zur Ruhe und zum Frieden zu bringen, aber bald klagt sie, daß Gott zu hart mit ihr verfahre, bald klagt sie sich selbst an, daß sie Kurt gegenüber ihre Pflichten versäumt und zuletzt noch, als er geklopft, nicht aufgemacht habe. Ich glaubte immer, Tante Lisa wäre ebenso gesonnen, wie meine Mutter, aber nun merkte ich, daß sie ganz verschieden sind. Mutter kommt mir wie eine feste Säule vor, an die man sich lehnen kann, wenn man schwach ist, Tante Lisa ist ein schwankendes Rohr. Ich weiß nicht, ob es sich für mich paßt, daß ich einen solchen Vergleich mache, aber es fällt mir oft ein, wenn ich Tante Lisa und Mutter zusammensehe. Ob es wohl daher kommt, weil Mutter auf einem festen Glaubensgrund steht und Tante Lisa diesen Grund noch nicht gefunden hat? Ich habe in diesen Wochen viel darüber nachgedacht und schaue seitdem mit noch größerer Verehrung zu meinen Eltern auf, denn auch mein Vater steht auf dem festen Glaubensgrund und hat Kurt, der viel mit ihm verkehrte, seine Gedanken eingeprägt, und der hat, wie Vater sagt, ein empfängliches Herz gezeigt, hat gern mit Vater über göttliche Dinge gesprochen. Der Herr Pfarrer, der die Leichenrede hielt, wählte als Text das Wort aus Jeremias: „Ich habe dich je und je geliebet, darum habe ich dich zu mir gezogen aus lauter Güte."

Das Wort hat auch Gundchen getröstet, sie sagte am Abend des Begräbnisses zu mir: „Wenn ich nun auch jetzt keinen Bruder mehr habe, will ich doch immer daran denken, daß der Heiland Kurt zu sich genommen hat, und daß es viel schöner im Himmel ist als hier auf der Erde."

Gundchen ist nur so schwächlich und nervös. Sie konnte, wenn sie drüben war, nachts nicht schlafen, weil sie immer an den Bruder dachte, da hat Mutter Tante Lisa gebeten, sie einige Wochen bei uns zu lassen. Da haben wir oft vor dem Schlafengehen Hand in Hand auf meinem kleinen Sofa gesessen und haben uns ewige Freundschaft gelobt. Dann haben wir zusammen ein Stück aus der Bibel gelesen, was ich seit meiner Konfirmation immer vor dem Einschlafen tue. Gundchen will es jetzt auch immer so machen, sagt sie, sie habe gar nicht geglaubt, daß man solche Freude an Gottes Wort haben könne. Von ihrem Kurt spricht sie gerne und freut sich, an mir eine teilnehmende Zuhörerin zu haben.

„Siehst du, Annchen", sagte sie, „sonst konnte ich mit Kurt alles besprechen, jede Kleinigkeit teilten wir uns mit, du mußt mich nun doppelt liebhaben, weil ich keine Geschwister mehr besitze."

Ich umarmte sie und sagte, das verstände sich ganz von selbst. Ostern soll sie mit nach Grüneichen und vielleicht den ganzen Sommer bleiben. Mutter hat schon alles mit Tante Lisa besprochen. Ein Landaufenthalt wird Gundchen gewiß sehr gut tun, die gute frische Milch von unsern Kühen soll sie kräftig und stark machen, und die herrliche Luft in unserm Wald wird auch das ihre tun. Ich fange an, mich recht auf die Heimat zu freuen, ich glaube, im Sommer möchte ich nicht in der engen Stadt sein, und Sophie sagt immer: „Mutter, wenn wir nur erst wieder in Grüneichen wären!"

„Ja, Kinder, ich freue mich auch", sagt Mutter, „wir sind doch nun einmal alle Landkinder geworden und passen nicht mehr in die Stadt." Am meisten Unruhe hat schon Vater. Er möchte lieber heute als morgen abreisen, aber Mutter hält ihn noch immer hin mit dem Bemerken, daß wir doch die Wohnung bis zum ersten April gemietet hätten, und die Kinder nicht vor Beginn der Ferien fortdürften.

„Nun ja", sagt Vater, „meinetwegen, aber am ersten Ferientag wird gereist, danach richtet euch. Das schöne Osterfest wollen wir, will's Gott, in Grüneichen verleben."

Das wünschen wir alle, denn Matthias und Christian wollen doch auch kommen, und sie erklärten, die nächsten Ferien möchten sie nicht wieder in der Mausefalle, wie sie ihr Stübchen zu nennen pflegten, zubringen. Übrigens haben die beiden Jungen lebhaften Anteil genommen an Kurts traurigem Ende. Sie schickten einen schönen Kranz, den sie für ihr Taschengeld gekauft hatten, und schrieben aus eigenem Antrieb, sie wollten von nun an recht vorsichtig auf dem Eis sein und wollten ihre guten Damen nie wieder ängstigen durch zu langes Ausbleiben. Herr Wernigge ist ein sonderbarer Mann. Er ist gewiß sehr traurig über den Tod seines Sohnes, aber es ist immer, als müsse er es vor der Welt verbergen. Vater sagt auch, er spräche sich nie darüber aus; er hat überhaupt etwas Finsteres, Verschlossenes in seinem Wesen. Zu Hause ist er wenig. Tante Lisa sagt, es erinnerte ihn alles an Kurt, deshalb ginge er weg; aber ich meine, er ist früher auch viel fortgegangen.

Vorige Woche war Besuch drüben, die alte Dame, die Gundchen damals ins Bad begleitet hatte. Sie ist eine Freundin von Tante Lisas Mutter gewesen und liebt deshalb die Kinder ihrer Freundin sehr. Tante Lisa freute sich über diesen Besuch, da die alte Dame wie eine Mutter zu ihr ist.

Sie besuchte uns auch und dankte Mutter, daß sie sich Tante Lisas so annehme. „Sie muß Zerstreuung haben, muß heraus, am besten wäre es, wenn Wernigge eine Reise mit ihr machte, damit sie auf andere Gedanken kommt“, meinte sie.

„Das ist meiner Ansicht nach nicht nötig“, entgegnete Mutter sanft. „Wenn sie sich an Gottes Wort hält, so wird sie am besten daraus Trost und Kraft schöpfen; das ist der Lebensquell, der nie versiegt, der allen alles gibt, was sie zu diesem und jenem Leben nötig haben.‘

„Das habe ich nie gewußt“, sagte die alte Dame aufrichtig. „Ich lese auch mitunter in der Bibel, aber in der Regel vergesse ich immer wieder, was ich gelesen habe.“

Gundchen hängt sehr an Frau Rebel, so heißt die Dame. Sie tut ihr alles zuliebe und besonders jetzt. Sie geht mit ihr spazieren, ich darf auch zuweilen mitgehen, dann kehren wir in schöne Läden ein, und wenn wir uns etwas wünschen, so kauft Frau Rebel es für uns. Sie muß sehr reich sein, denn sonst kauft man den jungen Mädchen doch nicht alles, was sie sich wünschen. Zum Abschied schenkte sie jedem einen goldenen Ring, den sollten wir den Freundschaftsring nennen und zum Andenken aneinander tragen. Das ist doch sehr hübsch. Auf Gundchens Ring steht mein Name und auf meinem der ihre. Wenn wir den Ring ansehen, sollen wir immer aneinander denken.

Nun, zunächst brauchen wir uns nicht zu trennen, wenn Gundchen mit nach Grüneichen geht, aber, wer weiß, wie weit wir später einmal auseinander kommen.

am 23. Februar

Heute hatten wir eine große Überraschung. Ich kam mit den kleinen Schwestern aus der Schule. Wir haben ziemlich denselben Weg und treffen uns immer. Als wir eben ins Haus gehen wollen, werden mir plötzlich die Augen zugehalten. Mir fielen gleich Geschichten von Taschendieben ein, die in den Großstädten herumlaufen und sich ihre Opfer suchen. Sie sollen es jedem gleich ansehen, ob bei ihm was zu holen ist.

Ich rufe also in meiner Angst: „Bitte, lassen Sie mich los, ich will Ihnen alles geben, was ich bei mir habe."

Da — ein großartiges Gelächter, und wer war's? Die Pastorenkinder aus Holzenau. Emmy war es gewesen, die mir die Augen zugehalten hatte, und Otto stand daneben und lachte. Auch eine jüngere Schwester war dabei, sie waren hier, um Verwandte zu besuchen, und hatten sich lange darauf gefreut, uns zu überraschen.

„Denkst du, Annchen, die Taschendiebe betreiben ihr Handwerk so öffentlich, daß dir einer die Augen zuhält auf offener Straße und der andere dich bestiehlt", sagte Otto, noch immer lachend. Ich erwiderte ihm, daß ich mir bis jetzt noch keine genaue Vorstellung darüber gemacht hätte, in dem Augenblick aber, als mir jemand die Augen zugehalten hätte, wäre mir der Gedanke an diese Bösewichte gekommen. Ich sei aber froh, daß es gute Freunde wären, und bäte sie, mit hinaufzukommen.

Otto schien sich besonders zu freuen, Sophie wieder zu treffen. Er schüttelte ihr die Hände dermaßen, daß Sophie lachend sagte, er solle ihr doch nicht die Arme ausreißen. Sie sind nämlich immer sehr gute Freunde gewesen, besonders in den letzten Jahren haben sie viel zusammen musiziert, und da sie oft vierhändig spielten, trug Otto den Namen Quatre-mains davon. Das kam eigentlich von Matthias. Sophie war einmal in der Küche beschäftigt, ich glaube, sie rührte Brotteig an, da kam Matthias und rief: „Sophie, komm schnell, dein Quatre-mains ist da." Quatre-mains mußte aber warten, da Sophie nicht aus der Arbeit laufen konnte, und so forderte Otto mich auf mit den Worten: „Annchen, wir könnten es doch einmal versuchen."

Der Versuch mißglückte aber. Ich machte solche Schnitzer, daß er meinte: „Annchen, das wird nichts, ich will lieber warten, bis Sophie kommt."

Die Eltern freuten sich sehr über den Besuch, die Gäste mußten zu Mittag dableiben und erzählten uns viel aus Holzenau und Grüneichen, so daß unsere Sehnsucht nach der Heimat erst recht geweckt wurde. Nach dem Kaffee forderte Vater Otto auf, uns etwas vorzuspielen. Er erklärte, dann müsse Sophie helfen, allein könne er Quatre-mains nicht, da er bekanntlich nur zwei Hände habe.

Sophie war natürlich gern bereit, besonders da sie jetzt noch Musik- und Gesangunterricht gehabt hat. Es ging vortrefflich, Otto lobte Sophie sehr, meinte, sie habe sich noch vervollkommnet. Emmy und ich hatten uns viel zu erzählen. Wir schickten auch hinüber und ließen Gundchen kommen, da ich mir denken konnte, daß sie die Freunde aus Holzenau, von denen ich ihr oft erzählt hatte, gern würde kennenlernen. Wie schmächtig, klein und zart sah sie aus in ihrem schwarzen Kleide, das ihre Blässe noch mehr hob, gegen die breite, von Gesundheit strotzende Emmy, die mir zuflüsterte: „Das ist Gundchen? Sehen die Stadtkinder alle so aus?"

Sie waren alle sehr freundlich und gut gegen Gundchen, da sie vorher durch mich von dem traurigen Ereignis gehört hatten. Gundchen wurde durch Emmys muntere Erzählungen ganz fröhlich, ich habe sie seit Kurts Tod noch nicht so gesehen. Und als Emmy ihr nun in leuchtenden Farben die Vorzüge der Heimat schilderte und die Freuden ihres ländlichen Pfarrhauses, da meinte Gundchen, sie könne es kaum erwarten, bis Ostern herankomme, sie freue sich zu sehr, das alles bald kennenzulernen.

Otto und Sophie hatten unterdes aufgehört zu spielen; sie standen in einer Fensternische und schienen eifrig miteinander zu verhandeln. Mutter war ein Weilchen hinausgegangen, Vater las die Zeitung und achtete nicht auf sie, Emmy stieß mich heimlich an und flüsterte: „Sieh nur die beiden!"

Ich fand nichts Besonderes dabei, denn sie sind immer gute Freunde gewesen und hatten sich nun viel zu erzählen. Ich denke mir, Sophie hat von ihren unglücklichen Stellen berichtet, denn sie hatte nachher einen sehr roten Kopf, und er sah gar nicht so lustig aus wie sonst. Als Mutter wieder hereinkam, setzten wir uns alle zusammen und plauderten. Dann brachen die Gäste wieder auf, und die Schwestern, die mit der jüngeren Franziska gespielt hatten, kamen jammernd an, als sie hörten, die Freundin müsse fort. Sophie sah den ganzen Abend sehr rot aus und war auffallend still. Als Mutter sie fragte: „Kind, fehlt dir etwas, du siehst so traurig aus", schüttelte sie den Kopf, Tränen traten in ihre Augen und sie verließ schnell das Zimmer. Mutter war sehr erstaunt darüber, sagte aber nichts weiter. Ich denke mir, Otto hat Sophie Vorwürfe gemacht, daß sie damals das Elternhaus verlassen hat, und darüber hat sie sich gekränkt.

Gundchen schläft nun wieder drüben, allmählich denkt sie anders über den Tod ihres Bruders, ja, sie macht hin und wieder Äußerungen, als ob es für ihn das beste sei, daß er früh diese Welt verlassen durfte. Sein Vater habe nie wirkliches Interesse an ihm gehabt, überhaupt habe das ganze Leben daheim einen Druck auf ihn ausgeübt, nur sie habe er liebgehabt.

Wenn sie das sagt, beschreibe ich ihr unser schönes Grüneichen und male ihr aus, was wir alles unternehmen wollen. Dann wird sie wieder vergnügt.

Onkel Ulrich ist nicht Pfarrer geworden sondern hat eine sehr gute Stelle an einem Gymnasium angenommen. Der Ort liegt freilich weit von hier, aber nur einige Stunden mit der Bahn von Grüneichen. Er hat natürlich an Kurts Tod starken Anteil genommen. Er konnte nicht kommen, hat aber viel an Tante Lisa geschrieben und sie zu trösten versucht, wie Mutter mir sagte.

In den ersten Tagen nach Kurts Tod glaubte ich auch, es gäbe keine Freude mehr auf der Welt, alles sah mich so düster und traurig an. Aber jetzt ist es wieder anders. Die Welt ist doch schön, mit allem was darinnen ist. Wenn die warme Februarsonne so hell in die Zimmer scheint und unsere Frühlingsblumen an den Fenstern sich ihr entgegenstrecken, dann wird mein Herz so fröhlich, ich möchte immer singen und springen. Ich glaube, das macht der Frühling und die Aussicht, daß es bald nach Hause geht.

## Die Freundinnen

Lisa saß in tiefer Trauerkleidung in ihrem Zimmer. Sie hatte den Kopf in die Hand gestützt und sah zum Fenster hinaus. Aber ihre Gedanken schienen mit ganz anderen Dingen beschäftigt als mit dem, was auf der Straße vorging. Die Leute eilten in raschem Tempo aneinander vorüber, Wagen fuhren vorbei, dazwischen ertönte das Läuten der Straßenbahn, Lisa beachtete es nicht. Bilder aus der Vergangenheit zogen an ihrer Seele vorüber. Ob nicht ihr Lebensgang ganz anders geworden wäre, wenn sie auf den Rat Marias gehört und die Stelle bei dem alten Ehepaar angenommen hätte, die ihr so sehr warm empfohlen war. Sie wäre dann nicht nach Italien gekommen, sie hätte nicht — doch fort mit diesen Grübeleien, es nutzte nicht, sich mit Dingen zu beschäftigen, die hätten sein können. Zurück in die Wirklichkeit.

Das Leben sah sie so trübe, so traurig an, nichts befriedigte sie. Die Einsamkeit war ihr zuwider, Gundchen mochte sie nicht um sich haben, sie wurde durch sie immer an Kurt erinnert. Und dann weinte sie leicht, das konnte sie nicht ertragen. Kurt, dieser feine, junge Mann, dieser hoffnungsvolle Sohn, warum mußte er ihr genommen werden? Wenn sie nur Gottes Wege verstehen könnte! Er sollte einmal ihr Stolz sein, an ihm wollte sie Ehre und Freude erleben, er sollte ihr Ersatz bieten für vieles, das sie entbehren mußte, und nun war er dahingegangen. Wie eigenartig war doch dies Leben! Vor zwanzig Jahren, da lag es so rosig, so glückverheißend vor ihr; sie trank den vollen Becher des Glücks, wie sie meinte. Aber von kurzer Dauer war's gewesen. Wie bald war sie all dessen überdrüssig, was die Welt Freude, Lust und Vergnügen nannte. Es mußte immer wieder etwas Neues ersonnen werden, was sie anzog und fesselte. Sie hatte schöne Reisen gemacht, hatte viele bedeutende, geistreiche Menschen kennengelernt, hatte im Winter Gesellschaften und dergleichen genügend besucht, aber sie konnte nicht sagen, daß sie dauernde Befriedigung darin gefunden hatte. Und nun Maria! Ihr ganzes Wesen trug den Stempel innerer Befriedigung. Ja freilich, sie hatte auch ein ganz anderes Los, sie war zu beneiden!

Es klopfte. „Das Mädchen trat herein und sagte: „Fräulein Fahrenholz ist da; sie möchte dringend bitten, ihr doch heute den Betrag zuzustellen.“ Sie überreichte Lisa einen Brief.

Die riß ihn hastig auf, überflog ihn und sagte rasch: „Ich komme gleich, sie mag im Eßzimmer warten.“ Minna blieb verlegen stehen.

„Es ist noch jemand da, Herr Dußler, der Tischler, er möchte auch gern mit Ihnen sprechen.“ Lisa errötete.

„Kommen denn die Menschen alle, mich heute, da ich mich so elend fühle, zu stören.“

„Ich habe den Tischler schon einige Male weggeschickt.“

„Sage ihm, er möchte morgen früh um zehn Uhr kommen, um sich das Geld zu holen.“

Als Minna herauskam, waren der Tischler und die Schneiderin in eifrigem Gespräch miteinander.

„Wenn man das ganze Jahr im Schweiß seines Angesichtes arbeitet und muß sich dann noch die Beine ablaufen, damit man seine Rechnungen bezahlt bekommt, den verdienten Lohn für seine Arbeit, und dazu noch anfahren lassen“, sagte der Tischler, „da möchte man den ganzen Kram zusammenwerfen.“

„Ja“, fiel Fräulein Fahrenholz ein, „wenn doch die Leute immer gleich bezahlen wollten, dann stünde es besser um uns. Hier“, sie zeigte auf die Tür zu Lisas Zimmer, „kommt man auch oft vergebens.“

Als Minna den Bescheid der gnädigen Frau brachte, fragte der Tischler, ob er denn wirklich morgen nicht umsonst zu kommen brauche, worauf das Mädchen mit den Achseln zuckte. Er ging unter Murren, während Fräulein Fahrenholz siegesgewiß das Eßzimmer betrat, froh, daß sie nun wirklich den Lohn ihrer Arbeit bekommen sollte.

Erregt, die Rechnung in der Hand, trat Lisa ein. „Sie haben viel zuviel angesetzt, Fräulein. Sie denken doch nicht, daß ich Ihnen diese hohe Summe hier bezahlen soll? Das übersteigt ja alles bisher Dagewesene."

„Gnädige Frau verlangten ausdrücklich, daß ich bei der Umarbeitung des blauseidenen Kleides echte Spitzen nehmen sollte."

„Ja — das Kleid hängt da und kann jetzt nicht getragen werden."

„Weil gnädige Frau Trauer bekamen. Ich sollte aber die Trauerkleider alle vom besten Stoff nehmen, haben gnädige Frau besonders sagen lassen."

„Aber diese Rechnung! Das übersteigt ja alles!"

„Es ist auch der Betrag von einem halben Jahr. Gnädige Frau haben mich immer hingehalten, heute möchte ich bitten, mich zu bezahlen, ich brauche das Geld notwendig."

„Ich will die Rechnung heute abend noch einmal genau durchsehen. Kommen Sie morgen nachmittag um diese Zeit wieder, dann sollen Sie Ihr Geld haben."

„Morgen bin ich auf Arbeit —"

„Nun dann übermorgen um diese Zeit." Kurz wandte sich die Schneiderin um und fragte, da sie nicht oft den weiten Weg machen könne, ob sie gewiß darauf rechnen könne, daß die gnädige Frau ihr den Betrag ausliefern würde, worauf Lisa vornehm nickte und sie entließ.

„Die Lampe, Minna, in mein kleines Zimmer."

Händeringend ging Frau Wernigge in ihrem Zimmer auf und ab. „Auch das noch zu meinem Kummer und Jammer. Woher soll ich das Geld nehmen, um dies alles zu bezahlen!"

Es klopfte wieder. „Ich will niemand mehr sehen, weise alles ab."

„Es ist Frau Mersburg."

„Wenn sie es ist, führe sie herein."

Maria stand schon an der Tür. „Lisa", sagte sie mit ihrer freundlichen Stimme, „wenn du dich nicht wohl genug fühlst, jetzt mit jemandem zu sprechen, so gehe ich gern wieder. Ich nehme es dir nicht übel. Du weißt, ich habe keinen weiten Weg und kann leicht einmal wiederkommen."

„O Maria, du weißt, daß ich mich immer freue, wenn du kommst. Es ist mir, als ob nach finstern Wolken milder Sonnenschein leuchte." Sie fiel ihr um den Hals und schluchzte.

„Arme Lisa, bist du heute so sehr traurig?"

„Ja, traurig, kummer- und sorgenvoll, alles miteinander."

Maria geleitete die Freundin zu dem Ecksofa und setzte sich zu ihr, Lisa legte ihren Kopf auf Marias Schulter und weinte heftiger, während Maria ihre Hand strich und ihr Trost zusprach.

Lisa wurde allmählich ruhiger. Sie trocknete ihre Tränen und sagte plötzlich: „Maria, du hast gut reden, du hast noch keinen Schmerz wie den meinen durchgemacht, du hast nie Kummer und Sorgen kennengelernt; dir und den Deinen glückt alles —"

„Lisa, wenn ich auch nicht gerade ein Kind verloren habe, so bin ich doch durch mancherlei Prüfungen gegangen. Denke nicht, daß ich nicht auch schwere Stunden und Sorgen mancherlei Art gehabt habe. Das bleibt nicht aus. Freude und Leid wechseln auf Erden. Es kommt aber alles vom Herrn, wir müssen nehmen, was aus seiner Liebeshand kommt, und fest glauben, daß alles zu unserem Besten dienen muß. Gerade die Trübsal lehrt uns, nicht auf das Sichtbare, sondern auf das Unsichtbare zu sehen; sie führt uns zu Gott, sie lehrt uns aufs Wort merken, darum ist sie uns heilsam. Lisa, ziehe keine Vergleiche. Wir Menschen können nicht abwägen, ob der eine mehr Trübsal und Leiden hat als der andere. Das macht es alles nicht. Wenn wir nur die Gewißheit haben, daß wir durch Jesum Christum mit Gott versöhnt sind, daß wir durch ihn Vergebung unserer Sünden haben, dann sind wir glücklich, dann haben wir inneren Frieden, es mag von außen auf uns einstürmen Not, Trübsal und Sorge, es ficht uns nicht an. ‚Die Sonne, die mir lachet, ist mein Herr Jesus Christ; das, was mich singen machet, ist, was im Himmel ist'."

Lisa schwieg. Man konnte nicht merken, was in ihrem Innern vorging. Nach einer Weile schien es, als wollte sie etwas sagen, sie sah so traurig und sorgenvoll aus, daß Maria fragte:

„Liebe Lisa, bedrückt dich heute noch etwas Besonderes? Sage es mir. Ich möchte es dir gerne abnehmen, wenn es in meiner Macht steht."

„Wolltest du das wirklich, Maria? Ja, ich glaube es dir. Du hast mir in der letzten Zeit so viele Beweise deiner Liebe gegeben, daß ich dir beinahe meinen neuen Kummer klagen möchte. Aber — ich schäme mich, es dir zu sagen."

„Nur zu, Lisa", sagte Maria heiter. „Denke, wir seien wieder Schulmädchen wie ehedem, da plauderten wir alles voreinander aus. Du brauchst dich doch vor deiner Maria nicht zu scheuen!"

„Nun, wenn du es wissen willst. Es sind irdische Sorgen, die mich augenblicklich drücken —"

Maria sah Lisa ungläubig an.

„Irdische Sorgen?" wiederholte sie überrascht. „Ich glaubte — ihr seiet — reiche Leute?"

„Ja, den einen Tag reich, den andern arm. Unsere Einnahmen sind nicht geregelt. Einmal nimmt mein Mann viel ein — dann kann er wieder lange arbeiten, ehe er einen Groschen verdient. Er versteht leider nicht, mit Geld umzugehen."

„Dann solltest du die Kasse nehmen."

„Dabei kommt auch nichts heraus. Ich habe in der Jugend nicht sparen gelernt und gebe das Geld leicht weg. Du kennst mich ja, Maria. Kurz und gut, es sind heute Rechnungen eingelaufen, die keinen Aufschub dulden, bis morgen muß ich eine bestimmte Summe Geldes haben."

„Kannst du nicht von deinem Manne das Nötige erhalten?"

„Er ist auf ein paar Tage verreist; wenn er zurückkehrt, weiß ich bestimmt, daß er mit leerem Geldbeutel kommt."

„Das ist traurig, sehr traurig", sagte Maria mitleidig.

Durch den liebevollen Ton ermutigt, fuhr Lisa fort: „Maria, könntest du mir wohl ausnahmsweise aushelfen? Ich würde es dir, sobald ich in der Lage bin, zurückerstatten."

Maria sann einen Augenblick nach. „Ich habe etwas Geld sparen können; wenn mein Mann nichts dagegen hat, könnte ich dir wohl etwas geben. Wieviel bedarfst du?"

Lisa nannte einen Betrag, vor dem Maria erschrak. Lisa mochte es wohl der Freundin anmerken, daß sie sich die Summe nicht so hoch gedacht hatte, denn sie fuhr fort: „Die dumme Schneiderin hat mir so hohe Posten angesetzt, sieh, da liegt die Rechnung — es ist zum Verzweifeln!"

Maria nahm das Papier und prüfte es. Ja — allerdings, soviel gebrauchte sie nicht zu ihrer Kleidung. Es war auch etwas anderes. Lisa führte ein Gesellschaftsleben und war von Jugend auf an Luxus gewöhnt. Wie dankbar war sie, daß sie in Einfachheit war erzogen worden. Sie legte das Papier wieder hin.

„Und dies?" fragte sie, einen anderen Umschlag aufmachend.

„Das ist eine Tischlerrechnung. Ich sah bei einer Bekannten ein wunderhübsch geschnitztes, altertümliches Schränkchen und bestellte mir ein solches, ahnte ja nicht, daß der Mann mir so viel Geld dafür abnehmen würde.“

„Geschnitzte Sachen sind in der Regel teuer. Fragst du denn nicht vorher, wieviel er für solche Sachen verlangt, oder vereinbarst mit ihm einen Preis, ehe du bestellst?“

„Nein, das habe ich nie getan. Maria, du bist viel erfahrener als ich, ich wollte, ich könnte von dir haushalten lernen.“

„Mir fehlt noch sehr viel. Ich habe Tante Lottchen viel zu danken, die mich einfach und sparsam wirtschaften lehrte. Auch von meiner Tante Anna habe ich manches gelernt, obwohl sie leidend war und beständig liegen mußte. Und schließlich war die Erfahrung die beste Lehrmeisterin. Auf dem Gut gab es vielerlei, das mir fremd war, aber mit einer Wirtschafterin, die sehr tüchtig in ihrem Fach war, kam ich die ersten Jahre gut durch, und dann konnte ich bald auf eigenen Füßen stehen und mir jüngere Wirtschafterinnen anlernen. Ganz leicht war es nicht, sich in alles hineinzufinden, da mir die Landwirtschaft ganz fremd war.“

„Ja, wenn man Mittel hat und sich viele Leute halten kann.“

„Gerade darin liegen große Schwierigkeiten. Die Leute sind heutzutage sehr anspruchsvoll, sie verlangen hohen Lohn und leisten wenig. Wir haben jetzt, Gott sei Dank, gute Leute, sie sind meistens schon lange bei uns und sind uns ergeben.“

„Sie haben es gewiß sehr gut bei euch. Man kann sich dich gar nicht anders vorstellen als gut, liebreich und sanft —“

„O ich kann mitunter tüchtig auftreten“, lachte Maria. Bestimmt muß man sein, wenn man eine große Dienerschaft hat. Doch ich muß gehen, ich weilte schon zu lange."

„Willst — willst du denn so gütig sein", fragte Lisa zögernd, „und mir einen Vorschuß gewähren?"

„Gewiß, ich versprach es ja schon. Ich werde Gundchen einen Brief an dich mitgeben."

„Du Gute, Liebe", sagte Lisa und küßte Maria. „Wenn ich dich nicht hätte! Sage, ist Gundchen wieder bei euch?"

„Es wird ihr oft so einsam in ihrem Stübchen, du kannst es ihr nicht verdenken, wenn sie dann zu Annchen flüchtet."

„Richtig, sie kam und wollte bei mir sitzen. Ich war aber so erregt, jedes Knistern, jedes Auftreten oder Hüsteln, das geringste Geräusch ist mir zuwider, darum schickte ich sie fort."

Maria legte ihre Hand auf Lisas Schulter und sagte traurig: „Lisa, tue das nicht. Es ist das einzige Kind, das Gott dir gelassen hat, du müßtest ihm gerade jetzt doppelte Liebe beweisen. Sie leidet darunter."

„Hat sie das gesagt?"

„Das nicht, aber ich fühle es. Wenn sie sagt: ‚Mutter mag mich nicht um sich haben, sie beschäftigt sich lieber mit Lesen', dann liegt ein so trauriger Zug in dem blassen Gesichtchen, daß es mich tief bewegt. Ich wollte dich schon immer darum bitten, zeige ihr jetzt doppelte Liebe. Wenn sie kommt, schicke sie nicht fort. Danke Gott, daß du sie noch hast!"

„Du hast recht, Maria, wie immer."

Die beiden Freundinnen trennten sich. Lisa verharrte eine Weile im tiefen Nachsinnen. Es war ihr immer, wenn Maria dagewesen, als sei sie in eine andere Welt versetzt. Eine gute Luft umwehte sie, sie faßte gute Vorsätze, und immer wieder, als ob sie mit Maria eng verwachsen wäre, trat die Konfirmationszeit, die sie beide miteinander verlebt hatten, vor ihre Seele. Der Gedanke: „Ich möchte wohl auch sein, wie Maria", oder:

„Wenn ich doch damals auch alles so zu Herzen genommen hätte, wie sie, dann wäre jetzt manches anders", bewegte sie. Und doch gab es noch tausend Fäden, die sie festhielten an der Welt und ihrem Wesen, äußerlich und innerlich.

Maria erzählte ihrem Mann am späten Abend von der Unterredung mit Lisa und von ihrer Bitte. „Höre, Frauchen", sagte er warnend, „sieh dich vor, daß du dich nicht aufs Borgen einläßt. Wenn einmal der Anfang gemacht ist und die Freundin merkt, daß bei dir immer etwas zu haben ist, dann wird sie dich gern zu ihrer Schatzmeisterin machen."

„Ich werde schon weise sein und es nicht übertreiben. Diese Bitte konnte ich der armen Lisa, die ohnehin so traurig ist, nicht abschlagen."

Sie sprachen noch lange über die Familie Wernigge. Herr Mersburg erzählte seiner Gattin, er habe gerade heute von einem Freund gehört, daß Herr Wernigge immer mehr auf abschüssige Bahnen geriete. Er solle sehr wenig arbeiten, aber immer in den teuersten Lokalen zu treffen sein beim Essen und Trinken.

„Die armen Menschen", sagte Maria. „Lisa ist so reich begabt, ihre Liebenswürdigkeit nimmt alle, die sie kennen, für sie ein, und doch fühlt man ihr an, daß sie innerlich unbefriedigt und traurig ist."

„Die arme Frau", sagte Herr Mersburg und zog die seine an sich.

„Wir wollen für sie beten, Lieber, daß der Herr ihr das geben wolle, was uns glücklich macht in allen Lagen des Lebens, daß er ihr seinen Frieden schenke."

## Daheim

Grüneichen, am 12. April

Mit den Lerchen möchte ich mich aufwärtsschwingen, singen und jubilieren, so fröhlich und vergnügt bin ich. Es ist zu schön daheim nach der langen Abwesenheit. Es ist mir immer wie einem Vöglein, das dem Käfig entronnen ist, seit ich wieder mit Eltern und Geschwistern in der frischen, freien Natur bin. Landkinder gehören nicht in die Stadt. Wie wonnig und schön ist der Blick auf die grünenden Saaten, auf den glitzernden See und den ihn umkränzenden Wald, der jetzt zwar noch kahl dasteht, aber bald in seinem Frühlingsschmuck prangen wird. Was die Freude noch erhöht, ist — daß wir Gundchen mitgebracht haben, und sie auch vor Glück und Freude strahlt.

„O Anna, wie schön ist es bei euch. Diese hohen luftigen Zimmer, der Blick aus den Fenstern so weit und unbegrenzt, wie herrlich ist die Luft, die man hier einatmet, hier werde ich gewiß gesund und kräftig."

Tante Lisa hatte sich in den letzten Wochen viel mehr mit Gundchen beschäftigt als früher. Sie mochte sie nach Kurts Tod gar nicht um sich haben, weil sie sie immer an Kurt erinnerte. Aber dann wurde es anders, es war, als ob die Liebe zu Gundchen doppelt erwachte, und das machte Gundchen so glücklich. Sie durfte stundenlang bei ihrer Mutter sitzen, ihr vorlesen, mit ihr plaudern; auch ich durfte mitunter bei Tante Lisa sein, die sich freute, daß Gundchen und ich miteinander befreundet sind. Es wurde ihr schwer, die Erlaubnis zu Gundchens Mitreise zu geben, aber da der Arzt erklärte, sie müsse ihrer Bleichsucht und Schwäche wegen aufs Land, so konnte ja nichts Besseres gefunden werden als Grüneichen. Mutter wird ja alles tun, was in ihren Kräften steht, um Gundchen zu pflegen, und ich will sie liebhaben und sie mit allem Schönen bekannt machen, was Grüneichen aufzuweisen hat.

Ich hörte Mutter zu Sophie sagen: „Sophie, solange Gundchen hier ist, wollen wir Anna noch nicht an die Arbeit spannen, wollen ihr Ferien lassen, damit sie ihrer Freundschaft leben und mit Gundchen spazierengehen kann."

„Natürlich", war Sophiens Antwort, „Annchen ist ja noch so jung, die Wirtschaft lernt sie noch immer, laß die jungen Backfische nur laufen, Mutter, wir werden schon allein fertig." Dieses Gespräch der beiden, das ich durch die offene Tür belauschte, entzückte mich so, daß ich hineinstürzte und sie umarmte und küßte.

„Du solltest ja gar nicht hören, was wir hier verhandeln", sagte Mutter und drohte lächelnd mit dem Finger, „sei dankbar und aufmerksam dafür, sieh zu, daß Gundchen tüchtig frische Milch bekommt, laß es überhaupt deine Pflicht sein, in Liebe über deine Freundin zu wachen, damit alle Vorschriften des Arztes genau befolgt werden, dann hast du auch deine Pflichten. Und nun lauf!"

Ich lief davon. Ferien haben und mit Gundchen durch Feld und Wald streifen zu dürfen, welche Aussicht! Gleich den ersten Tag nach unserer Ankunft habe ich ihr unsern schönen Park gezeigt. Wir haben uns mit den kleinen Schwestern in den breiten Kieswegen gehascht, dann haben wir Veilchen und Osterlilien gepflückt und unsern eigenen kleinen Garten in Augenschein genommen.

„Hier muß viel geschehen", sagte Olga weise zu Thildchen, „morgen müssen wir anfangen zu graben." Am andern Morgen sah man sie wirklich im Schweiße ihres Angesichtes arbeiten. Sie hatten kleine Spaten, wie sie für ihre Kräfte angemessen sind, und gruben nach Herzenslust.

„Bis Ostern muß alles fertig sein", sagten sie, und sie haben es durchgesetzt. Gestern abend riefen sie uns; wir staunten, wie niedlich und hübsch sie alles gemacht hatten. Etwas hat wohl der Gärtner geholfen mit Einsetzen und Pflanzen der Blumen und Sträucher, aber die Hauptsache ist ihr Werk.

„Ja, wenn ich so etwas früher auch gehabt hätte", rief Gundchen. „Ich bin immer nur in den dumpfen Stadtmauern gewesen, ab und an wohl in einem Kurort, aber so schön, wie hier, war es nirgends."

Alles macht meiner Freundin Vergnügen, was mich besonders freut; mit großem Interesse hat sie sich den Kuhstall mit seinen Bewohnern angesehen, auch schon Freundschaft geschlossen mit dem alten Melker, der versichert hat, die neue schwarz und weiß gefleckte Kuh soll nach dem kleinen Stadtfräulein „Gundchen" genannt werden. Ich passe auf, daß Gundchen jeden Abend ihre zwei Becher schäumender Milch trinkt, sie schmeckt ihr gut, und ich sehe jeden Tag verstohlen die schmalen blassen Wangen an, ob sie sich nicht ein klein wenig runden wollen. Mutter sagt, so schnell gehe es nicht, aber nach einigen Wochen könnte man vielleicht die gute Wirkung des Landaufenthaltes spüren.

Nachdem wir die nächste Umgebung des Hauses angesehen hatten, wanderte ich mit Gundchen ins Dorf.

Überall standen freundliche Leute und grüßten uns; die Kinder, die vor den Haustüren spielten, knicksten. Einige Frauen riefen uns freundliche Worte zu. „Gut, daß Sie wieder da sind, Fräulein; es ist viel schöner, wenn die Herrschaft zu Hause ist."

Wir gingen hin zu den Leuten und plauderten ein wenig mit ihnen. Wie traulich und gemütlich ist so ein Gang durchs Dorf, wo man jedes Haus mit seinen Einwohnern kennt, wo man an allen Freuden und Leiden der Familien teilnimmt. Es ist eine Zusammengehörigkeit, die in der Stadt fehlt, wo einer an dem andern vorüberrennt ohne Interesse und Teilnahme.

„Annchen, laß uns doch einmal zum Dorf hinauswandern bis an den schönen See, der im Sonnenschein wie lauter Silber glänzt, bitte, Annchen, magst du?" schmeichelte Gundchen, worauf ich weise fragte, ob sie sich nicht ermüdet fühle, sie wisse, allzuweit dürfe sie im Anfang die Spaziergänge nicht ausdehnen. Sie verneinte es, meinte im Gegenteilt, die Luft stärke sie. Da es nun bis zum See kaum zehn Minuten sind, so wanderten wir dahin, Arm in Arm. Über uns den blauen Himmel, vor uns den glänzenden See und die grünen Saaten, auf dem Acker fleißige Arbeiter, alles unsere Leute, unsere Äcker und Wiesen. Ich kam mir ordentlich reich vor, Gundchen gegenüber.

„Was ist denn das für ein niedliches Häuschen in der Nähe des Sees?“ rief sie plötzlich. „Wie reizend liegt es da?“

„Das Haus gehörte einem pensionierten Beamten“, entgegnete ich. „Er ist im vorigen Jahr gestorben und Vater hat das Haus mit Garten von den Erben gekauft. Es war ihm immer im Weg, da das Häuschen eigentlich auf seinem Grund und Boden lag. Der frühere Besitzer von Grüneichen hat es für seine Eltern bauen lassen. Als sie starben, verkaufte er es, nun gehört es, wie gesagt, wieder dem Vater. Aber ich habe das Innere noch nicht gesehen, da der alte Herr kurz vor unserem Weggang in die Stadt starb, und die ihm gehörenden Sachen erst jetzt von den Erben geholt worden sind.“

„Können wir es uns nicht einmal ansehen?“ meinte Gundchen.

„Es wird wohl verschlossen sein, ich will den Vater um den Schlüssel bitten, dann gehen wir morgen.“

Gundchen sah enttäuscht aus, auch mich interessierte es, nun da es uns gehörte. Es lag malerisch da, von wildem Wein umrankt und von einem hübschen, kleinen Garten umgeben. Wir standen eine Weile still und schauten hinüber. Da ertönte Pferdegetrappel hinter uns. Wir sahen uns um: Vater kam auf seinem Reitpferd daher. Er hielt an und sprach mit uns. Wir fragten, ob er nicht den Schlüssel zum Häuschen habe.

„Dahin will ich eben", war die Antwort. Auf die Bitte, uns mitzunehmen, sagte er, er könne uns Krabben doch nicht beide aufs Pferd nehmen. Wir versicherten, wir würden ihm zu Fuß folgen, es sei ja nur eine kurze Strecke. Wir trabten also höchst vergnügt hinter Vater her und waren bald an Ort und Stelle. Vater stieg ab, band das Pferd an den Zaun, zog einen großen Schlüssel aus der Tasche und ging mit uns ins Haus. Es war still und öde darin, so geheimnisvoll, wie in einem Zauberschlößchen.

Unten gab es vier nicht sehr große, ineinanderführende Zimmer. Das eine stand durch eine Glastür mit einer Veranda in Verbindung. Wir betraten sie und stießen beide ein Ah der Bewunderung aus. Die Aussicht, die sich uns bot, war entzückend. Oben waren zwei kleine Giebelstübchen, eins hatte ebenfalls die schöne Aussicht auf See und Wald, das andere auf unser Dorf.

„Hier möchte ich wohnen", rief Gundchen, „o wie schön müßte es sein!" Ich fragte Vater, was er mit dem Hause machen wolle.

„Am liebsten niederreißen", war die Antwort. „Der Grund und Boden ist mir mehr wert."

Gundchen sah ganz erschrocken aus und fragte schüchtern: „Doch nicht gleich?"

„Nein, vorderhand mag's stehenbleiben, aber Nutzen hat es keinen für mich."

Gundchen sagte leise zu mir, ob wir nicht mitunter hierhergehen wollten, uns einen Feldsessel mitnehmen und die schöne Aussicht genießen. Bei dieser Frage tauchten allerlei liebliche Gedanken in mir auf. Wir hatten auf dem Boden noch eine Menge alter Möbel stehen, besonders Stühle und Tische. Die mußten hierhergebracht werden, dann konnten im Sommer allerlei Waldspaziergänge gemacht werden, und das Häuschen würde der Sammelpunkt der Gesellschaft. Hier konnte gerastet werden, hierher konnte man vor Regen und

Unwetter flüchten, kurz, es würde allerlei schönen Zwekken dienen.

Als Vater mit seiner Besichtigung fertig war, bestieg er wieder sein Pferd und sagte, wir möchten langsam folgen. Es war uns ganz recht, daß wir uns selbst überlassen waren. Wir ergingen uns in herrlichen Plänen, wünschten, das Haus möchte unser beider Eigentum sein, malten uns aus, wie wir in Eintracht und Freundschaft leben wollten, unser Gärtchen in Ordnung halten, schöne Blumen und Früchte darin bauen, in dem nahen Wald spazierengehen und in einem Kahn auf dem See rudern im Mondenschein.

Wir standen oft still und schauten rückwärts auf unser Häuschen. Endlich fiel es mir ein, nach der Uhr zu sehen, da gewahrte ich mit Schrecken, daß die Melkzeit fast vorüber war, und ich meine Pflicht vergessen hatte, Gundchens Milchtrinken zu überwachen. Wir eilten schnell dem heimatlichen Kuhstall zu, wo die Mägde die Milch ins Wirtschaftshaus trugen. Wir folgten ihnen, und Gundchen mußte schnell ihr vorgeschriebenes Maß trinken. Ich hatte einige Gewissensbisse und wußte, Mutter würde mir einen Verweis geben. Denn sie hat alles im Kopf und weiß ganz genau, wenn jemand seine Pflicht nicht tut.

Diesmal aber waren wir gar nicht vermißt worden. Ich hatte das Gefühl, als ob zu Hause irgend etwas Wichtiges vorgegangen sei. Mutter und Sophie hatten beide ganz rote Köpfe, Sophie sah verweint aus, aber nicht so, als ob es von Mutter Schelte gegeben hätte. Im Gegenteil, die war sehr liebevoll und gut mit ihr, schickte sie früh zu Bett und küßte sie besonders zärtlich. Ich bin etwas neugierig, warum soll ich es nicht gestehen? Ich wüßte zu gern, was es mit Sophie auf sich hat. Ich fragte Mutter am andern Morgen, als Sophie immer noch still und einsilbig einherging, was der Schwester fehle. Da lächelte Mutter und sagte: „Nichts Schlimmes, mein

Kind, sieh nur, daß du Sophie zum Geburtstag eine rechte Freude machst. Das wird, will's Gott, ein fröhlicher Tag."

Sophiens Geburtstag ist Dienstag nach Ostern. Gundchen und ich haben schon überlegt, womit wir sie überraschen könnten, aber es hängt vom Vater ab, ob es zur Ausführung kommt. Morgen ist Karfreitag, da fahren wir miteinander zur Kirche. Wir waren schon am Palmsonntag dort und gingen nach der Kirche ins Pfarrhaus, um Gundchen vorzustellen. Der Palmsonntag ist in unserer Familie immer ein wichtiger Tag, weil wir an diesem Tag konfirmiert sind. Mutter spricht dann so schön mit uns und ermahnt uns, an unser Gelübde der Treue zu denken und Gott zu bitten, daß er uns Kraft gebe, bei Jesus zu bleiben, ihm zu dienen unser Leben lang.

Übermorgen kommen die Brüder. Sie haben schon seit voriger Woche Ferien, sind aber noch bei einem Freund, der sie eingeladen hat. Gundchen und ich dürfen sie von der Bahn holen, wir freuen uns beide darauf!

Ostersonnabend

Heute war ein herrlicher Tag. Draußen schien die Frühlingssonne so warm und lockte die kleinen Blumen alle heraus. Im Park waren die Frauen damit beschäftigt, die Wege zu reinigen, da haben Gundchen und ich fleißig geholfen, damit zum morgigen Osterfest alles schön und festlich sei. Es war so still und feierlich in der Natur und auch im Hause. Dort muß am Sonnabend vor Palmsonntag alles fertig sein, Mutter hält darauf, daß in der Stillen Woche keine unnötigen Arbeiten vorgenommen werden. Gleich nach Tisch hielt der Wagen vor der Tür, Gundchen und ich stiegen ein, um die Brüder von der Bahn zu holen. Die kleinen Schwestern wären gern mitgefahren, aber es war kein Platz.

So schönes Osterwetter hatten wir seit langem nicht. Es freut mich Gundchens wegen, daß es nicht rauh und nicht kalt ist, nun kann sie recht viel im Freien sein, was der Arzt besonders wünscht. Wir fuhren fröhlich los; das Fahren macht Gundchen so sehr viel Vergnügen, besonders im offenen Wagen, wo man Umschau halten und die frische Luft in vollen Zügen genießen kann. Hinter dem Dorf bemerkten wir einen Leiterwagen, der hochbepackt dem Häuschen am See zufuhr.

„O, Anna, sieh doch", rief Gundchen, „dein guter Vater erfüllt unsern Wunsch."

„Ich weiß es", erwiderte ich, „wenn das Wetter so bleibt, soll an Sophies Geburtstag ein Ausflug ins Holz gemacht werden, der Kaffee wird im Häuschen getrunken. Der gute Vater läßt Tische und Stühle hinfahren, Mutter soll auch damit überrascht werden. Ja", füge ich hinzu, „mein Vater ist der beste Vater der Welt, wie gern macht er uns eine Freude, auch wenn es ihn Mühe und Arbeitszeit kostet." Ich sah, daß Gundchens Gesicht sich schmerzlich verzog, gewiß dachte sie an den eigenen Vater, von dem sie nicht sagen konnte, daß er gut und rücksichtsvoll sei.

Wir sahen bald die Bahnhofsgebäude und fuhren in schnellem Trabe darauf zu, nicht ahnend, welche Überraschung unser am Bahnhof wartete. Wir dachten ja nur an die Brüder und winkten ihnen zu, als der Zug einfuhr. Sie schwenkten wie immer mit den Mützen und sprangen eilfertig heraus, als der Zug hielt. Mitten in der freudigen Begrüßung stutzten sie. Gundchens Trauerkleidung erinnerte sie an das Schwere, das meine Freundin erlebt hatte. Sie wurden plötzlich still und verlegen, reichten ihr dann die Hand und sagten: „Es hat uns wirklich so leid getan, wir hatten Kurt auch lieb."

Da auf einmal ertönte eine Stimme laut hinter uns: „Ich möchte einen Mann, einen Gepäckträger möchte ich." Wir schauten uns um und sahen eine alte Dame, umgeben von einer Menge Gepäck. Sie war dem davoneilenden Zug entstiegen und rief hilflos nach einem

Dienstmann. Aber an kleinen Orten ist es nicht wie in der Stadt; der einzige Mann war beschäftigt, deshalb bat ich Matthias, die Dame zu beruhigen und sich ihres Gepäckes anzunehmen. Er verhandelte lange mit ihr; ihre Stimme kam mir bekannt vor; ich gab Gundchen schnell einen Wink, daß wir zu ihr gehen wollten, ihr zu helfen.

„Die Dame wollte nach Friedeberg zu Herrn von Wesen und hoffte, hier einen Wagen zu finden. Es ist wahrscheinlich ein Versehen", berichtete Matthias. „Herr von Wesen denkt vielleicht, daß die Dame um sieben Uhr kommt."

„Ja, das hatte ich auch geschrieben", jammerte die Arme, „nun bin ich aber mit einem früheren Zug gekommen und soll fünf Stunden in diesem jämmerlich kleinen Bahnhofsgebäude warten, wo man nicht einmal eine Tasse Kaffee bekommt."

Ich hatte die Dame, während sie sprach, aufmerksam betrachtet. Wenn auch ihr Gesicht mit einem dichten Schleier verhüllt war, wurde es mir immer mehr zur Gewißheit, daß sie niemand anders war, als meine Herrin aus der Stadt, der ich an Sophiens Stelle volle vierundzwanzig Stunden gedient hatte. Sie musterte mich auch, schien mich aber nicht zu erkennen. Es machte mir ungeheures Vergnügen unerkannt zu bleiben.

„Gnädige Frau", sagte ich achtungsvoll, „darf ich Ihnen unsern Wagen anbieten. Sie fahren mit zu uns, unser Gut ist nur eine halbe Stunde entfernt. Wir lassen hier Bescheid, daß der Friedeberger Wagen nach Grüneichen kommt und Sie dort abholt."

„Und mein Gepäck?"

„Das geben wir hier ab, die Leute kennen uns alle. Der Friedeberger Kutscher packt es auf seinen Wagen und holt Sie bei uns ab!"

„Sehr liebenswürdig, außerordentlich liebenswürdig. Mit wem habe ich denn das Vergnügen —"

„Wir sind die Grüneichener Gutskinder“, sagte ich, auf diese Weise unsern Namen verbergend.

Die alte Dame mußte, nachdem die Sachen untergebracht waren, zwischen mir und Gundchen Platz nehmen. Die Wagenbank war so lang, daß wir, ohne gedrückt zu werden, sitzen konnten. Die Brüder saßen bei Heinrich, und nun ging's fort. Ich wollte Gundchen immer ein Zeichen geben, daß ich die Dame kenne, ich hätte fürs Leben gern Matthias oder Christian zugeflüstert: „Es ist Frau von Drucker“, aber es ging nicht. Was würden Sophie sagen und Mutter und Vater! Sie kannten sie alle, welche Überraschung!

Frau von Drucker sah mich immer von der Seite an. Ob sie mich wohl wiedererkannte? Ich glaube, sie ahnte etwas, denn sobald ich anfing zu sprechen, drehte sie den Kopf hastig nach mir um, und einmal sagte sie sogar: „Mir ist, als sollte ich Sie schon einmal gesehen haben.“ Nun hätte ich mich zu erkennen geben müssen, aber wir fuhren gerade in den Hof ein, und kurz vor dem Aussteigen unterließ ich die Vorstellung, bis die andern dabei waren.

Vater, Mutter und und die kleinen Schwestern standen vor der Tür und winkten. Auf einmal gewahrten sie die Fremde in unserer Mitte. Ich sah, wie Mutter sich zu Vater beugte und etwas sagte, was gewiß hieß: „Wen bringen sie denn da mit?“

Wir jungen Leute sprangen schnell vom Wagen und Vater half ritterlich der alten Dame, die mit vielen Entschuldigungen herunterkam, aber auch stutzte, als sie Vater erblickte. Ebenso, als Mutter auf sie zukam und sie willkommen hieß. Wir erklärten die Sache, und die Eltern fanden es selbstverständlich, daß wir die Dame nicht allein in der Wartestube hatten sitzenlassen. Als sie nun in das große, schöne Eßzimmer geführt wurde, wo der Kaffeetisch gedeckt war, sah sie verlegen von einem zum andern, bis Sophie mit der großen Kaffeekanne eintrat und sie auf den Tisch setzte. Die blieb erstaunt stehen und sah der Dame, die nun Hut und Schleier abgenommen hatte, ins Gesicht.

„Frau von Drucker", rief sie plötzlich, „wie kommen Sie hierher?"

„Sophie?! Träume oder wache ich? Sie kommen mir alle so bekannt vor. Sind Sie hier in Stellung, Sophie?"

„Ich bin bei meinen Eltern", sagte Sophie errötend. „Hier mein Schwesterchen war einen Tag meine Stellvertreterin, als ich das Unglück mit dem Fuß hatte."

„Ja — aber —", sagte Frau von Drucker, „Ihre Eltern wohnten doch in der Stadt."

„Wir hatten nur Winteraufenthalt dort genommen", sagte mein Vater verbindlich, „sonst sind wir Landleute und sind froh, daß wir unsere Heimat hier haben." Hiermit reichte er ihr höflich seinen Arm, führte sie an das obere Ende des Tisches und setzte sich an ihre linke Seite, während Mutter rechts von ihr Platz nahm. Wir übrigen setzten uns in gewohnter Weise um den Kaffeetisch. Frau von Drucker musterte uns alle nach der Reihe. Es schien ihr jetzt ein Licht aufzugehen, daß wir auch etwas vorstellten, und ich muß gestehen, daß es mir eine ganz kleine Genugtuung war. Mich faßte sie besonders scharf ins Auge, während Gundchen mir immer zuflüsterte: „Woher kennst du die Dame? Wer ist sie? Wo wohnt sie?"

Und Matthias und Christian schnitten wunderliche Gesichter und riefen halblaut über den Tisch: „Stütze der Hausfrau, willst du nicht wieder mitgehen?"

Nach dem Kaffee ging Frau von Drucker auf Sophie zu und sagte: „Mein liebes Fräulein, Sie haben mir sehr gefehlt, Sie waren die beste Stütze, die ich je gehabt habe, es ist wohl gar nicht daran zu denken, daß Sie wieder zu mir kommen?"

„Nein, gnädige Frau", nahm meine Mutter das Wort,

„jetzt ist sie mir unentbehrlich, ich bin froh, wenn ich sie noch habe."

„Ja, es ist ein gutes Mädchen", sagte Frau von Drucker. „Wenn das mit dem Fuß nicht gekommen wäre —"

„Das war sehr gut, gnädige Frau", konnte meine Mutter nicht umhin zu sagen, „denn wir Eltern waren gar nicht damit einverstanden, daß Sophie sich anderswo eine Stelle gesucht hatte, ich konnte sie selbst so gut gebrauchen."

„Ja, es ist ein gutes Mädchen, ein sehr gutes Mädchen. Die Kleine ist lange nicht so tüchtig, die muß noch angehalten werden." Ich wurde dunkelrot und sah, wie Christian und Matthias mir eine Nase drehten. Das war sehr ungezogen von ihnen. Die kleinen Schwestern sahen mich mitleidig an, als ob sie mich bedauerten, und Gundchen kicherte.

„Aber", fuhr die alte Dame fort, „es ist ein sehr wohlerzogenes junges Mädchen. Mit welcher Liebenswürdigkeit hat sie sich meiner heute angenommen, ohne sie hätte ich einen sehr langweiligen Nachmittag am Bahnhof gehabt, während ich jetzt die in Ihrem Familienkreise verlebten Stunden zu den angenehmsten dieses Jahres zähle."

„Ich sah mich triumphierend nach den Brüdern um, aber die waren entwichen. Lange halten sie sich nicht gern im Zimmer auf. Der Nachsatz versöhnte mich vollständig mit Frau von Drucker; ich wollte ihre Ansichten über meine Liebenswürdigkeit festigen und führte sie in unsern schönen Garten, zeigte ihr unser ganzes Haus und hatte die Genugtuung, daß sie mich streichelte und mich ihr kleines, liebes „Lamm" nannte. So war aus dem Schaf ein Lamm geworden, während es sonst umgekehrt zu sein pflegt.

Am Abend kam der Friedeberger Wagen richtig an und holte sie ab. Sie war voll Dank gegen uns alle und sagte, sie schätze sich glücklich, eine solche Familie kennengelernt zu haben. Vielleicht kommt sie noch einmal mit Herrn und Frau von Wesen, die wir gut kennen, zum Besuch.

Gundchen schläft schon lange. Die Luft macht sie müde. Ich konnte noch nicht schlafen, das heutige Erlebnis mußte ich erst eintragen. Nun wird's aber Zeit, am Ostermorgen stehe ich gern früh auf, mache einen Spaziergang durch den Garten und singe leise ein Osterlied.

Am Dienstag, den siebzehnten, ist Sophiens Geburtstag. Ich bin gespannt, was wir da erleben werden, denn daß wir etwas erleben, ist mir klar, es werden hie und da von den Eltern sonderbare Andeutungen gemacht.

## Sophiens Geburtstag

am 18. April

Eigentlich sollte ich auch schlafen gehen, denn wenn die Eltern wüßten, daß ich jetzt noch sitze und schreibe, würden sie gewiß böse. Aber ich habe so sehr viel Schönes und Wichtiges zu berichten, wenn ich es nicht gleich eintrage, bleiben die Eindrücke nicht so frisch; ich könnte auch manches vergessen.

Das Osterfest verlief sehr schön. Wir fuhren an beiden Feiertagen zur Kirche, doch wunderte ich mich, daß nicht unsere ganze Familie, wie es sonst üblich war, im Pfarrhaus vorsprach, sondern nur die Eltern einen kurzen Besuch machten. Als ich Mutter meine Verwunderung darüber aussprach, lächelte sie und sagte nichts.

Am zweiten Osternachmittag war großes Eierverstecken im Park. Dazu wurden zehn Kinder aus dem Dorf geholt, und meine kleinen Schwestern wie auch Gundchen und ich beteiligten uns mit großem Vergnügen am Suchen. Sophie hatte die Eier teils bunt gefärbt, teils hübsch bemalt; sie versteht alles so gut, ich wollte, ich wäre so brauchbar wie sie. Der Jubel der Kinder war groß, Gundchen, die so etwas zum ersten Male erlebte, rief immer: „Hier ist es doch viel schöner als in der Stadt“, und ich freue mich, daß es ihr so gut bei uns gefällt. Wir sind dem lieben Gott so dankbar, daß er uns schönes Wetter schenkt, denn das Wetter tut viel zur Sache.

Am Abend vor Sophiens Geburtstag hatten wir noch viel zu rüsten. Die Schwestern holten Blumen und Grünes aus dem Garten, und Gundchen und ich wanden zwei schöne Kränze. Einen Kuchen hatte ich unter Mutters Aufsicht schon am Sonnabendmorgen gebacken, er war sehr schön geraten. Am Dienstag war ich schon zeitig auf. Da — um sechs Uhr kam ein Bote aus Holzenau und brachte einen Blumenkorb mit Rosen und Veilchen. Ich lief zu Sophie, die schon im Eßzimmer tätig war, und rief: „Es sind wunderschöne Blumen aus Holzenau gekommen.“

Sie wurde ganz rot vor Freude und sah so hübsch und glücklich aus an ihrem Geburtstagsmorgen, auch umarmte sie mich ein über das andere Mal. Ich half ihr recht schön und ging dann zu Mutter, die den Geburtstagstisch schmückte.

„Heute müssen wir alles doppelt schön machen“, sagte sie, und als ich mich eben wundere, warum Mutter das sagt und ein bedeutungsvolles Gesicht dazu macht, öffnet sich die Tür, Otto kommt auf Mutter zu, begrüßt sie und sagt: „Liebe Mutter, wo ist Sophie?“

Sie deutet stumm nach der Tür, da ist er schon wieder hinaus. Nun nimmt Mutter mich in ihre Arme mit den Worten: „Du sollst die erste sein von Sophiens Geschwistern, die es erfährt: Sophie ist seit Montag vor acht Tagen Braut, sie hat sich mit Otto verlobt.“

Statt mich zu freuen, fing ich an zu weinen, war es Rührung oder Schreck, ich weiß es nicht. Mutter streichelte mir die Wangen und sagte: „Aber, Gänseblümchen, über so etwas weint man doch nicht.“

Da nahm ich mich zusammen, trocknete meine Tränen und sagte: „Wo ist es denn?"

„Was?" fragte Mutter.

„Das Brautpaar!"

„Hier", rief eine kräftige Stimme, „hier ist es, liebe Schwägerin", und plötzlich fühlte ich meine beiden kleinen Hände in Ottos großer Hand, und als ich aufsah, hatte er Sophie umschlungen und sagte: „Die gehört nun mir, und heute wird Verlobung gefeiert."

Das war ein Wort, das zündete. Verlobung feiern sollte etwas sehr Schönes sein, ich hatte schon oft davon gehört, bei uns war es noch nicht vorgekommen. Mein erster Gedanke war: „Das mußt du Gundchen mitteilen!" Ich stürzte in ihr Schlafzimmer und weckte sie. „Gundchen, schnell heraus, heute wird bei uns Verlobung gefeiert!" Noch schlaftrunken richtete sie sich auf und fragte: „Deine?"

„Unsinn, Sophiens!"

„Ich denke, sie hat Geburtstag?"

„Sie hat beides, Geburtstag und einen Verlobten."

„Geburtstag und einen Verlobten?" wiederholte Gundchen ungläubig, ihr kam das Ganze ebenso wunderbar vor wie mir. Sie stand sofort auf. Ich half ihr beim Ankleiden und wir staunten nur, wie das alles so schnell gekommen war.

Eben stürmten die kleinen Schwestern uns entgegen. „Schnell, schnell!" riefen sie, „es ist etwas geschehen. Etwas ganz Großartiges! Sophie und Otto haben sich verlobt!"

Ich sagte ganz ruhig, wir wüßten alles, worauf sie uns ganz verdutzt ansahen. Matthias und Christian standen verlegen unten an der Treppe. „Nun", rief ich, „habt ihr das Brautpaar schon gesehen?"

„Nein", sagte Matthias, und Christian fügte hinzu: „Was soll das überhaupt, gerade jetzt, da wir Kaffee trinken wollen."

So hatte jeder seine besonderen Ansichten darüber. Wir Geschwister gingen miteinander ins Musikzimmer, in dem vor dem Morgenkaffee die Andacht gehalten wird. Dort standen die Eltern mit dem Brautpaar. Wir wünschten nun alle Glück, auch die Brüder stotterten einige verlegene Worte; sie lieben solche feierliche Anläße nicht und sahen erlöst aus, als die Mutter ans Klavier ging und wir unser Geburtstagslied: „Lobe den Herren, den mächtigen König der Ehren“, anstimmten. Als wir später beim Kaffee saßen, erklärte Vater, der heutige Tag sei ein doppelter Feiertag und solle würdig gefeiert werden.

„Ja“, rief Otto, „laßt Sophie und mich den ganzen Tag allein spazierengehen, das ist die beste Feier für uns.“

„Das glaube ich, du selbstsüchtiger Mensch“, war Vaters Antwort. „Nein, wir wollen alle etwas von eurer Verlobung haben.“

„Ich scherze ja nur, lieber Vater. Ich weiß ja, daß ihr das ganze Pfarrhaus eingeladen habt. Sophie und ich freuen uns, den heutigen schönen Tag mit unseren Familien, denen wir so großen Dank schuldig sind, feiern zu dürfen.“

Ich stieß Gundchen an. „Das ganze Pfarrhaus“, flüsterte ich ihr zu, „das wird fein.“

Sophie sagte zu Otto, eine Stunde vor Mittag müsse er sie beurlauben, dann gäbe es viel zu tun, worauf Mutter sagte, Sophie habe heute gar nichts zu tun, Friedchen sei in der Küche und außerdem gäbe es Leute genug, die für alles sorgen würden. Was aber sonst zu tun sei, dafür habe sie hier zwei Schnelläufer, die gern bereit seien, zu helfen und zu dienen. Wir wußten, wen Mutter meinte, und nickten ihr beistimmend zu.

Gegen Mittag fuhr unser großer Familienomnibus ab, um Pastors zu holen. Als der Wagen schwerbeladen zurückkam, gab es große Freude. Die Mädchen waren alle in großer Aufregung über die Verlobung.

„Wir sind nun mit euch verwandt, Annchen", rief Emmy, während ihre Schwestern mit Thildchen und Olga den Verwandtschaftsgrad berechneten. Matthias und Christian gingen mit den kleinen Jungen los; sie hatten versprochen, sie bestens zu unterhalten.

Bei Tisch ging es sehr festlich zu. Es war im großen Saal gedeckt, das beste Geschirr und Silber prangte auf der Tafel, dazwischen schöne Blumen. Trinksprüche wurden ausgebracht auf das Brautpaar und die beiderseitigen Eltern, auch uns Geschwister ließ man leben. Es hat mir sehr gefallen. Am Schluß verkündete Vater, daß ein Gang nach dem Wald unternommen und der Kaffee im Häuschen am See getrunken werden solle.

Es war eine fröhliche Gesellschaft, die dahin wanderte. Das Brautpaar voran mit so schnellen Schritten, daß wir bald aufgaben, sie einzuholen. Wir drei jungen Mädchen folgten, gelobten uns aufs neue ewige Freundschaft. Die Schwestern waren mit Freundinnen und Puppenwagen weit zurück, aber wir wußten, sie würden auch ans Ziel kommen; die Brüder liefen hin und her, wie Jungen es zu machen pflegen. Die Eltern folgten in gemessenem Schritt und begaben sich gleich ins Häuschen, während das Brautpaar stracks in den Wald hineingelaufen war. Thildchen und Olga verschwanden mit Puppen und Freundinnen ebenfalls im Häuschen, die Jungen zogen es vor, den Wald zu durchstreifen.

„Was machen wir, Gundchen?" fragte ich. „Bist du sehr müde oder wollen wir auch in den Wald?"

Sie entschied sich für den Wald, und obwohl es noch kahl war und erst wenig grüne Blättchen sichtbar, so gab es doch Blumen, wilde Veilchen und Anemonen; die Sonne schien so warm, und die Vöglein sangen und zwitscherten.

„Wenn Kurt dies alles erlebt hätte!" sagte Gundchen auf einmal.

„Er hat es schöner als wir", tröstete ich die Freundin,

„im Himmel ist immerwährender Frühling, alles ist licht und herrlich, golden glänzen die Gassen in der Gottesstadt."

„Du kannst mich so gut trösten, Annchen", sagte sie, „aber Sehnsucht habe ich doch nach ihm, das kannst du begreifen."

Ja, gewiß kann ich begreifen, daß Gundchen oft an den verstorbenen Bruder denkt, der ihr so viel war. Aber ihr Schmerz ist doch milder geworden, sie wird hier mehr abgezogen von den traurigen Gedanken, das fröhliche Leben bei uns übt einen wohltuenden Einfluß aus.

Da ertönte vom Häuschen her eine große Glocke. Vater, der immer kluge Gedanken hat, hatte sie mitgenommen, um die ganze Gesellschaft zum Kaffee zusammenzuläuten. Wir fanden das Verandazimmer höchst behaglich eingerichtet. In der Mitte befand sich ein großer Tisch, mit einem weißen Tuch darüber, darauf standen Geburtstags- und Verlobungskuchen. Ein paar riesige Kaffeekannen waren bereit, sich ihres Inhalts zu entledigen. Tassen waren in Menge gedeckt, und um den Tisch herum standen Stühle, die der gute Vater hatte herbringen lassen.

Vater stand mit dem Herrn Pfarrer auf der Veranda, Mutter zeigte seiner Frau den kleinen Garten, der das Haus umgab und Emmy hatte sich eben zu ihnen gesellt. Gundchen und ich standen allein im Verandazimmer und warteten auf das Kommen der übrigen Gäste, denn wir hatten großen Kaffeedurst; da klopfte es. Welcher Fremdling konnte hier eindringen? Ich eilte an die Tür und öffnete. Ein wohlbekannter Herr stand an der Tür.

„Onkel Ulrich!" rief ich, da stürzte Gundchen herbei und umschlang den Onkel. Zu mir sagte er nur in einem kühlen Ton: „Onkel? Bin ich denn Ihr Onkel?"

Ich stotterte verlegen, er möge entschuldigen, ich habe es mir nur Gundchens wegen angewöhnt, worauf er mir freundlich lächelnd die Hand bot und sagte, es sei schon gut, er sei ja auch Gundchens Onkel, daran ließe sich nichts ändern. Ich habe aber gemerkt, daß er durchaus nicht mag, wenn andere, deren Onkel er gar nicht ist, ihn so nennen. Ich werde mich künftig hüten und habe mir vorgenommen, auch wenn ich mit Gundchen von ihm spreche, immer Herr Doktor Schwarz zu sagen. Vater war sehr überrascht und erfreut, Herrn Doktor Schwarz zu sehen, ebenso Mutter, auch Herr und Frau Pfarrer freuten sich, seine Bekanntschaft zu machen.

„Ich muß mich doch einmal nach meinem Nichtchen umsehen", meinte er, „und außerdem möchte ich von Ihnen, Frau Maria, einen Rat haben. Doch das hat Zeit bis morgen, wenn Sie mich einige Tage behalten möchten.

„So lange Sie Lust haben, lieber Herr Doktor", rief Mutter. „Wir üben gerne Gastfreundschaft."

„Ich hörte, als ich auf dem Gut ankam, daß hier heute ein Fest gefeiert wird, ich muß um Entschuldigung bitten, daß ich ungebeten hereinfalle."

Die Eltern versicherten, daß sie sich beide sehr freuten, Herrn Doktor Schwarz wiederzusehen, und luden ihn freundlich ein, Platz zu nehmen.

„Es ist doch eigentlich ein herrlicher Gedanke, hier Kaffee zu trinken", ließ sich Frau Pfarrer vernehmen, „wer hat denn den glücklichen Einfall gehabt?"

Vater zeigte auf uns beide. „Dort sitzen die Krabben, die es ausgeheckt haben", sagte er.

„Dann müssen wir alle den jungen Mädchen unsern Dank sagen", äußerte Herr Pfarrer.

Onkel Ul — Herr Doktor Schwarz sah auch zu uns herüber und sagte: „Gundchen, es scheint mir, du hast es hier sehr gut." Sich dann zur Mutter wendend äußerte er: „Sie sieht bedeutend besser aus als im Winter in der Stadt. Wir sind Ihnen großen Dank schuldig, Frau Maria."

Mutter lehnte dies bescheiden ab und erklärte, sie habe Gundchen sehr gern da.

„Für sie ist es jedenfalls das beste", meinte Doktor Schwarz, und dann wurde viel anderes besprochen; Herr Pfarrer und Herr Doktor schienen Gefallen aneinander zu finden. Als wir später im Freien waren, gingen die beiden immer zusammen, während Vater sich zum Brautpaar gesellte, und Mutter und Frau Pfarrer viel miteinander zu bereden hatten. Gundchen und ich waren sehr froh, daß der Onkel gekommen war; es ist immer so — gemütlich, wenn er da ist. Heute ist er nun das erstemal in Grüneichen. Ob es ihm hier wohl gefallen wird?

Jetzt höre ich meinen Vater kommen. Wenn er merkt, daß ich noch Licht habe, wird er böse werden. Darum will ich schnell Schluß machen. Ein andermal mehr.

## Eine Anfrage

Herr Doktor, Sie sind schon auf?" rief Frau Maria am Morgen nach Sophiens Geburtstag, als sie, wie es ihre Gewohnheit war, vor dem Kaffee einen Spaziergang durch den Garten machte.

„Es ist so herrliches Frühlingswetter, Frau Maria, und ein Blick aus dem Fenster reizte mich, Ihren schönen Garten näher in Augenschein zu nehmen. Er ist so geschmackvoll angelegt, überhaupt macht Grüneichen einen außerordentlich hübschen und gediegenen Eindruck."

„Wir lieben es natürlich sehr und fühlen uns hier am glücklichsten, freuen uns aber auch, wenn andere gern hier sind. Wenn es Ihnen bei uns gefällt, Herr Doktor, bleiben Sie nur recht lange. Nun müssen Sie mir aber zuerst berichten, warum Sie nicht ins Pfarramt gegangen sind, sondern sich entschlossen haben, bei der Schule zu bleiben, wie Sie gestern äußerten."

„Aus dem einfachen Grunde, weil man mich nicht von der Schule fortlassen wollte. Man erklärte, ich sei zum Lehrer besonders geeignet, und da der Direktor des Gymnasiums gestorben ist, so ist mir die Stelle, die ich seit einiger Zeit verwaltete, angetragen. Ich mußte es als einen Fingerzeig Gottes ansehen, beim Schulfach zu bleiben, und habe den Ruf angenommen."

„Ich wünsche von Herzen Glück. Es ist ein ehrenvoller Antrag, den Sie nicht zurückweisen konnten."

„Ich hätte mir als Schönstes eine Landpfarre erträumt, aber Gottes Wege sind nicht die unsern. Ich kann mit Gottes Hilfe ja auch in meinem jetzigen Beruf in Segen arbeiten; es ist nicht leicht, die heutige Jugend zu erziehen und richtig zu leiten."

„Um so schöner aber, wenn ein Mann an der Spitze steht, der in echt christlichem Sinne das Ganze beeinflußt, ich freue mich für die Schule, die einen solchen Direktor bekommt."

„Schmeicheln Sie mir nicht, Frau Maria, ich weiß selbst, wie unwürdig ich bin, und wie ich aus eigenen Kräften nichts vermag. Ich werde viel zu tun haben, um mich in alles einzuarbeiten."

„Wie angenehm, daß Sie uns noch einige Tage schenken."

„Der Besuch wäre wohl noch nicht zur Ausführung gekommen, wenn es nicht wegen einer Schwester geschehen wäre. Nun kommt die Frage, die mich hergetrieben hat, Frau Maria, haben Sie schon eine Erzieherin für Ihre jüngsten Töchter?"

„Immer noch nicht fest. Ich bin schon mit verschiedenen in Unterhandlung gewesen, es hat sich aber alles zerschlagen. Nun ist noch eine da, mit der ich augenblicklich unterhandle. Es scheint ein nettes, bescheidenes Mädchen zu sein, ihre Zeugnisse sind gut, sie ist lange auf der letzten Stelle gewesen, wenn ihr die Bedingungen, die ich stellte, passen, so werde ich sie sofort anstellen. Es wird ja auch höchste Zeit, da der Unterricht nächste Woche beginnen muß." Herr Doktor Schwarz sah enttäuscht aus und schwieg.

„Wollten Sie mir eine Lehrerin für Mathilde und Olga vorschlagen?"

„Ich hätte, wenn Sie noch nicht gebunden wären, angefragt, ob sie meiner Schwester Margarete Ihr Vertrauen schenken wollten."

„Gretchen? Ist sie frei?"

„Sie ist augenblicklich ohne Stelle; ich wüßte sie gerne in einem christlichen Hause — am liebsten bei Ihnen, Frau Maria, aber natürlich denke ich nun nicht daran."

„Hätte ich es etwas früher gewußt, wie gern wäre ich darauf eingegangen."

Sie standen jetzt an der Gartenpforte in der Nähe des Hauses. Da kam der Briefträger in Sicht. Er sah Frau Mersburg und händigte ihr die Postsachen ein.

„Wirklich ein Brief von dem Fräulein", rief sie. Nachdem sie ihn geöffnet und überflogen, sagte sie: „Es soll wohl sein, Herr Doktor. Das Fräulein schreibt, ihre Mutter sei plötzlich erkrankt, sie müsse alle anderen Pläne aufgeben und daheim bleiben. So schmerzlich es für das junge Mädchen ist, so klar ist es mir, was ich zu tun habe. Wird Ihre liebe Schwester gern zu uns kommen?"

„Sie hatte die Absicht nach England zu gehen, um sich in der englischen Sprache zu vervollkommnen. Aber wenn Sie sie gebrauchen können, Frau Maria, möchte sie am liebsten in Ihrem Hause ein Heim finden."

„Sie haben es ihr gewiß schöner vorgemalt, als es ist", sagte Maria. „Bei uns", fuhr sie ernst fort, „wird ein Leben der Pflicht geführt. So wie Sie es jetzt in den Ferien finden, ist es nicht immer. Jeder im Haus hat seinen bestimmten Pflichtenkreis, doch sind Stunden der Erholung und des fröhlichen Beisammenseins nicht ausgeschlossen."

„Gretchen ist ein fleißiges und sehr begabtes Mädchen, ich glaube, Sie werden sie liebgewinnen."

„Ich habe Sie alle schon liebgehabt, als Sie Kinder waren, das dürfen Sie nicht vergessen, lieber Doktor."

„Ich danke Ihnen, Frau Maria", sagte der Doktor in Verehrung zu ihr aufsehend.

„Natürlich müssen wir mit meinem Mann die Sache besprechen, wenn er mir auch, was die Mädchen betrifft, ziemlich freie Hand läßt."

Herr Mersburg kam eben durch die Haustür und sah sich suchend um. „Nun, das muß ich sagen, da steht das Frauchen und plaudert mit dem Doktor und läßt die ganze Familie am Kaffeetisch warten. Das ist mir eine schöne Geschichte."

„Sehen Sie, wie mir's geht, wenn ich einmal meine Pflicht versäume. In den Ferien ist freilich eine spätere Kaffeestunde angesetzt, aber — aber — Vater, der Herr Doktor ist diesmal schuld, daß ich nicht zur rechten Zeit da bin."

Nun wurde Sophie sichtbar: „Liebe Eltern, kommt ihr heute gar nicht?"

„Vorwärts, Herr Doktor. Sehen Sie, was Ihr Hiersein für Unheil anrichtet. Die ganze Hausordnung wird gestört."

Sie gingen ins Haus, wo schon sämtliche Kinder warteten. Bald war alles in anregendem Gespräch. Die neuesten Nachrichten bildeten schon immer morgens beim Kaffee den Gesprächsstoff.

Gundchen und Anna hörten gespannt zu, als die Herren über Politik redeten, während Frau Maria viel mit ihrer ältesten Tochter zu besprechen hatte.

Am folgenden Tage ging Maria ins Dorf, um eine Kranke zu besuchen, da traf sie Doktor Schwarz in der großen Allee, die vom Herrenhause ins Dorf führte.

„Sie hier ganz allein, Herr Doktor, ich glaubte, Sie seien mit meinem Mann ausgegangen, es ist nicht recht, den Gast sich selbst zu überlassen."

„Herr Mersburg hat sich meiner sehr freundlich angenommen, wurde aber vor einer Weile vom Inspektor abgerufen, und ich habe Studien gemacht."

„Studien?" fragte Maria.

„Ja, Studien über Ihre vortreffliche Erziehungsgabe."

Maria errötete. „Wieso denn?"

„Ich habe Ihr Töchterchen beobachtet. Sie ist mit Gundchen im Dorf und fährt die kleinen Kinder der Bauersfrauen spazieren."

Maria lachte. „Ja so! Wir haben eine kranke Mutter im Dorf, die viele kleine Kinder hat. Solange die Frau liegen muß, hat Annchen sich erboten, morgens die Kinder zu hüten. Sie tut es mit viel Geschick."

„Ich habe sie bewundert, ohne daß sie mich gesehen hat. Sie geht so geschickt mit den Kleinen um, plaudert so niedlich mit ihnen, es ist ein Vergnügen, ihr zuzusehen. Sie ist reizend."

Maria erhob drohend den Finger und sagte: „Herr Doktor, schmeicheln Sie nicht." Doktor Schwarz wurde ernst.

„Es ist meine vollste Überzeugung, was ich sage. Frau Maria, alles andere waren Nebengründe, aus diesem Grunde bin ich hauptsächlich gekommen; ich habe Ihr Kind lieb, es zu besitzen ist mein höchster Wunsch."

Maria sah ihn erschrocken an, sie glaubte nicht recht gehört zu haben. „Das Kind", rief sie, „ist kaum siebenzehn. Nein, Herr Doktor, das müssen Sie sich aus dem Sinn schlagen, daran ist vorderhand gar nicht zu denken. "

„Warum nicht, Frau Maria?"

„Weil sie noch zu sehr Kind ist. Weil ihr, ich bin fest davon überzeugt, noch nie derartige Gedanken gekommen sind."

„Da soll ich also warten?"

Maria sah unschlüssig aus. „Wenn Sie es sich nicht lieber ganz aus dem Sinn schlagen wollen. Sie brauchen eine Frau, Sie können ihr ein Heim bieten und werden, je eher je lieber, sich binden wollen. Unser Annchen würde Ihnen, wie sie jetzt ist, nicht genügen. Sie muß noch viel lernen, bevor sie eine tüchtige Hausfrau sein kann, und dann — wie gesagt, sie ist noch zu jung."

„Es fragt sich, ob Sie überhaupt das Zutrauen zu mir haben, daß ich sie glücklich machen könnte?"

„Das habe ich schon", entgegnete Maria warm. „Ich schätze Sie sehr, ich wüßte nicht, wem wir unser Kind lieber anvertrauen könnten —"

„Nun, dann ist ja alles gut", rief Doktor Schwarz. „Wenn ich nur das weiß, will ich gerne warten und wenn's zwei Jahre sein sollten. Wenn ich nur die Aussicht auf spätere Erfüllung meiner Wünsche mitnehmen darf."

„Dann müßte ich eine Bedingung stellen."

„Die wäre?"

„Daß Sie Annchen nichts von Ihrer Neigung merken lassen, daß Sie zwei Jahre vergehen lassen, ohne hierher zu kommen. Wenn Sie nach zwei Jahren noch ebenso denken wie heute, dann wollen wir der Sache nähertreten. Sie tun mir freilich leid, wenn ich diese Wartezeit über Sie verhängen muß, aber ich kann und darf als Mutter nicht anders handeln. Mein Mann, das weiß ich, würde geradeso denken."

„Sie mögen wohl recht haben, Frau Maria; ich füge mich, wenn's auch schwer ist. Ich reise heute."

Maria sah unruhig zu ihm auf. Wie gern hätte sie mit ihrem gastfreundlichen Sinn gesagt: „Bleiben Sie noch." Aber es war ihr bang, sie glaubte, es sei ihres Kindes wegen am besten, wenn er ginge.

„Es tut mir leid, daß ich nicht zureden kann, länger zu bleiben."

Jetzt schallte Lachen und Plaudern an ihr Ohr. Die beiden jungen Mädchen kamen die Allee herauf.

„Mutter, es gab heute so sehr viel Spaß mit den Kleinen, sie waren zu niedlich“, sagte Annchen und erzählte der Mutter ihre Erlebnisse mit den Kindern, während Gundchen sich an Onkel Ulrichs Arm hing und ihm von einem Brief der Mutter berichtete, die Heimweh nach ihr habe.

„Allzulange darfst du Mutter auch nicht allein lassen, Adelgund. Wie lange gedenkst du hier zu bleiben?“

Der Onkel sah so ernst und feierlich aus und nannte sie Adelgund. Was hatte er nur? Sie sah verwundert zu ihm auf und sagte: „Bis Pfingsten habe ich Erlaubnis, es wird nun immer schöner auf dem Land, ich muß es doch noch einige Wochen genießen, ehe ich in die dumpfe Stadt zurückgehe.“

„Natürlich, gewiß“, sagte der Onkel, aber sie merkte, er war zerstreut, er war anders als sonst.

„Onkel“, fuhr sie fort, „morgen soll eine weitere Ausfahrt gemacht werden, damit du die hübsche Gegend kennenlernst.“

„Morgen bin ich nicht mehr hier, mein Kind.“ Derselbe feierliche Ton.

„Aber Onkel. Du wolltest doch bis Sonnabend bleiben. Annchen“, rief sie, und drehte sich nach der Freundin um, die mit der Mutter ging, „denke dir nur, Onkel Ulrich will heute schon wieder abreisen!“

„Heute schon?“ rief Annchen verwundert.

„Mutter, das geht doch nicht. Onk— Herr Doktor Schwarz muß doch bis Sonnabend bleiben?“

Wie sonderbar, daß die Mutter, die sonst so gerne Gäste hatte, nicht dringlich zuredete, dann hätte er es gewiß getan. Da die Mutter schwieg, sagte Annchen unbefangen: „Können Sie denn wirklich nicht bis Sonnabend bleiben, es wäre doch für Gundchen so hübsch —.“

„Gundchen muß sich fügen, wenn es nicht anders geht", sagte er freundlich, ohne sich umzuwenden.

Annchen preßte den Arm der Mutter fester an sich und sagte leise: „Wie schade!"

Ebenso leise fragte die Mutter: „Möchtest du denn auch gern, daß Herr Doktor noch bliebe?"

„Natürlich, Mutter, zu gern. Es ist doch auch wegen Gundchen", fügte sie hinzu und sah die Mutter bittend an.

Wenn sie nun dachte, Frau Maria hierdurch zu bewegen, den Onkel Ulrich zum Bleiben aufzufordern, so hatte sie sich getäuscht. Es wurde nichts gesagt. Als sie beim Hause angelangt waren, zog Gundchen den Onkel mit sich in den Garten und winkte Anna, ihnen zu folgen. Die Mutter aber hatte gerade etwas Wichtiges zu besorgen für Annchen und nahm sie mit ins Haus.

Ja, ihr Annchen war eine liebreizende Erscheinung. Sie konnte es einem jungen Mann nicht verdenken, wenn er sie zur Frau begehrte. Ihr kindlich frommer Sinn, ihr schlichtes, einfaches Wesen, ihre Freundlichkeit und Selbstlosigkeit, alles machte sie liebens- und begehrenswert. Aber Maria hatte recht, die große Jugend und Unerfahrenheit ließ es wünschenswert erscheinen, sie noch einige Jahre älter und reifer werden zu lassen. Ihr Mann, dem sie die Sache, sobald sie sich mit ihm allein sah, mitteilte, war ganz ihrer Meinung, wenn sich auch beide sagten, daß kaum ein besserer Mann zu finden sei als Ulrich Schwarz. Nach einer weiteren Unterredung schieden sie von ihm in vollem Einverständnis.

Maria hatte mancherlei Schweres mit ihren Kindern durchgemacht, als sie klein waren, Krankheiten aller Art, Schwierigkeiten in der Erziehung. Es wollte ihr aber scheinen, daß nun, da sie älter wurden, die Sorgen um und für sie das Gemüt tiefer bewegten. Was hatte sie vor Sophiens Verlobung durchzumachen gehabt! Sophie wußte schon seit dem Winter, daß Otto sie begehrte. Er hatte es ihr bei seinem Besuch in der Stadt gesagt, aber sie hatte es rundweg abgeschlagen mit dem Bemerken, sie sei den Pflegeeltern zu viel Dank schuldig, sie würde nie daran denken, sie zu verlassen, sondern ihren Dank dadurch zeigen, daß sie ihnen zeitlebens treu diente, immer für sie arbeitete. Damit hatte sich aber der junge Mann nicht abweisen lassen. Er hatte sich an die Eltern gewandt, die von solcher Aufopferung natürlich nichts wissen wollten. So gab es mancherlei Kämpfe und Aufregungen, bis Sophie überzeugt war, daß es ein falscher Edelmut sei, ihr Glück den Eltern zu opfern. Kaum war diese Angelegenheit erledigt, wollte man ihr liebes Annchen entführen. Ein banger Schmerz zog durch ihre Seele und doch wieder ein Gefühl der Freude, daß ihre Kleine einem Manne, den sie von Jugend an kannte, von dessen innerem Wert sie überzeugt war, angehören sollte. Nun galt es, sie tüchtig zu machen in allen Dingen, sie vorzubereiten auf ihren zukünftigen Beruf.

Gott der Herr aber mußte seinen Segen zu allem geben, sollte es anders wohlgelingen.

## Verschiedene Besuche

Grüneichen, 16. Mai

Gundchen schreibt an ihre Mutter, was kann ich da Besseres tun, als mein Tagebuch hervorholen. Einen ganzen Monat habe ich fast vergehen lassen ohne zu schreiben. Es kommt wohl vom Frühling. Wir sind bis zum späten Abend im Freien gewesen und die Luft macht so müde, daß man gern zur rechten Zeit schlafen geht. Bei Gundchen merkt man schon die gute Wirkung der Landluft, Mutter sagt, sie blüht auf wie ein Röschen. Wir freuen uns schon, wenn Tante Lisa sie wiedersehen wird. Die ist mit Herrn Wernigge mehrere Wochen verreist gewesen, ich glaube nach München, wo wieder einige Bilder von Gundchens Vater ausgestellt sind. Ich wollte, Tante Lisa käme auch einmal hierher; vielleicht holt sie Gundchen ab, da auch jetzt eine Schwester von ihr bei uns ist. Fräulein Margarete Schwarz ist seit Ende April die Lehrerin von Thildchen und Olga. Sie ist sehr klug und liebenswürdig und gefällt uns allen außerordentlich. Als sie kam, war sie sehr schüchtern und verlegen, als aber Mutter ihr freundlich entgegenkam und ihr erzählte, daß sie sie oft auf dem Arm gehabt und häufig mit ihr gespielt habe, da wurde sie zutraulich, und jetzt sagt sie, daß sie sich ganz heimisch bei uns fühle. Daß Gundchen, ihre Nichte, gerade hier weilt, ist für sie sehr hübsch. Die beiden gehen oft zusammen, besonders wenn ich verhindert bin, mit Gundchen spazierenzugehen. Mutter nimmt mich nämlich jetzt sehr dran, es ist gerade, als ob ich eine Prüfung in der Wirtschaft ablegen sollte. Ich muß alles lernen und alles selbst tun. Mutter sagt, Sophie hat es auch müssen, und ich sei nicht besser als Sophie. Es sind aber noch immer einige Erholungsstunden dabei, die bringe ich meistens mit Gundchen im Garten zu. Wir haben eine Lieblingslaube, die wir die Freundschaftslaube nennen, da vertrauen wir uns alles an. Meistens freuen wir uns ja, doch einmal waren wir beide sehr traurig und das kam so.

Onkel U—, Herr Doktor Schwarz hatte immer gesagt, er wolle mehrere Tage bleiben, da — auf einmal erklärte er, als er den zweiten Tag bei uns war, er müsse am Abend wieder fort. Mutter ist sonst immer so gastfrei und bittet die Menschen zu bleiben, diesmal war sie so sonderbar und sagte gar nichts, obgleich ich weiß, daß sie Tante Lisas Bruder gern hat. Gundchen war sehr traurig und ich auch. Als er Abschied genommen hatte, zog sie mich in die Laube und fing bitterlich an zu weinen. Ich bat sie, mir doch ihren Kummer zu sagen, da brachte sie unter Schluchzen hervor, sie wisse, warum Onkel Ulrich heute schon gereist sei —, er sei allen Ernstes gesonnen, ins Ausland zu gehen, sie habe deutlich gehört, daß er wieder mit Vater darüber gesprochen habe. Und das wisse sie, wenn er fortginge, käme er nie wieder, er würde draußen sein Grab finden.

„Ist es wirklich wahr!"

„Gewiß, du kannst es mir glauben", versicherte sie, „ich habe es deutlich gehört, und wir sehen ihn nie wieder!"

Als wir so miteinander trauerten, steht plötzlich mein Vater in der Laube und ruft: „Was geht denn hier vor, was fehlt euch, ihr Mädchen?"

„Gundchens Onkel will nun ins Ausland und kommt nicht wieder," schluchzte ich.

„Aber ihr Gänseblümchen alle beide", lachte Vater, „wie könnt ihr euch nur solchen Unsinn einbilden! Glaubt ihr, daß der Direktor eines großen Gymnasiums seinen Beruf und alles im Stich läßt, um ins Ungewisse zu ziehen? Das wäre doch ein ganz schülerhafter Gedanke." Er sagte uns nun, daß der Onkel allerdings geäußert habe, wenn er noch jünger wäre und keinen Beruf hätte, möchte er am liebsten fort, aber in Wirklichkeit dächte er keinen Augenblick daran; wir sollten keine Tränen unnütz vergießen. Wir beruhigten uns denn auch und ich bat Vater, Matthias und Christian nichts von unserem Kummer zu sagen; sie hätten uns ja nur ausgelacht.

Herr Doktor Schwarz ist Direktor am Gymnasium geworden. Er hat ein sehr hübsches Haus als Amtswohnung und einen schönen Garten dabei. — Aber er sah gar nicht sehr zufrieden aus und war nicht so lustig wie sonst. Als er mir Lebewohl sagte, machte er ein sehr ernstes Gesicht, so daß ich das Gefühl hatte, ich habe irgend etwas Unrechtes getan. Ich habe aber so viel nachgedacht und kann nichts finden. Das einzige müßte sein, daß ich ihn aus Versehen Onkel Ulrich genannt habe, als er kam, das kann er mir doch nicht so lange nachtragen. Gundchen sagt, ich solle mich deswegen nicht sorgen, er habe gewiß schon an seine vielen Schüler gedacht, die ihm den Kopf warm machen würden, darum sei er so ernst und feierlich gewesen.

Fräulein Schwarz ist etwa 24 oder 25 Jahre alt, aber sie sieht viel jünger aus und ist gern lustig. Wenn die Schule nachmittags aus ist, gehen Gundchen und ich oft auf ihr Zimmer, da zeigt sie uns ihre hübschen Zeichnungen oder spielt uns Klavier vor oder wir plaudern miteinander. Mit Sophie spielt sie viel vierhändig, die beiden haben sich sehr angefreundet. So ist bei uns alles in schönster Eintracht. Mit dem Pfarrhause ist reger Verkehr, Schwager Otto ist wieder abgereist, der Briefwechsel mit Sophie ist flott im Gang, Sophie sieht glücklich und zufrieden aus, sie mag aber noch gar nicht an eine Trennung von den Eltern denken. Es währt auch noch gewiß ein Jahr, bevor die Hochzeit sein kann. Sie soll nicht eher stattfinden, als bis Otto eine Stelle hat.

Heute ist ein Brief an Mutter gekommen, der sie in freudiges Erstaunen versetzt hat. Ihre Freundin, Eva Berg, die eine große Erziehungsanstalt für Töchter in Thüringen hat, schreibt, daß die Sehnsucht, Mutter einmal wiederzusehen, so mächtig sei, daß sie beschlossen habe, Pfingsten nicht nach Hause zu reisen, sondern auf einige Tage nach Grüneichen zu kommen, wenn es Mutter passe. Die will natürlich um Tante Evas Besuch bitten. Wir freuen uns alle sehr und sind sehr gespannt, sie kennenzulernen.

Jetzt kommt Gundchen, um mich zu einem Spaziergang abzuholen. Es ist so herrlich im Wald, das lichte Grün der Birken, Eichen und Buchen hebt sich so schön ab von dem Dunkel der Tannen, die Vöglein fliegen von Baum zu Baum und zwitschern, daß es eine Lust ist. Die Wiesen färben sich mit bunten Blumen, die wir pflücken und zu Kränzen winden. Wir schmücken uns oft damit und singen dann hübsche Lieder, die uns in den Sinn kommen. Ach, wie schön ist's doch auf Gottes Welt!

am 8. Juni

Nun ist Pfingsten vorüber und Tante Evas Besuch auch. Und was ist das Neueste? Sie hat uns Sophie entführt, doch ich will der Reihe nach erzählen. Vor dem Fest gab es viel zu tun, Tante Eva sollte Grüneichen im schönsten Lichte sehen, hatte Mutter gesagt. So wurde das ganze Haus von oben bis unten blank und sauber gemacht, und das will etwas sagen, diese Zimmerreihen, oben und unten! Aber die Familie ist groß, Besuch ist oft da, die Räume werden alle gebraucht. Für Tante Eva wurde das beste Gastzimmer hergerichtet. Es hat eine schöne Aussicht auf den See und macht mit seinen hellblauen Tapeten und duftigweißen Vorhängen einen sehr freundlichen Eindruck.

Ich hatte mir Tante Eva majestätisch und groß vorgestellt und hatte schon vorher Ehrfurcht vor ihrer ehrwürdigen Erscheinung. Wie war ich enttäuscht, als ich eine kleine blasse Dame mit ovalem Gesicht und sehr klugen Augen begrüßte. Tante Eva hat eine zierliche Gestalt, aber sie hat doch etwas Achtunggebietendes, ich kann mir denken, daß ihre Anstaltstöchter Respekt vor ihr haben. Mutter holte ihre Freundin von der Bahn. Sie kam Sonnabendnachmittag vor Pfingsten. Wir waren alle im großen Hausflur versammelt, die Brüder waren schon Freitag eingerückt. Als sie uns sah, rief sie: „Maria, welch eine große Familie hast du!“

„Alle gehören mir nicht“, erwiderte Mutter lachend und sonderte die ab, die nicht dazu gehörten. Sie stellte Fräulein Schwarz und Gundchen als Lisas Schwester und Tochter vor, was Tante Eva sehr interessierte. Dann kamen wir der Reihe nach dran. Tante Eva nahm ihr Glas und beobachtete uns so eingehend, als wollte sie unser Inneres ergründen. Sie sprach mit jedem von uns;

alles was sie sagte, war so geistreich und klug, daß meine Ehrfurcht vor ihr riesig wuchs. Beim Kaffee erzählte sie viel von ihrer Anstalt, bedauerte, daß sie mich nicht habe ausbilden dürfen, worauf Mutter erwiderte, daß ich jedenfalls mehr gelernt haben würde, wenn ich bei Tante Eva gewesen wäre, die Entfernung sei aber zu groß; der Vater habe aus diesem Grunde nicht seine Zustimmung geben wollen.

Alles, was Tante Eva von ihrer Schule erzählte, interessierte Gundchen und mich sehr. Zwölf bis sechzehn Mädchen werden gewöhnlich aufgenommen. Es herrscht ein munteres, ungezwungenes Leben unter ihnen. Eine Französin und eine Engländerin unterrichten in ihren Sprachen, auch für musikalische Ausbildung ist durch tüchtige Lehrer gesorgt. Leider war die Wirtschafterin vor kurzem gegangen, und noch kein passender Ersatz gefunden. Tante Eva war deshalb in großer Unruhe. Für den Herbst habe sie Aussicht auf eine passende Stütze, aber für die Sommermonate suche sie eine Stellvertreterin; sie bat Mutter, sich darum zu bemühen, da sie unmöglich neben ihren vielen sonstigen Pflichten den großen Haushalt beaufsichtigen könne. Mutter meinte, wenn es nicht länger als für einige Monate sei, so wisse sie eine, die dazu geeignet sei, nämlich ihre älteste Tochter Sophie.

„Ja“, sagte Tante Eva nachdenklich, „das wäre mir eine große Hilfe, doch ich kann dir deine Tochter nicht wegnehmen, da du sie, wie ich sehe, sehr nötig selbst gebrauchst.“

„Und doch würde ich sie dir geben, aber Sophie müßte auch selber Lust dazu haben. Sie ist Braut, es könnte für sie nur vorteilhaft sein, einen andern Haushalt kennenzulernen. Und für meine Kleine da — Mutter zeigte auf mich — wird es auch nützlich sein; sie verläßt sich immer noch viel zuviel auf Sophie, ich möchte sie gern ein wenig selbständig haben.“

Tante Eva nahm wieder ihr Glas vor die Augen und betrachtete mich lange.

„Ja", sagte sie endlich, „es schadet den jungen Mädchen gar nicht, wenn sie auch im Haushalt tüchtig rangenommen werden."

„Gute Nacht, ihr schönen Tage", dachte ich bei mir. Sophie fort, und ich alle ihre Pflichten übernehmen! Nun, Mutter mußte es ja wissen. Ich will gern die Wirtschaft lernen, aber Sophie ersetzen, das ist ein schweres Unternehmen. Und doch — nach Sophiens Hochzeit muß ich Mutters rechte Hand sein, da ist es immer gut, wenn ich mich schon vorher dran gewöhne.

Sophie war draußen, als diese Frage verhandelt wurde. Als sie hereinkam, sagte Mutter ihr davon. Sie war gern bereit auszuhelfen, und so wurde beschlossen, daß sie Tante Eva begleiten und bis zum Herbst dort bleiben solle.

Wir verlebten reizende Tage mit ihr. Sie wußte manches aus Mutters Jugendzeit, was diese längst vergessen hatte, und von ihren Eltern sprach sie mit besonderer Liebe und Hochachtung. Es ist so schön, Mutters Jugendfreundinnen alle kennenzulernen. Fräulein Walters waren so reizende Damen, Tante Lisa mag ich so gern, aber die Tante Eva ist die Beste von allen. Sie kann so viel Spaß machen, ist voller witziger Einfälle und doch wieder hat sie einen tiefen Ernst, eine innige Frömmigkeit. Wie ist sie darauf bedacht, die ihr anvertrauten jungen Mädchen auf den rechten Weg zu führen. Ich beneide fast Sophie, daß sie hat mitgehen dürfen, aber ich würde ja nicht die Hälfte von dem leisten, was Sophie tun kann. Tante Eva würde höchsten wieder sagen können, wie Frau von Drucker: „Du kleines Schaf."

am 10. Juni

Heute morgen kam eine Einladung vom Nachbarsgut, die die Eltern annahmen. Da bekam der gute Vater seine Kopfschmerzen, die er lange nicht gehabt hat, und da er sehr wünschte, Mutter möchte zu den Bekannten fahren, weil sie schon einige Male hatten absagen müssen, so wurde beschlossen, ich solle beim Vater bleiben und alles Störende von ihm fernhalten. Es war so still und öde in unserem großen Haus. Fräulein Schwarz, Gundchen und die Schwestern waren nämlich auch mitgefahren. Es war ein warmer, schwüler Tag; ich machte dem Vater kühlende Umschläge und da der Schmerz etwas nachließ, durfte ich ihm vorlesen. Ich freute mich, daß nichts unsere Ruhe störte, das kann Vater an solchen Tagen gar nicht vertragen. Aber es kam schließlich doch noch etwas sehr Aufregendes. Vater wurde beim Vorlesen müde und sagte, ich möchte hinausgehen, er wolle ungestört ein Stündchen schlafen.

Die dicken Wolken, die schon immer gedroht hatten, entluden sich zu einem schweren Regen, der nach dürren Tagen sehr erwünscht kam, aber Mutter und Schwestern empfindlich treffen würde, da sie im offenen Wagen fuhren. Ich setzte mich in eins der vordern Zimmer ans Fenster und las. Von Zeit zu Zeit sah ich hinaus auf den niederströmenden Regen, der überall auf dem Hofe Teiche und Seen bildete. Da sah ich ein weibliches Wesen durch das Hoftor kommen. Es war ohne Schirm und hatte ein schwarzes Spitzentuch über den Hut gezogen. Die schlanke hohe Gestalt erinnerte mich an Tante Lisa, auch die schwarze Kleidung. Aber — sie konnte es doch unmöglich sein in diesem Wetter.

Sie war's! „Annchen", rief sie, als ich die Haustür öffnete, „Gott sei Dank, daß ich endlich hier bin, der Weg ist mir namenlos lang geworden."

„Warum hast du nicht geschrieben, Tante Lisa, Vater hätte dich von der Bahn holen lassen, wir haben so viele Pferde im Stall."

„Das ist schon möglich, Kind. Aber schreiben konnte ich nicht", sagte sie hastig. „Wo ist Mutter? Laß mich schnell zu ihr."

Ich sagte, Mutter sei gerade heute nicht da und den Vater dürfe ich nicht stören, er habe Kopfschmerzen, worauf sie sehr unglücklich aussah und sagte: „Ich hätte Mutter so gerne gleich gesprochen."

Ich bat sie mitzukommen, führte sie hinauf in ein Gastzimmer, holte trockene Sachen herbei, denn sie war gänzlich durchnäßt, und forderte sie auf, ihre Kleider zu wechseln. Dann lief ich in die Küche, machte eine Tasse Tee und als ich glaubte, sie würde mit Umkleiden fertig sein, trug ich ihr den Tee hinauf. Sie saß, den Kopf in die Hand gestützt, am Fenster und sah furchtbar traurig aus. Die Tränen liefen ihr immer über die Wangen. Sie versuchte sie zurückzuhalten, als ich kam, aber es gelang ihr nicht.

„Weißt du, Tante Lisa, daß Fräulein Schwarz jetzt bei uns ist?" sagte ich. Ich glaubte, ihr damit etwas Angenehmes zu sagen.

„Ich weiß, ich weiß", sagte sie kurz, „aber ich bitte dich um eins, Annchen, laß weder Gundchen noch meine Schwester etwas davon merken, daß ich hier bin. Nur deine Mutter soll zu mir kommen, ganz allein, ich will vorderhand weiter niemanden sehen."

Das kam mir alles sehr sonderbar vor. Tante Lisa mußte etwas Trauriges erlebt haben. Ich konnte nur das eine nicht begreifen, daß sie Gundchen nicht sehen wollte. Sie bat mich um eine Tablette, da sie sehr heftige Kopfschmerzen habe. Bei Kopfschmerzen fiel mir der Vater ein, den ich ganz vergessen hatte. Ich hätte doch nach ihm sehen müssen, es war schon lange Zeit her, daß er mich fortschickte, weil er schlafen wollte. Sobald ich Tante Lisa das Gewünschte gebracht hatte, eilte ich hinunter. Es wurde furchtbar geschellt, und ich betrat leise Vaters Zimmer.

Er hatte mich längst erwartet und war sehr ungehalten, daß ich nicht gekommen war. Ich wollte mich entschuldigen und sagte, ich hätte nicht kommen können, es habe sich etwas ereignet.

Da wurde er noch aufgeregter. Was denn geschehen sei? Ob es ein Unglück gegeben? Ob es irgendwo brenne, ich solle sprechen. Ich wurde immer verwirrter und sagte nur: „Oben!“

„Was“, rief er und sprang auf, „oben? Brennt es?“

„Nein,“ sagte ich nun bewichtigend, „oben ist eine Dame.“

„Nun, das ist doch kein Unglück. Das nennt man Besuch und sagt ein andermal nicht: ‚Es hat sich etwas ereignet.‘ Wer ist es?“

„Sie will nicht genannt sein, Vater. Nur Mutter soll es wissen.“

„Unsinn“, brummte mein Vater. „Wer sich unter meinem Dach aufhält, dessen Namen will ich wissen.“

„Es ist Tante Lisa.“

„Und sie will nicht, daß ihr Hiersein bekannt wird. Seltsam. Nun, dann gib mir einen Tee, oder schicke Friederike zu mir und gehe du wieder zu Tante Lisa, man kann sie doch nicht allein lassen."

Ich rief Friederike, trug ihr auf, Vater mit allem zu versorgen, und ging wieder hinauf.

Alles, was ich Tante Lisa zur Erfrischung hingesetzt hatte, war unberührt. Ich sah, daß sie wieder sehr geweint hatte, und konnte mir gar nicht denken, was für ein Leid sie betroffen hatte. Sie bat mich, sie allein zu lassen, so ging ich wieder hinunter, Mutter mit Sehnsucht erwartend.

Der Regen hatte aufgehört. Ich öffnete ein Fenster, es war herrliche Luft draußen. Balsamische Düfte entströmten den blühenden Büschen und Sträuchern, alles sah, vom Regen erfrischt, neu und verjüngt aus, es zog mich in den Garten. Leise ging ich an den Fenstern von Vaters Stube vorüber, aber der Kies knirschte doch etwas unter meinen Tritten. Da sah ich, wie meines Vaters Hand das eine Fenster aufstieß und er mit ganz veränderter Stimme rief: „Gänseblümchen." Das ist immer sein Ausdruck, wenn er es gut meint. Ich eilte zu ihm. Da streckte er mir beide Hände entgegen und sagte: „Annchen, Tante Lisa mag wohl deine Gesellschaft nicht?" Ich schüttelte mit dem Kopf. „Dann bleib bei deinem Vater, mein Kind. Ich freue mich, wenn du bei mir bist. Mein Kopf ist jetzt besser. Schelte bekommst du nicht mehr." Ich durfte Vater vorlesen, und beinahe vergaß ich, daß Tante Lisa oben war, wenn nicht das Rollen eines Wagens der Mutter Rückkehr gemeldet hätte. Da fiel mir alles wieder ein.

Gundchen sprang lachend vom Wagen, sie sah so hübsch aus, ihre Wangen waren leicht gerötet. „Es war zu hübsch, Anna, wie schade, daß du nicht dabei sein konntest. Aber wie ernst siehst du aus, es ist doch nichts geschehen?"

Ich sagte der Wahrheit gemäß: „Nein“, suchte aber Mutter baldmöglichst allein zu sprechen.

Sie erschrak sehr, als ich ihr sagte, wer gekommen sei, und ging gleich, nachdem sie Vater begrüßt hatte, nach oben. Sie blieb lange weg. Als sie herunterkam, sah sie blaß und verstört aus, sagte, wir wollten Abendandacht halten, dann sollten alle schlafen gehen. Gundchen wartete, wie gewöhnlich, auf mich; ich bat sie, voranzugehen, ich würde bald folgen. Als wir allein waren, fragte ich Mutter, was es mit Tane Lisa auf sich habe. „Es sind traurige Sachen, mein liebes Kind, es ist besser, du erfährst es nicht. Du hast deine Sache gut gemacht heute, ich weiß nun, daß ich mich auf mein Töchterchen verlassen kann.“

Ich fühlte, daß ich das Lob eigentlich nicht verdiente, sagte gute Nacht und ging. Gundchen, die keine Ahnung hatte von dem, was sich zugetragen, erzählte mir viel von dem hübschen Nachmittag, wie alle Tante Gretchen so gern gemocht hätten und besonders von ihrer schönen Stimme entzückt gewesen seien. Nun schläft Gundchen schon lange. Ich war noch zu aufgeregt und mußte meine Erlebnisse erst niederschreiben.

Mir ist es jetzt klar, daß es mit Herrn Wernigge zusammenhängt, gewiß ist er nicht immer gut zu Tante Lisa, und das darf Gundchen ja allerdings nicht wissen. Wie danke ich Gott, daß er mir so gute Eltern geschenkt hat. Wenn auch Vater mitunter etwas nervös ist, so ist er doch ein lieber, prächtiger Vater, ich bitte Gott alle Tage, daß er mir meine Eltern recht lange erhalten wolle.

## Lisas Leid

Lisa, arme Lisa, was treibt dich so unerwarteterweise zu uns?“ waren Marias erste Worte, als sie das Zimmer betrat, um die Freundin zu begrüßen. „Annchen sagt mir, daß du in strömendem Regen angekommen bist; hoffentlich schadete dir der schreckliche Weg von der Bahn hierher nicht."

„Mir ist alles gleich, Maria. Am liebsten wäre ich tot. Ich bin eine arme, unglückliche Frau. Es muß einmal heraus, es muß gesagt werden, ich kann es nicht mehr allein tragen. Immer habe ich versucht, es vor dir zu verbergen, aber das Maß meines Elends ist voll. Ich bin — meinem Mann davongelaufen."

Maria, die Lisa noch am Fenster sitzend gefunden, war erschrocken über das blasse, abgehärmte Gesicht ihrer Freundin. Es erzählte ihr mehr als Worte von dem bittern Leid, das sie durchgemacht hatte. Sie wurde von großem Mitleid erfaßt, als Lisa die Worte schluchzend herausstieß.

„Ja, Maria", fuhr sie fort, „ich hätte es dir längst sagen müssen, daß mein Mann sich von einer Leidenschaft ganz beherrschen läßt. Schon seit Jahren hat er sich dem Trunk ergeben, es ist je länger, je ärger mit ihm geworden. Unzählige Auftritte habe ich mit ihm gehabt, nachts kommt er in berauschtem Zustand nach Hause, und wenn ich ihm Vorwürfe mache, tobt er. Gestern gab es einen Auftritt, der aller Beschreibung spottet. Ich machte ihm Vorwürfe, da drohte er mir, sagte, ich sei an allem schuld, ich sei verschwenderisch und leichtsinnig, und als ich das nicht gelten lassen wollte, da — erhob er seine Hand gegen mich. Das war mehr, als ich ertragen konnte, mein Entschluß stand fest, zu dir zu gehen. Nur du allein kannst mir helfen in meiner großen Not, kannst mir sagen, was ich tun soll."

„Arme Lisa", sagte Maria, „das kann ich dir nicht sagen, das mußt du selbst am besten wissen. Ich will dich ja gerne hier behalten, aber was würde deine Schwester, was würde Gundchen davon denken? Und dann — dann glaube ich, es ist das richtigste, du gehst wieder zurück. Du kannst deinen Mann doch nicht allein lassen. Leicht ist es nicht, nein, es ist sogar ein schweres Kreuz, was Gott der Herr dir auferlegt hat, aber wenn du ihn bittest, so wird er dir Kraft verleihen, auszuharren in Geduld. Wenn ich dir raten soll, versuche es einmal, sanftmütig und freundlich zu sein, es hat schon manche Frau Einfluß auf ihren Mann geübt durch ihre sanfte, stille Art. Versuche es einmal!"

„Meine Natur ist nun einmal lebhaft. Ich kann sie nicht nach Belieben ändern."

„Du kannst es nicht, aber der Herr kann dir ein neues Herz schenken. Er kann die Kraft verleihen, daß du es durchführst. Versuch es, Lisa."

„Maria, du hast gut reden. Du kennst diese Art von Menschen nicht. Mit Sanftmut kommt man da nicht weit."

Maria schwieg und sah traurig vor sich hin. „Sage mir doch, was ich tun soll", rief Lisa ungeduldig.

„Ich habe dir meine Meinung gesagt. Einen andern Rat weiß ich vorderhand nicht."

„Es ist zu hart, zu bitter", sagte Lisa, und die Tränen flossen wieder. „Wenn ich denke, wie gut es andere im Vergleich dazu haben, wie du dastehst, Maria —"

„Ich habe auch manches Schwere durchkämpfen müssen und muß es noch. Anders als durch Trübsal geht es nicht ins Reich Gottes. Hat der Herr gelitten, so sollen wir, seine Diener, auch willig leiden, sollen das Kreuz, das er uns sendet, still und demütig tragen. Wenn nur alles dazu dient, uns geschickt zum Reiche Gottes zu machen."

„Ach, ich bin sehr weit davon", gestand Lisa ehrlich. „Ich habe mich seit meiner Einsegnung wenig um geistliche Dinge gekümmert."

„Und doch ist der Glaube an unsern Herrn und Heiland das einzige, was uns Halt gibt im Leben und im Sterben, das einzige, was das Herz stille macht im Gewirre des Lebens, was der Seele Frieden schafft."

„Ja, nach Frieden verlangt die Seele mitunter; es ist alles so unruhig und in Aufruhr in mir. Mein Gott, wenn ich denke, ich soll wieder zurück in dies elende Leben! Not im Hause und täglich diese Szenen mit einem haltlosen Mann — es ist furchtbar."

„Du mußt erst ruhig werden, liebe Lisa, du bleibst morgen bei uns, erfreust dich an deiner Kleinen, die recht aufgeblüht ist, siehst, wie deine Schwester hier ein Heim gefunden hat, das ihr zusagt, ruhst bei mir aus, und übermorgen gehst du in Gottes Namen zurück zu deiner Pflicht."

„Ich wollte Gundchen nicht gleich sehen, weil ich zu aufgeregt war. Aber schicke sie mir morgen früh herein. Und nun, Maria, ich will versuchen, ruhiger über alles zu denken, vielleicht morgen, heute schmerzt der Kopf so sehr."

Maria machte der Freundin alles so behaglich wie möglich. Sie umgab sie mit zarter Liebe und Rücksicht, sorgte für jede mögliche Bequemlichkeit, so daß Lisa ganz überwältigt ausrief: „Maria, wenn ich dich nicht hätte, du schaffst mir äußerlich und innerlich Ruhe, du bringst mich immer wieder auf den rechten Weg. Was habe ich dir alles zu danken!"

„Nichts", war Marias einfache Antwort, „als daß du mich ein wenig liebhast."

Maria ging, weil sie glaubte, Lisa würde so eher zur Ruhe kommen. Auch wollte sie die Sache mit ihrem Mann überlegen. Er hielt es auch für richtig, daß Frau Wernigge, je eher, je lieber, zu ihrem Mann zurückging, „denn", sagte er, „die Frau gehört zum Mann, sie muß verstehen, ihn an sich zu fesseln, es ihm zu Hause lieb und angenehm zu machen, damit er so wenig wie möglich außerhalb des Hauses sein Vergnügen sucht. Was sollte wohl ich armer Mann machen", fügte er scherzend hinzu, „wenn mein Frauchen davonliefe, Grund genug hätte es wohl mitunter."

„Wenn ich einen so lieben, treuen Mann wie den meinigen, verlassen wollte, da müßte ich schon ein sehr böses Frauenzimmer sein.“

Am andern Morgen war Marias erster Gang zu Lisa. Sie sah matt und müde aus und hatte wenig geschlafen. Aber nachgedacht hatte sie viel und zwar zum Guten, denn sie erklärte, sie wolle heute wieder nach Hause, man solle Gundchen sagen, sie sei gestern auf Besuch gekommen, müsse heute aber wieder fort. Ein längeres Bleiben nütze nicht, es würde die Sache nur schlimmer machen.

Strahlend trat Gundchen nach einer Weile in das Zimmer ihrer Mutter. Diese war so überrascht über das frische und gesunde Aussehen des Kindes, daß sie ausrief: „Was ist denn mit dir los, mein Gundel, dir ist es, das sieht man, sehr wohl ergangen.“

Sie dankte Maria bewegt für alles, was sie an ihrem Kinde getan hatte, und fragte, ob sie Gundchen denn noch dalassen dürfe. Maria meinte, am liebsten den ganzen Sommer, die Kur müsse radikal sein. Gundchen fragte nicht, wann und warum die Mutter gekommen sei; es war ihr genug, daß sie da war, sie nahm es für selbstverständlich, daß sie ihretwegen die Reise gemacht habe.

Auch Gretchen begrüßte Lisa später, doch herrschte zwischen den Schwestern keine so innige Zuneigung, wie man es sonst bei den Geschwistern zu finden pflegt. Sie waren im Alter zu verschieden, und ihre Lebenswege waren weit auseinandergegangen.

Maria erbot sich, Lisa in die Hauptstadt zurückzubegleiten, doch die Freundin lehnte nach kurzem Nachdenken mit Dank ab. „Ich kann dich ja doch nicht immer bei mir behalten“, sagte sie, „muß sehen, wie ich mich allein durchschlage.“

„Der Herr ist bei dir, liebe Lisa. Er hilft dir tragen, halte dich allezeit an ihn. Und solltest du — solltest du einmal wirklich in Not sein, nicht aus noch ein wissen, dann rufe mich, ich bin jederzeit bereit, dir beizustehen."

Herr Mersburg, der seines Kopfes wegen länger liegen und sich vom Familienzimmer noch fernhalten mußte, sah Lisa nicht. Es war für beide Teile angenehmer. Der Mittagszug führte Frau Wernigge wieder nach Hause. Maria war das Herz schwer. Wie gern hätte sie Lisas Lage erleichtert, ein tiefes Mitleid hatte sie mit der armen Frau. Sie bat Gott, sich ihrer zu erbarmen, sie durch Nacht zum Licht, durch Kreuz zur Krone zu führen. Vielleicht hatte sie doch noch die Freude, zu sehen, daß Lisa sich der wahren Quelle dürstend nahte, um von ihr das Wasser des Lebens zu schöpfen.

## Siebzehn

Grüneichen, am 30. Juni

Nun werden wohl die Leute Achtung vor mir bekommen, ich bin volle siebenzehn Jahre. Wer es nicht glauben will, sehe sich nur die riesige Geburtstagstorte an, auf der die Zahl 17 prangt. Die Brüder schrieben, daß sie jetzt mit Achtung zu mir aufschauen; Vater hat versprochen, mich jetzt nicht mehr Gänseblümchen zu nennen, und Mutter sagte mir zu meiner großen Freude, ich habe ihr in der letzten Zeit so tapfer geholfen, daß sie beinahe Sophie nicht mehr vermißt habe. Das freut mich am meisten, denn wenn Sophie später verheiratet ist, muß ich ganz an ihre Stelle treten. Ich will meinen Eltern eine recht treue Stütze werden und sie, wenn sie alt sind, hegen und pflegen. Ich habe Mutter schon versprochen, wenn sie alt ist und graue Haare bekommt, darf sie nichts mehr tun, da soll sie den ganzen Tag im Lehnstuhl sitzen, und ich besorge die Hauswirtschaft allein.

Die jungen Mädchen des Dorfes, die Mutter mitunter Sonntag nachmittags um sich sammelt, um etwas Gutes mit ihnen zu lesen, brachten mir schöne Blumen und Kränze. Mutter Krusen hatte mir ein Paar feine Strümpfe gestrickt, Friedchen kam mit einem großen Kringel aus dem Wirtschaftshaus, und mein alter Freund, der Melker, der geschickt im Binsenflechten ist, brachte mir ein zierliches Körbchen, das er selbst angefertigt hatte. Der Gärtner hatte Blumen geschickt, die den Geburtstagstisch zierten, auf dem viele schöne und wertvolle Gaben von den Eltern lagen. Gundchen hatte eine mühsame Stickerei fertig gemacht und dazu die Stunden benutzt, die sie jetzt ohne mich zubringen muß, wenn ich in der Wirtschaft tätig bin. Fräulein Gretchen endlich hatte mir ein hübsches Bild gemalt und mit den kleinen Schwestern allerliebste Klavierstücke eingeübt, die am Nachmittage zum besten gegeben wurden. Dazu war ein herrlicher Sommertag, der Garten stand in schönster Blütenpracht, und mein Herz war fröhlich und guter Dinge.

Mit Frau Pfarrer, Emmy und den jüngeren Geschwistern haben wir im Garten unter der großen Linde beim Hause Kaffee getrunken; wir haben viel von Otto und Sophie gesprochen. Otto ist bald mit seiner zweiten Prüfung fertig, dann kann er schon eine Pfarre bekommen. Frau Pfarrer ist sehr glücklich über ihre Schwiegertochter, die eine so praktische, fleißige Frau zu werden verspricht. Wir lasen ihr einen Brief von Sophie. vor. Sophie beschreibt darin das Leben in der Pension, erzählt, daß sie selbst sich glücklich fühlt, und daß sie Tante Eva sehr liebgewonnen hat. Sie bewohnen ein Landhaus, das in einem großen Garten liegt, in dem die jungen Mädchen sich in den Freistunden nach Herzenslust tummeln dürfen. Sophie hat viel zu tun, und kann noch manches lernen, was ihr für ihren künftigen Haushalt sehr zustatten kommt. Musik wird dort viel getrieben, in den Abendstunden hat auch Sophie Zeit zum Musizieren und muß oft vorspielen.

Mutter sagt, sie freue sich für Sophie, daß sie eine Zeitlang mit Tante Eva leben könne, es werde für ihr ganzes Leben von gutem Einfluß sein. Vielleicht darf ich Vater, wenn er im Herbst Sophie abholt, begleiten, darauf freue ich mich schon jetzt. Gundchen spricht viel davon, daß sie ihren Onkel besuchen will. Er hat eine große Amtswohnung in der Nähe des Gymnasiums und einen schönen Garten. Natürlich werden wir sie nicht allein fahren lassen, es steht also viel Schönes in Aussicht.

Von den jungen Mädchen aus der Stadt, mit denen ich das Kränzchen zusammen hatte, sind schöne Postkarten gekommen. Wir haben uns nämlich unsere Geburtstage untereinander gesagt und uns das Versprechen gegeben, daß wir uns beglückwünschen wollen. Ein Geburtstag ist doch etwas Schönes. Man wird von jedem freundlich angesehen und beglückwünscht und trägt den ganzen Tag ein festliches Gefühl mit sich herum.

Abends spät, als die Gäste uns verlassen hatten, saßen Gundchen und ich in der Freundschaftslaube. Es war ein stiller, warmer Abend. Der Mond lächelte mild und freundlich auf uns nieder, und wir bauten Luftschlösser für die Zukunft. Die guten Eltern gingen auch noch im Garten spazieren und setzten sich dann ein Weilchen zu uns. Erst gegen elf Uhr gingen wir hinauf. Eigentlich hätte ich gleich zur Ruhe gehen müssen, aber ich verspürte große Lust, den heutigen Tag und seine freundlichen Erlebnisse ins Tagebuch einzuzeichnen. Gott der Herr wolle mich behüten und mich immer mehr zu seinem Kinde machen, damit ich ihm zur Ehre und meinen Eltern zur Freude lebe. Darum will ich ihn bitten am Schluß dieses Tages.

## Durch Nacht zum Licht

Die Sommertage flogen unter mancherlei Beschäftigungen und Vergnügungen dahin. Gundchen wurde sichtlich frischer und gesünder; sie entwickelte sich auch in geistiger Beziehung mehr, bekam durch das anregende Leben in Grüneichen neues Streben und bat selbst darum, in diesem und jenem Fach noch fortlernen zu dürfen. Es wurde ihr gern gewährt. Tante Gretchen, die das junge Mädchen sehr liebgewonnen hatte, nahm sich ihrer freundlich an, las mit ihr und Annchen Englisch und Französisch in den Nachmittagsstunden, oder sie malte mit den beiden. Gundchen hatte wohl mitunter Sehnsucht nach der Mutter, aber das Familienleben in Grüneichen hatte etwas so Ansprechendes, Anheimelndes, daß sie nicht in die alten Verhältnisse zurückbegehrte. Wer konnte es ihr verdenken?

Es war zur Erntezeit im August. Die Erntewagen fuhren hin und her, um den reichen Segen Gottes vom Feld einzuholen und ihn in den Scheunen zu bergen; alle hatten vollauf zu tun. Die Knechte und Mägde draußen, die Hausfrau und die Wirtschafterin drinnen. Es war heiß, ein Gewitter hing in der Luft, darum war man sehr eilig, die Garben auf dem Felde einzubringen.

Frau Maria war mit im Wirtschaftshaus, es wurden zum Abend Kartoffelkuchen gebacken. Auch Annchen stand, die Ärmel aufgestreift, mit einer großen Küchenschürze versehen, mit am Herd und half backen. Da stürzte Gundchen herein. „Schnell, Tante Maria, Onkel Ulrich ist da, ob du nicht gleich einmal kommen wolltest."

„Onkel Ulrich?" sagte Maria fast streng, „das ist wohl ein Irrtum."

„Nein, gewiß nicht, Tante. Onkel Mersburg ist auf dem Feld, Tante Gretchen ist oben und gibt Stunden, und Onkel sagt, er müsse gerade dich sprechen."

Maria sah unruhig aus, es war ihr diese Unterbrechung offenbar nicht lieb. Sie sah nach Annchen. Die machte ein sehr vergnügtes Gesicht und war dabei, sich ihrer Küchenschürze zu entledigen. „Nun, was wird jetzt?" fragte die Mutter verwundert.

„Ich will Onkel U—, Herrn Doktor Schwarz, begrüßen."

„Binde deine Schürze ruhig wieder vor, wir dürfen Friedchen nicht alle beide im Stich lassen. Hilf du ihr um so fleißiger, ich werde hoffentlich bald wieder da sein."

Diesmal wurde Annchen das Folgen schwer. Sie hätte so gern Gundchens guten Onkel begrüßt und nun sollte sie hier am Feuerherd bleiben und für die Leute Kartoffelkuchen backen! Wenn doch nur Sophie erst wieder da wäre! Ungern band sie die Schürze wieder vor, aber die Gedanken waren drüben im Herrenhause, so daß Friedchen nach einer Weile sagte: „Fräulein Annchen, Sie müssen den Kuchen wenden, er ist schon ganz schwarz auf der einen Seite."

Frau Maria ging hinüber. Als sie das große Wohnzimmer betrat, erhob sich Doktor Schwarz, der am Fenster gesessen hatte, und ging ihr entgegen.

„Herr Doktor, es ist gegen unsere Verabredung", sagte sie unruhig.

„Sie werden sich schon denken können, verehrte Frau, daß mich etwas Außergewöhnliches hertreibt. Ich bekam vor einigen Tagen, als ich gerade eine Ferienreise antreten wollte, ein Telegramm von meiner Schwester Lisa, das mich nötigte, sofort abzureisen. Die Überführung ihres Mannes in eine Anstalt war dringend nötig. Er hatte Fieber und redete irre, gestern abend ist er gestorben. Lisa hat den einzigen Wunsch, Sie, verehrte Frau, um sich zu haben, sie ist in einem traurigen Zustand, tun sie ein Werk der Barmherzigkeit und kommen Sie mit. Ich möchte mit dem Sechsuhrzug in die Hauptstadt zurück."

„Aber das ist ja unmöglich, Herr Doktor", rief Maria. „Wir stehen in voller Arbeit, mein Mann ist auf dem Feld, alle Leute haben vollauf zu tun."

„Hier handelt er sich nicht um Arbeit, sondern um eine Menschenseele", sagte Ulrich traurig.

„Sie haben recht, Herr Doktor", gab Maria nach kurzem Besinnen zu. „Ich mache es möglich mitzureisen."

„Der Zustand meiner Schwester ist nach allem, was sie in der letzten Zeit durchgemacht hat, derartig, daß das Schlimmste zu befürchten steht. Nur Sie können helfen —"

„Das kann nur Gott", versetzte Maria leise. Dann, ihre ganze Tatkraft zusammennehmend, rief sie Gundchen, die noch nichts ahnte, und bat sie, Anna zu holen.

Die kam, glühend rot vom Backen, vom Wirtschaftshause herein. Während Herr Doktor Schwarz mit seiner Nichte ins Nebenzimmer ging und ihr vorsichtig die traurige Nachricht mitteilte, mußte Annchen jemand auf dem Gutshof suchen und ihm auftragen, den Herrn so schnell wie möglich zu holen. Dann sagte Maria ihrer Tochter, was geschehen sei, und übergab ihr zum erstenmal für einige Tage die Hauswirtschaft.

„Du hast den Vater zur Seite, außerdem Fräulein Friedchen und die Mädchen. Sei pflichttreu und wache über alles, mein Kind. Gott der Herr wird dir helfen." Dann empfahl sie Fräulein Schwarz die Sorge um ihre Kleinen und machte sich reisefertig.

Der Wagen hielt schon vor dem Haus, als Herr Mersburg in den Hof geritten kam. Er war verwundert, seine Frau reisefertig zu finden. Als er hörte, was geschehen war, und als Maria ihm bittend die Hand hinstreckte und sagte. „Ich darf doch?" da konnte er nicht anders als seine Zustimmung geben.

Anna war zu Gundchen gegangen, die schluchzend in einer Ecke des Zimmers saß, und als diese jammerte, sie müsse zu ihrer Mutter, sagte sie: „Nein, du darfst nicht mit, Gundchen, es würde dich zu sehr aufregen." —

Es war abends in der elften Stunde, als die Reisenden die Treppe, die zu Lisas Wohnung führte, erstiegen. Auf ihr Klingeln öffnete das Mädchen, und als Doktor Schwarz fragte: „Ist meine Schwester noch auf?" nickte es stumm und führte die Ankommenden ins Zimmer. Da stand Lisa, bleich wie Marmor. Als die Tür sich öffnete, rief sie: „Endlich! Maria, Maria!" Doktor Schwarz entfernte sich leise, und Maria nahm die schwergeprüfte Freundin in ihre Arme. Sie sagte nichts weiter als: „Arme Lisa." Da war es, als ob etwas Starres sich von ihrer Brust löste, ein Tränenstrom brach hervor, Maria ließ sie ausweinen an ihrem Herzen. Lisa überkam in Marias Armen ein Gefühl, als sei sie nun geborgen vor allem Unwetter, das auf sie eingestürmt war. Maria sagte ihr milde Trostworte und brachte es nach langem Überreden dahin, daß sie sich legte; aber an Schlafen war nicht zu denken.

„Ich habe zu viel durchgemacht, Maria", schluchzte sie. Dann kamen die Berichte über die letzten Wochen, die sie mit ihrem Manne in großer Unruhe und Angst verbracht hatte, dann kamen Selbstvorwürfe, Klagen aller Art; alle Versuche Marias, sie zur Ruhe zu bringen, scheiterten. Endlich, gegen Morgen, siegte die erschöpfte Natur, Lisa fiel in Schlaf, und Maria setzte sich in einen Lehnstuhl, um sich etwas zu erholen von den Aufregungen, die sie in den letzten Stunden durchgemacht hatte. Als sie etwa nach einer Stunde Geräusch im Nebenzimmer hörte, ging sie hinein, um das Mädchen zu bitten, ihr eine Tasse Kaffee zu bringen. Sie fühlte sich durch den warmen Trank neu belebt und wollte eben wieder zu Lisa gehen, da trat Lisas Bruder ein. Er streckte ihr beide Hände entgegen.

„Wie sollen wir Ihnen vergelten, was Sie für uns tun, verehrte Frau Maria", sagte er.

„Es ist nichts Besonderes, einfache Christenpflicht", versetzte Maria freundlich.

„Sie sind die ganze Nacht bei Lisa gewesen. Ich zog mich zurück, weil ich die vorige Nacht keine Augen zugetan hatte und der Ruhe dringend bedurfte, um heute frisch zu sein. Auch wußte ich, daß Sie mehr Einfluß auf Lisa haben als ich, darum machte ich Ihnen Platz. Nun gestatten Sie mir, Ihre Stelle einzunehmen, Sie müssen unbedingt ruhen.

Noch eins, bevor Sie gehen, Frau Maria. Morgen ist die Beerdigung, sie wird um zehn Uhr von der Anstalt aus, in der mein Schwager gestorben ist, stattfinden. Ich bleibe hier, um die unglücklichen Verhältnisse zu ordnen. Wie günstig, daß ich Ferien habe, so finde ich die Zeit dazu. Was wird aber mit Lisa? Ich fürchte, wenn sie hier bleibt —"

„Ich nehme sie mit, Herr Doktor. Sobald ihre Anwesenheit hier nicht mehr nötig ist, soll sie mit nach Grüneichen, um sich dort leiblich und geistig zu erholen. Das ist unbedingt nötig. Sie hat ihr Töchterchen dort —"

„Es ist der denkbar beste Ort für sie, Frau Maria, ich danke Ihnen. Wenn ich erst die hiesigen Verhältnisse klar durchschauen kann, schreibe ich über alles. Ich fürchte, der armen Lisa wird nicht viel zum Leben bleiben. Es sei denn, daß noch einige Bilder günstig verkauft würden —"

„Das wird sich ja alles finden. Da ich augenblicklich nötig zu Hause bin, ist es das beste, ich nehme Lisa morgen nachmittag mit nach Grüneichen."

Tiefgerührt beugte sich Doktor Schwarz über Marias Hand und küßte sie. „Aber nun bitte ich entschieden, daß Sie sich legen. Ich bin Ihrem Gatten gegenüber verantwortlich für Sie."

Maria ging. Sie fühlte, sie bedurfte der Ruhe, es standen noch mancherlei Aufregungen mit der Freundin bevor. —

Am folgenden Abend spät kamen sie in Grüneichen an. Maria hatte ihrem Mann geschrieben und gebeten, niemandem von ihrem Kommen zu sagen, sondern alle, auch die jungen Mädchen zu Bett zu schicken. So war nur er noch auf. Maria brachte die arme Lisa gleich nach oben und sagte, als sie sie untergebracht hatte: „So, meine Lisa, nun gehörst du mir. Jetzt hast du weder zu sorgen noch zu denken. Du sollst vollständige Ruhe haben und dich bei uns erholen."

„Maria, ich vergesse es dir nie, was du mir in diesen Tagen gewesen bist."

„Ich habe dich nur liebgehabt; wenn du mich wieder liebhast, vergiltst du mir alles."

Es war die erste Nacht, die Lisa seit langer Zeit fest und ununterbrochen schlief. Die Sonne schien schon hell zum Fenster herein, als sie erwachte. Sie schaute sich verwundert um und wußte nicht gleich, wo sie war. Da tönte lieblicher, vielstimmiger Gesang an ihr Ohr. Sie lauschte. Es drang von unten herauf. Sie hörte deutlich Melodie und Worte. Es mußte das Lied sein: „Befiehl du deine Wege."

Der Gesang übte einen wohltuenden Einfluß auf ihr Gemüt. Es überkam sie eine große Ruhe nach all der großen Trübsal; da öffnete sich die Tür. Eine kleine, zarte Gestalt schwebte herein. Mit dem Ausruf: „Gundchen", streckte sie die Arme nach ihr aus und umfing ihr Kind, ihr einziges. —

Lisa verlebte Tage und Wochen in Grüneichen, die ihr unvergeßlich blieben. Sie sonnte sich in Marias Liebe, die alles aufbot, der Freundin das Leben bei ihr so schön als möglich zu machen. Sie redete nicht viel, aber ihr und der Ihren Wandel auf Gottes Wegen, im Glauben an den Herrn Jesum, machte mehr Eindruck auf Lisas Herz, als Worte es getan haben würden. Nur wenn Lisa Maria geradezu anredete, dann antwortete Maria, wie es das Herz, in Gottes Wort geschult, ihr eingab.

„Maria", sagte eines Tages Lisa, als sie allein von einem Spaziergang heimkehrten, „glaubst du, daß ich noch bei Gott Erbarmen finde?"

Marias Augen leuchteten. „Gewiß, Lisa. Der gesagt hat: ‚Wer zu mir kommt, den werde ich nicht hinausstoßen', nimmt alle an, die in wahrer Buße und im Glauben sich ihm nahen."

„Aber ich hätte längst kommen müssen. Schon als er mich an meinem Einsegnungstag rief und ich gelobte, bei ihm zu bleiben, da hätte ich mein Gelübde halten müssen. Statt dessen bin ich viele Jahre in der Irre gegangen, habe meinen Heiland verlassen und verleugnet."

„Ist es dir leid, von Herzen leid?"

„So sehr! Meine Seele verlangt nach Gott, nach seiner Vergebung, nach seinem Frieden."

Maria konnte der Freundin versichern, daß der Herr ihr seine Gnade schenken würde. Von da an sah man Lisa eifrig in Gottes Wort lesen, man merkte, daß eine Wandlung in ihr vorging; das Eis brach, der Frühling zog ein in das arme, gequälte Menschenherz, das endlich nach langen Kämpfen, nach heißem Flehen an die Vergebung der Sünden durch Christi Blut glauben konnte und so zum Frieden kam.

Für Maria waren es selige Tage und Stunden, wenn sie nun mit Lisa von dem einen, was not tat, reden konnte.

Von Doktor Schwarz kamen häufig Berichte, doch waren sie leider nicht sehr erfreulicher Art. Es gab manche unangenehmen Geschäfte abzuwickeln, Rechnungen zu begleichen, Mädchen abzulohnen, Miete zu bezahlen; glücklicherweise konnten alle diese Ausgaben bestritten werden durch den günstigen Verkauf eines noch vorhandenen Gemäldes und einiger kostbarer, überflüssiger Möbel. Aber was blieb Lisa zum Leben übrig? Diese Frage beschäftigte den guten Doktor immer wieder. Und wo würde sie künftig leben? Es blieb ihm nichts weiter übrig, als ihr und ihrer Tochter sein Heim anzubieten, er war als Bruder der nächste, die Sorge für sie zu übernehmen. Er schrieb ihr alles und bat sie zu überlegen, was sie zu tun beabsichtige. Sein Haus stände ihr zu jeder Zeit offen.

Lisa hatte selbst noch gar nicht über ihre äußeren Verhältnisse nachgedacht. Erst jetzt wurde ihr klar, daß sie arm, ganz arm sei. Sie war sehr bedrückt, als sie ihres Bruders Brief gelesen hatte. Das Opfer des Bruders, ganz für sie zu sorgen, konnte und wollte sie nicht annehmen, hatte sie doch in früheren Zeiten leichtsinnigerweise oft sein schwer verdientes Geld geborgt, ohne je daran zu denken, es ihm zurückzuerstatten. Das alles lag ihr jetzt schwer auf der Seele. Ebenso fühlte sie, daß sie die Gastfreundschaft des Grüneicher Hauses nicht mehr lange annehmen dürfe. Aber wohin? Und was beginnen? Gedrückt saß sie am Fenster ihrer Stube und grübelte. Da trat Maria ein.

„Was heißt das, Lisa“, rief sie, „bei dem herrlichen Wetter sitzst du hier und träumst. Komm, wir machen einen kleinen Spaziergang.“ Maria hatte an Lisas Zukunft gedacht und kürzlich mit ihrem Mann darüber gesprochen, der ihr seine vollste Zustimmung gab. Sie wußte nur noch nicht, ob Lisa darauf eingehen würde. Bald hatte sie unterwegs herausgefunden, was Lisa drückte, und als sie traurig sagte: „Ich kann und mag deine Gastfreundschaft nicht länger annehmen, rate mir, was ich tun soll, was beginnen?“, da zeigte Maria nach dem Häuschen am See und fragte:

„Lisa, möchtest du mit Gundchen dein Heim dort aufschlagen? Mein Mann läßt dir das Häuschen durch mich anbieten als dauernden Wohnsitz; es liegt ihm nichts an dem Besitz, er ist froh, wenn es von jemand bewohnt wird.“

Lisa sah sie einen Augenblick an, als könnte sie nicht glauben, was Maria sagte. Dann aber rief sie: „Auch das wolltet ihr tun! O ihr edlen Menschen, das ist des Guten zu viel."

„Es ist kein großer Edelmut", meinte Maria. „Mein Mann ist froh, wenn das Haus bewohnt wird. Wir wollen es uns gleich einmal daraufhin ansehen." Sie gingen hinein. Lisa war ganz entzückt von der Aussicht, hier künftig wohnen zu dürfen.

„Ich fürchte nur, es wird euch zu einsam sein", fuhr Maria fort, „aber ihr könnt jederzeit kommen, und wir besuchen euch häufig, es ist ja nicht so weit vom Hof entfernt."

„Es handelt sich nur darum, wie wir den Umzug bewerkstelligen", sagte Lisa. „Die Mädchen sind schon abgelohnt, Ulrich ist lange wieder zu Hause, er schrieb mir, die Sachen, die ich hätte behalten wollen, habe er zusammenstellen lassen. Alles andere ist ja verkauft. Der Bruder wird nicht noch einmal kommen können, um mir beim Umzug zu helfen."

„Ist auch nicht nötig, Lisa. Ich fahre noch einmal mit dir auf einige Tage in die Stadt. Wir packen alles zusammen, die Sachen werden mit der Bahn geschickt, und hier haben wir Leute genug, die deine Sachen an Ort und Stelle schaffen."

„Maria, du weißt für alles Rat. Wie soll ich dir danken?" —

Der Gedanke, daß Lisa Bewohnerin des Häuschens werden sollte, fand bei den jungen Mädchen, wie sich denken läßt, jubelnden Anklang. „Gundchen, ihr bleibt immer hier, welch eine herrliche Aussicht", rief Annchen, „das ist so schön —"

„Wie man es in Märchen liest", vollendete Gundchen.

Maria tat nichts halb. Von Doktor Schwarz hatte sie gehört, daß die Lage Lisas trostlos sei, daß aber er, als Bruder, sein möglichstes tun wolle, ihr zu helfen. Sie schrieb einen langen Brief an Herrn Helm. Mit Spannung erwartete sie die Antwort. Die mußte sehr befriedigend ausgefallen sein, denn auf ihrem Gesicht lag es wie Sonnenschein, und Annchen, die ihre Mutter genau kannte, rief: „Mutter, du hast eine Freude gehabt, oder willst jemandem eine Freude machen."

Maria nickte ihrem Töchterchen freundlich zu und ging nach oben zu Lisa.

„Lisa", begann Maria harmlos, „du hattest doch einen Vetter Helm, den Sohn von Tante Lottchen, erinnerst du dich seiner?"

„Natürlich", war Lisas Antwort, „aber wir haben uns nie wieder gesehen. Er war nicht einverstanden mit meiner Verlobung — er hat wohl recht gehabt", fügte sie hinzu. „Doch, was ist's mit ihm?"

Maria errötete. „Als Tante Lottchen damals starb, ist eine Summe Geldes auf deinen Namen geschrieben worden. Herr Helm hat geglaubt, du brauchtest das Geld nicht und hat es stehenlassen. Das kleine Kapital ist im Laufe der Jahre angewachsen und gibt jetzt so viel Zinsen, daß du mit Gundchen davon leben kannst, wenn du nicht zu viele Ansprüche machst."

„Ich glaube eher, Maria, daß Tante Lottchen dir etwas vermacht hat für deine treuen Dienste. Wie sollte sie dazu gekommen sein, mir etwas zu hinterlassen, einer Nichte, die sie gar nicht besonders gern hatte? Das muß ein Irrtum sein."

Maria senkte das Haupt. „Gewiß ist, daß das Geld für dich da ist, hier ist der Brief deines Vetters, der Auskunft darüber gibt."

Lisa schüttelte ungläubig den Kopf und nahm Maria den Brief, den sie eben vorlesen wollte, hastig aus der Hand. Er lautete also: „Sehr geehrte Frau Mersburg! Das Geld, das vor Jahren durch Ihre Güte auf Lisas Namen eingetragen wurde —"

Lisa legte den Finger auf die Worte: „durch Ihre Güte" und sagte: „Was heißt das? Maria, ich durchschaue dich."

„Laß doch, Lisa. Du weißt, daß ich es nicht gebrauche. Es gehört dir seit vielen Jahren. Wie gut, daß du es nicht früher schon gebraucht hast."

So war für Lisas fernere Zukunft gesorgt. Alles Sorgen und Grämen der letzten Jahre war vorbei. Der Herr, der ihr inneren Frieden geschenkt, hatte ihr nun auch nach außen Frieden und Ruhe beschert.

## Schluß

Grüneichen, ein Jahr später

Da liegt das alte, gute Buch, vergessen, im verborgensten Winkel der Kommode. Ich sehe eben, daß ich zuletzt an meinem siebzehnten Geburtstag hineingeschrieben habe. Das ist unverantwortlich! Ja, wenn man viel Arbeit hat und einen großen Pflichtenkreis, denkt man wenig daran, seine Erlebnisse aufzuschreiben. Man hat eben keine Zeit, Pflicht geht vor Vergnügen.

Wir haben viel seit meinem vorigen Geburtstag erlebt. Gundchens Vater ist gestorben, das hat eine große Umwälzung hervorgerufen. Das schönste ist, daß Tante Lisa seit Herbst im Häuschen am See wohnt. Wir fürchteten für den Winter, aber die Stuben heizen sich gut, und es war so traulich bei Tante Lisa, daß wir oft und gern zu ihr gingen. Sie weiß alles so geschmackvoll herzurichten; sie versteht aus wenigem etwas zu machen.

Tante Lisa ist natürlich noch oft traurig und wehmütig gestimmt, wenn sie an die Vergangenheit denkt. Aber wenn Mutter kommt, verklärt sich ihr Gesicht, sie hat sie unbeschreiblich lieb. Wer sollte auch meine Mutter nicht liebhaben!

Zu Weihnachten kamen die „Seehäusler" — so nennen wir die beiden — ganz zu uns herüber. Mutter wollte nicht, daß sie allein sein sollten, und bei uns herrschte fröhliches Leben. Sophie ist seit dem Herbst wieder hier und hat im Winter fleißig an ihrer Aussteuer gearbeitet. In den Weihnachtsferien war auch Otto einige Tage bei uns. Matthias und Christian erklärten, es sei doch schöner, in Grüneichen Weihnacht zu feiern als in der großen Stadt. Wir haben keine Sehnsucht nach der Hauptstadt gehabt, obwohl sie uns manches Gute gebracht hat. Das Beste aber bleibt, daß wir Tante Lisa und Gundchen dort gefunden haben. Mutter und Tante sind jetzt ein Herz und eine Seele. Tante Lisa fühlt sich glücklich in ihrer neuen Umgebung, sie sagt, die Ruhe hier täte ihr so wohl; sie kräftige ihre Nerven.

ein Tag vor meinem 19. Geburtstag

Es scheint, als ob ich jetzt immer nur am Vortag meines Geburtstages dazu komme, in mein Büchlein zu schreiben. Achtzehn Jahre! Und morgen neunzehn! Schon sehr alt komme ich mir vor, besonders wenn ich bedenke, was ich schon alles erlebt habe. In diesem Jahr ist nicht viel Wichtiges passiert. Und doch! Sophiens Hochzeit war ein großer Glanzpunkt. Hochzeiten sind doch etwas sehr Schönes; es waren herrliche Tage. Otto hat eine Pfarrstelle in einer nicht weit von hier gelegenen Stadt. Das hinter der Kirche gelegene Pfarrhaus ist groß und geräumig, hinter dem Haus befindet sich ein hübscher Garten. Ich durfte nämlich Mutter begleiten, als sie die Zimmer einrichtete, das hat mir großes Vergnügen gemacht. Wie haben die Eltern gesorgt, daß Sophie mit allem ausgestattet wurde, was nicht nur nötig war, sondern was auch zur Verschönerung der Wohnung und zur Bequemlichkeit dienen konnte. Ich hätte selbst hineinziehen mögen, so reizend war die Einrichtung. Merkwürdigerweise ist es dieselbe Stadt, wohin Sophie flüchtete, als sie uns damals verließ. Was wohl die Familie des Rechtsanwalts sagen wird, wenn sich ihre Stütze eines Tages als Pfarrfrau des Ortes entpuppt! Sophie meint, sie werden wohl nicht viel miteinander gemein haben, an Kirche und Pfarrer denke man in der Familie nicht.

Mit den Pfarrtöchtern Emmy und Franziska wurde viel geprobt in den Tagen vor der Hochzeit. Gundchen war natürlich auch dabei, es gab viel Leben und Frohsinn. Am Polterabend wurden hübsche Aufführungen gemacht und später der Garten beleuchtet. Das junge Paar sah prächtig aus und wir Brautjungfern, so wurde uns gesagt, wären auch schmuck und niedlich anzusehen gewesen in den duftigen weißen Kleidern und den schönen Kränzen im Haar.

Noch eines Ereignisses muß ich gedenken. Das ist ein Besuch bei Tante Eva im Thüringer Land. Er war mir immer versprochen worden und Tante Eva bat wiederholt darum. So wurde beschlossen, ich sollte nach Sophiens Hochzeit, im August, reisen. Wie freute ich mich, als ich das erstemal allein auf eine größere Reise ging. „Du bist nun alt genug", sagte mein Vater, „kein Gänseblümchen mehr, nun kann man dich schon allein in die Fremde schicken."

„Fremde" war es nicht. Es ging ja zu Tante Eva, die mit Mutter aufgewachsen ist, die mir soviel aus der Kindheit der Mutter erzählt hat. Aber große Ehrfurcht muß man vor der kleinen Tante Eva haben, wenn man sieht, wie sie ihr großes Hauswesen regiert, wie sie die Schülerinnen durch einen Blick in Ordnung hält. Und doch, wie fröhlich und ungezwungen ist das Leben dort! Aber gelernt wird fürchterlich viel. Ich kam mir wirklich, um mit Frau von Drucker zu reden, wie ein kleines Schaf vor, wenn ich den Stunden beiwohnte und merkte, was die Mädchen alles wußten. Gegen mich waren sie reizend liebenswürdig, ich wurde geradezu verzogen, das machte, weil ich ein Neuling war und nur zum Besuch. Unendlich viele Freundschaften habe ich geschlossen; es ist seitdem ein riesiger Briefwechsel zwischen dem Thüringer Heim und mir.

Aber die Freude war doch groß, als ich wieder heimkehrte und Gundchen mir in die Arme flog mit den Worten: „Wie habe ich auf dich gewartet. Wie schön, daß du nur wieder da bist.“ Sie hatte aber auch etwas erlebt, war mit ihrer Mutter bei Herrn Ulrich Schwarz zu Besuch gewesen und erzählte viel Schönes von dort.

Nur eins wundert mich, ich muß es hier aussprechen. Herr Doktor Schwarz hat sich noch gar nicht hier sehen lassen. Er hätte doch einmal nach Tante Lisa schauen können oder Fräulein Schwarz besuchen! Es scheint, als habe er uns alle vergessen. Gundchen wundert sich auch darüber, aber Tante Lisa sagt immer: „Er wird schon einmal kommen, und vielleicht besuchen wir ihn bald.“

am gleichen Tag, abends

Zwischen dem zuletzt Geschriebenen und jetzt liegen nur wenige Stunden, aber Stunden, die mir unvergeßlich bleiben werden, die über mein ganzes Leben entscheiden sollten. Ich kann nicht eher schlafen, als bis ich dem Büchlein ein großes Geheimnis anvertraut habe.

Mitten im Schreiben steckte Mütterchen den Kopf zur Tür herein und fragte: „Kind, was machst du da? Ehe ich mich's versah, stand sie hinter mir und las, was ich geschrieben. Darauf zog sie mich an sich, wurde sehr ernst und sagte: „Herr Doktor Schwarz hat uns nicht vergessen, Annchen, ich habe soeben einen Brief von ihm bekommen; er kommt morgen.“

„Endlich“, rief ich und fühlte, daß ich ganz rot wurde. „Er hat uns lange warten lassen, Mutter.“

„Du hast es wohl gern, wenn er hier ist“, fragte sie.

„Sehr gern, Mutter, warum ist er so lange nicht gekommen?“

Mutter schien die Frage zu überhören. Sie sah mich so eigen an und sagte plötzlich: „Möchtest du wohl ganz mit Doktor Schwarz ziehen, mein Kind?“

„Ins Ausland?“

Da lachte Mutter und rief: „Ja, prüfe dich einmal, ob du wohl mit ihm nach — Übersee möchtest?“

Ich merkte, daß Mutter scherzte, dachte einen Augenblick nach und sagte: „Ja, mit Herrn Doktor Schwarz ginge ich, wenn's sein müßte, durch die ganze Welt.“

Da legte Mutter ihre Arme um mich, küßte mich und sagte: „Er will dich uns wegnehmen, Annchen, er möchte dich ganz für sich haben.“

Da erschrak ich sehr, nun merkte ich, daß Mutter im Ernst sprach. Aber, wenn ich auch die Eltern verlassen sollte, war mir der Gedanke, an seiner Seite durchs Leben zu gehen, gar nicht schrecklich.

Ich sagte es Mutter, worauf sie rief: „Nun, dann ist ja alles gut, dann kann er ja kommen.“ —

Morgen wird er kommen und sich mit mir verloben.

Mutter hat mir einen Brief von ihm gegeben, in dem er mich fragt, ob ich mit ihm gehen will. Ja, ich will.

Lebewohl, mein Tagebuch. Ich werde nichts mehr einzuschreiben haben.

Jetzt beginnt eine ganz neue Zeit. Nun werde ich meine Eltern doch nicht in ihrem Alter pflegen können, wie ich mir vorgenommen habe. Aber ich werde danach trachten, meiner Mutter immer ähnlicher zu werden. Sie hat uns in allen Dingen ein Beispiel gegeben, dem nachzustreben meine Aufgabe sein soll.

Was wird Gundchen sagen! Ich werde künftig „Tante Anna“ für sie sein. Aber ich will ihr eine gute Tante werden, will immer treulich für sie sorgen. Die Gedanken stürmen auf mich ein. Wieviel, wieviel Schönes werde ich erleben. Ich will vor allen Dingen nicht vergessen, dankbar zu sein für alles, was Gott an mir getan hat, und so soll der Schluß des Tagebuches der Anfang des 103. Psalms sein:

Lobe den Herrn, meine Seele, und was in mir ist seinen heiligen Namen. Lobe den Herrn, meine Seele, und vergiß nicht, was er dir Gutes getan hat. —

Am selben Abend, als Annchen ihr Tagebuch beschloß, begleitete Maria ihre Freundin Lisa nach ihrem Häuschen zurück.

„Maria“, sagte Lisa, „wie freue ich mich, daß unsere Familien nun durch das Band der Verwandtschaft noch enger miteinander verbunden werden sollen. Ulrich ist ein prächtiger Mensch, er wird deine Anna glücklich machen.“

„Davon bin ich fest überzeugt“, war Marias Antwort. „Annchens Herz hat ihm unbewußt schon gehört, das habe ich heute bei der Unterredung mit ihr gemerkt. Es hat keiner Überlegung bedurft; sie wußte gleich, was sie wollte. Gott segne die beiden lieben Menschen.“

„Wie wunderbar hat sich alles gefügt“, ließ Lisa sich

nach einer Weile des Stillschweigens vernehmen. „Maria, was wäre aus mir geworden, wenn ich dich nicht gefunden hätte —"

„Du hast dich vom Herrn finden lassen, meine teure Lisa. Seine Gnade hat dich umfangen, sein Friede erquickt dich jetzt, dafür wollen wir ihm danken."

Sie standen beim Häuschen. „Da kommt mein Mann mir entgegen. Lebewohl, Lisa. Auf fröhliches Wiedersehen morgen!"

# Inhalt

Von Helene Hübener sind im Verlag der Francke-Buchhandlung bereits erschienen:

**Reich in Gott**
Edition C, Bestell-Nr. H 1

Mit natürlicher Frische und Wärme zeigt uns die Verfasserin das Leben zweier in ihrem Wesen ganz verschiedenen jungen Mädchen.
Fröhliche Jugenderlebnisse, schmerzvolle Trennung und ernste Erfahrungen werden erlebt und erlitten.

**Verschlungene Wege**
Edition C, Bestell-Nr. H 3

Zwei Witwen mit ihren Nöten und Sorgen um die heranwachsenden Kinder, mit der Last des Alleinseins und der Verantwortung für neue Bindungen stehen im Mittelpunkt der beiden hier zusammengefaßten Erzählungen.

Im Herbst 1981 erscheint:

**Es muß doch Frühling werden**
Edition C, Bestell-Nr. H 4

Wie Schwierigkeiten und Nöte durch unerschütterliches Vertrauen auf Gott überwunden werden, weiß Helene Hübener in der ihr eigenen besinnlichen Art eindrücklich zu erzählen.

In Vorbereitung:

**Aus dem Leben einer Waise**
**Im Rosenhaus**
**Unter einem Dach**
**Drei Freundinnen**

In der »Goldenen Reihe« in der Edition C sind bisher erschienen:

Anna von Blomberg
**Waldstille und Weltleid**
Edition C, Nr. E 1

Die Geschichte einer tragischen Liebe zwischen einem jungen Grafen und einer Förstertochter.

Anna von Blomberg
**Reggfields Tochter**
Edition C, Nr. E 2

Die ergreifende in sich abgeschlossene Fortsetzung zu »Waldstille und Weltleid«.

F. A. Hoffmann
**Wenn wieder Weihnachtsrosen blühen**
Edition C, Nr. E 3

Das Tagebuch einer Frau, die zwölf Monate als junges Mädchen, Braut, Gattin, Witwe und Mutter erlebt.

Richard Wolf
**Bis ans äußerste Meer**
Edition C, Nr. E 4

Von der alten und immer neuen Menschennot wird in dieser Geschichte berichtet: von Schuld und Sühne.

Weitere Erzählungen folgen.